U0068955

日語常用慣用句

陳 山 龍 編

鴻儒堂出版社發行

前　言

　　學習外語者，大多重視文法的分析。以爲只要掌握了文法，即可瞭解任何句子的結構和其所表的意思。然而在語文中，大家都知道有些語句是不能單憑文法去分析理解的，如英文中的片語就是。

　　在日語文中也有類似英文片語的東西，我們將它稱爲「慣用句」或「慣用語」。它和片語一樣，由兩個或兩個以上的語詞所組成，與一般的文法結構不同，經常以固定的形態出現在句子中，用來表達獨特的意思。更因爲組成慣用語句後的語詞往往失去其本來的意思，所以在閱讀或聽講日語文時，倘不懂句中所用的慣用語句的意思，則無法完全瞭解整句話所表的內容。由此可知慣用語句在日語文中的重要性。

　　綜觀坊間所出版日語文學習參考書中，不乏名爲慣用語之類者。然究其內容，不難發現大多是講句型而非眞正的慣用語。又，日華辭典中雖也列有慣用語句，但僅止於標記其意思，甚少附有例句。這對日語學習者而言，簡直有如隔靴搔癢，癢上加癢，不能自己。

　　有鑒於此，編者將平常所收集的一般較常用的慣用語句，彙集成册刊行，以期對學習者有所助益。然編者因經驗有限，疏漏或錯誤在所難免，尚請批評指正。

編者　謹識

目　　次

あ…………………………… 1	に…………………………… 237
い…………………………36	ぬ…………………………… 244
う…………………………56	ね…………………………… 247
え…………………………65	の…………………………… 254
お…………………………68	は…………………………… 258
か…………………………78	ひ…………………………… 277
き…………………………95	ふ…………………………… 286
く………………………… 126	へ…………………………… 286
け………………………… 140	ほ…………………………… 287
こ………………………… 145	ま…………………………… 289
さ………………………… 161	み…………………………… 291
し………………………… 162	む…………………………… 302
す………………………… 168	め…………………………… 309
せ………………………… 170	も…………………………… 321
そ………………………… 173	や………………………… 322
た………………………… 175	ゆ…………………………… 324
ち………………………… 183	よ…………………………… 325
つ………………………… 195	ら…………………………… 327
て………………………… 198	り…………………………… 327
と………………………… 214	れ…………………………… 329
な………………………… 218	わ…………………………… 330

あ

ああでもないこうでもない

這樣也不是，那樣也不對，很會挑剔。

△ああでもないこうでもないと、うるさくてこまります／這樣也不

對，那樣也不是，眞叫人討厭。

△あの男はああでもないこうでもないで困る／這也不是，那也不行

，那個人可不好對付。

△かの女はああでもないこうでもないでむずかしい／她愛挑挑剔剔

，叫人爲難。

△彼はいつもああでもないこうでもないと人に難癖をつけたがる／

他總愛挑剔旁人的毛病，這也不好，那也不對。

相槌を打つ（あいずちをうつ）

點頭稱是，隨聲附和，幫腔。

△彼はときどき話に相槌をうった／他時而隨聲附和對方的講話。

△私はすぐさまその通りだと相槌を打った／我立即附和說：“你說

得對。”

△彼は私の話をきいてから、あいまいな相槌を打った／他聽完我的

話之後，含糊地隨聲附和幾句。

愛想がいい（あいそうがいい）

和藹可親，會應酬，會說話，和和氣氣。

△とても愛想のいい人なので、みんなにかわいがられています／為

人和藹可親，受到大家的喜愛。

△店員があまり愛想が悪いので、何も買わずに店を出てしまった／

售貨員態度十分不好，我什麼也沒買，離開了該店。

△あの人はだれにも愛想がいい／那個人無論對誰態度都和藹可親。

△彼は私に非常に愛想が悪い／他對我態度十分傲慢。

愛想が尽きる（あいそうがつきる）

討厭，嫌惡，不滿意。

△あの人の態度には愛想が尽きる／對那個人的態度感到不滿。

△彼は都会生活に愛想をつかしたので、農村にひっこした／他嫌惡

城市生活，搬到農村去了。

△彼は自分のあやまちをあらためようとしないから、自分の親にま

で愛想をつかされた／他不想改正自己的錯誤，因此連他的父母都

對他不滿。

△あいつの馬鹿にはまったく愛想が尽きた／那傢伙的愚蠢實在令人

嫌惡。

愛想がない（あいそうがない）

冷冰冰，不會應酬，冷若冰霜，叫人不愉快。

△愛想のない返事だった／冷冰冰的回答。

△彼は愛想のない男だ／他是個不會應酬的人。

△愛想のない景色／令人不愉快的景色。
けしき

△何のお愛想もありませんで、失礼いたしました／招待不周，還請
なん
多包涵。

あいた口がふさがらない（開いたくちが塞がらない）

　目瞪口呆，呆若木鷄，發楞，嚇傻，精神恍惚，出神。

△驚いてあいた口がふさがらない／嚇得呆若木鷄。

△そのしらせを聞いたときはあいた口がふさがらなかった／接此消
き
息嚇傻了。

△彼はあいた口がふさがれもせずうっとりとみとれている／他心馳
かれ
神往地看得入迷。

間を縫って歩く（あいだをぬってあるく）

　左右穿行，彎曲穿行，曲折流過。

△人込みをぬってあるく／在人群中左右穿行。
ひとご

△船が暗礁の間をぬってはしった／船在暗礁與暗礁之間繞道前進。
ふね　あんしょう　あいだ

△人の波をぬってあるく／彎曲穿行在人潮中間。
ひと　なみ

△川が山の中をぬってながれている／河川彎彎曲曲流經山中。
かわ　やま　なか

相手にしない（あいてにしない）

　不理踩，不與共事，不理，不理會，不歡迎。

△誰もあの男を相手にしない／誰都不願理踩他。
だれ　　おとこ

△われわれのクラブでは、君のような弱虫は相手にしないのだ／我
きみ　　　よわむし

們社團不歡迎像你這樣的膽小鬼。

△彼は友たちから <u>相手にされない</u>／朋友們都不理他。

相手にはならない（あいてにはならない）

不配作對手，稱不上敵手，不是對手。

△あなたはへただから、わたしの <u>相手にはならない</u>よ／你不高明，
不是我的對手。

△君のような分らず屋は <u>相手にならない</u>／像你這樣不懂道理的人，
不和你一般見識。

△君は強すぎて、ぼくはとても君の <u>相手にはなれない</u>／你太高明了
，我實在不是你的對手。

相手にまわす（あいてに回す）

以……爲對手，以……爲敵方。

△私は五段の人を <u>相手にまわして</u> 碁を打ったことがある／我曾經以
五段的人爲對手下過圍棋。

△小林はA氏を <u>向こうに回して</u> 参議院の候補に立つ／小林以A氏爲
競選對手，參加參議院選舉。

△娘時分には父を <u>向こうにまわして</u> 言い争ったことがある／少女時
期曾對抗父親，和他爭論過。

明るみに出る（あかるみにでる）

顯露出來，表面化，公開出來，暴露。

△会社の秘密が明るみに出たので、これからは、会社の評判が悪く

なるだろう／公司的醜聞暴露，今後公司的聲響將受到不良影響。

△こういう悪いことは明るみに出して、ほかの人がくり返さないよ

うにするほうがいい／此類壞事最好公諸於衆，以免旁人重蹈覆轍。

△事件が明るみに出る／事件的眞相大白。

△正体を明るみに出した／使眞相大白。

諦めがつく（あきらめが付く）

斷念，死心，想得開，想得通，於心無憾，覺得滿意。

△尽くすだけ尽くしておけば、失敗してもあきらめがつく／盡力而

爲之後，卽使失敗也於心無憾。

△尽くすだけ尽くさずに失敗すると、思いがのこってあきらめがつ

かない／沒有全力以赴，因而招致失敗，爲此會悔恨終生。

△やっても見ないうちからあきらめをつけるのは早計だ／還沒動手

做做看，就認爲無能爲力，這種態度是輕率的。

あきれてものも言えない（呆れて物もいえない）

嚇得啞口無言，吃驚得啞口無言，驚呆得說不出話來。

△あの人のわがままにはあきれてものも言えない／他的任性，使我

吃驚得講不出話來。

△私はあきれてものが言えなかった／我大吃一驚，一時講不出話來。

△君の健忘には呆れてものもいえない／你的健忘令人咋舌。

あぐらをかく（胡坐をかく）

盤腿而坐，躺在……上面，盤腿坐在……上面。

△彼はベッドの上にあぐらをかいていた／他盤腿坐在床上。

△L社はその後はその名声の上にあぐらをかいている／L公司後來安於聲譽不求進取。

△どうせ競争者は現れないだろうなどと思って、あぐらをかいていたら とんでもないことだ／滿以為不會出現競爭的人，而放心，哪裡知道這是大錯特錯。

挙足を取る（あげあしをとる）

找毛病，抓人把柄。

△あの男は、いつも人の挙足ばかりとる／那個人盡挑人家的錯。

△人の挙足をとるのは、造作はない／挑人之短是容易的事情。

△人の前で挙足をとったりするようなことはめったにないのだ／很少在大庭廣衆揭人之短。

△彼は何度も私の挙足をとろうとした／他三番兩次想挑我的毛病。

あごが落ちる（顎があちる）

格外好吃，味美異常，味道鮮美。

△あごが落ちるほどおいしいと思いました／覺得非常好吃。

△あごが落ちそうなご馳走です／味道鮮美的盛饌。

△うまくてあごがおちそうだ／格外好吃。

あごが干上がる（顎がひあがる）

無法生活，無法餬口，難以維持生活。

△そんな職では、口がひあがると木村が言った／木村說：" 做那種工作，是無法生活的"。

△せっせと働かなくては口が干上がる／如不好好工作，會挨餓的。

△稼がなくてはあごが干上がると父が言った／父親說：" 不賺錢就不能維持生活"。

△そんなことをしようものなら顎がひあがってしまう／幹那種事會無法生活的。

顎で使う（あごでつかう）

頤使，頤指氣使。

△あの店の主人は店員をあごで使うから、きらわれている／那個商店的老闆對店員頤指氣使，因此被大家討厭。

△人をあごで使うのはよくない／頤使人是不好的。

△彼は部下を顎で使った／他對部下頤使氣使。

顎をはずす（あごを外す）

笑掉了下巴，捧腹大笑，笑破肚皮。

△新聞に連載している漫画を見て、彼はあごをはずして笑った／他看到報上連載的漫畫，捧腹大笑。

△あまり笑ったので、あごがはずれてしまった／因爲笑得厲害，下巴都要掉了。

△それは彼をあごをはずすほど笑わせた／那件事使他笑得下巴都快

掉了。

足跡が残る（あしあとがのこる）

　留下脚印，印有足跡；建立功績，留下業績。

△庭に足あとを残していた／院子裡留下了脚印。

△雪の上に足跡が残っている／雪地上留有足跡。

△漱石は日本の文学の歴史に大きな足跡を残した／漱石在日本文學

史上留下了不朽的業績。

足がうばわれる（あしが奪われる）

　交通受阻，無法通行。

△大水で電車がとまったため、多くの人の足がうばわれた／由於水

災電車停開，許多人無法通行。

△電車の事故で、通勤者の足がうばわれた／由於電車發生故障，上

下班的人受阻。

足が地につかない（あしがちに着かない）

　心神不安，心神不定，脱離實際。

△出発を明日にひかえて足が地につかない／明天即將動身，有些心

神不寧。

△彼は足が地についていない／他的想法脱離實際。

△足が地につかない計画／脱離實際的計劃。

△私は足も地につかないような気持ちで歩いていった／我精神恍惚地走去。

△あの人たちのすることは足が地に付いている／那些人做事情按步就班。

足がつく（あしが付く）

得到線索，取得證據，發現踪跡。

△盗んだ品から足が付いた／由贓物上得到了線索。

△それから足が付いて犯人がつかまった／從這件事取得證據，逮捕了犯人。

△池のかたわらに脱ぎすててあった下駄から足がついた／從丟棄在水池旁的木屐上判明了線索。

足がでる（あしが出る）

超支；露出馬脚，暴露缺點。

△次から次へと買い物をしていたら、とうとう足が出てしまった／買了好多東西，最後一算超支了。

△足が出ないように金を使う／量入爲出。

△あんまりしゃべると足が出るよ／言多必失。

△彼は足が出ないうちに職をやめた／在露出馬脚之前，他辭掉了工作。

足が遠くなる（あしがとおくなる）

關係疏遠，（客人）稀少，很少來往。

△結婚すると友人と足が遠くなる人がある／有的人結婚後和朋友的

關係疏遠了。

△学友の足もしだいに遠くなった／同學們也很少來往了。

△彼はいつからともなく足を遠くしてしまった／不知從何時開始他

很少登門拜訪了。

△彼の友人もだんだん足が遠のいた／他的朋友們也逐漸疏遠了。

足がはやい（あしが速い）

健步如飛，走得快，跑得快。

△このうまは、足がはやい／這匹馬跑得快。

△彼も昔のように足がはやくはない／他並不像從前那樣健步如飛了。

△君は足がはやいから、五分で行ける／你健步如飛，五分鐘就能到。

足が棒になる（あしがぼうになる）

腿累得僵直，腿脚麻木。

△私は二時間も立ちつづけて報告をきいたので、足が棒（のよう）

になった／連續兩小時站着聽報告，我的腿都僵直了。

△かの女は今日あさから晩まで足を棒にして歩きつづけた／她今天

從早到晚不停地走，腿都麻木了。

△立ったままで一晩中働いているうちに、足は棒のようになった／

站着工作一整夜，腿都累得僵得直了。

足が向く（あしがむく）

信步而行，隨意走動，向……走去。

△彼は足の向くほうへと歩いて散歩した／他信步而行地散步。

△私は足のむくままに歩く／我信步而行。

△先生を訪ねようと思っているので、足が学校のほうへ向いた／我

想訪問老師，所以向學校方向走去。

△ふたりはいつものように公園のほうに足が向いて歩きだした／兩

個人和往常一樣，朝公園走去。

足並をそろえる（あしなみを揃える）

步伐整齊；步調一致，意見一致。

△五六人の子供が彼とあしなみを揃えて歩いた／有五、六個小孩和

他一塊步伐整齊地向前走去。

△兵士は進軍するときには足なみをそろえねばならぬ／戰士在行軍

時必須步伐整齊。

△おたがいの意見が一致しないので、足なみがそろわなくてこまる

／彼此意見不一致，所以步調不齊，叫人頭痛。

足にまかせる（あしに任せる）

信步而行，疾步，快步，放開腳步。

△足にまかせて歩く／信步走去。

△兄さんは足にまかして走った／哥哥放開腳步快跑起來。

△私は家を出て、足にまかせて公園の方へ曲がった／我走出家門，

信步向公園轉去。

足許から鳥が立つよう（あしもとから とりがたつよう）

手忙脚亂，事出突然，冷不防，突然，慌裡慌張。

△何^{なに}もあんなに足許から鳥がとび立つように急^{いそ}がなくたってよかっ

たのではないか／用不着那樣慌張傖促從事不是也可以嗎？

△彼^{かれ}は足下から鳥が立つように、突然帰郷^{とつぜんききょう}してしまった／他突然急

急忙忙回家鄉去了。

△それはまったく足許から鳥が立つようで、私^{わたし}は少^{すこ}しも気^きづかなか

った／事出突然，我一點都沒留意到。

△足もとから鳥がたつように引^ひっ越^こしした／突然搬家了。

足許にも寄りつけない（あしもとにもよりつけない）

望塵莫及，遠遠趕不上；沒有……可與之相比。

△ぼくはとうてい君^{きみ}の足許にも寄りつけない／我比起你來，實在是

望塵莫及。

△ぼくは数学^{すうがく}では彼^{かれ}の足許へ（に）も寄りつけない／在數學方面，

我遠比不上他。

△はやさでは、船^{ふね}は飛行機^{ひこうき}の足もとにもおよばない／在速度方面，

輪船遠遠趕不上飛機。

△力^{ちから}では君^{きみ}の足もとにもおよばない／我的力氣遠遠比不上你。

足許の明るいうちに（あしもとのあかるい內に）

①太陽落山前，趁着還明亮時。

②壞事沒被揭發出來之前，馬腳沒露出之前。

△足許の明るいうちに早く家へ帰りなさいとおじいさんに言われた／老伯對我說："趁天還亮，趕快回家吧"。

△犯人は足許の明るいうちに高飛びしようとしたところをつかまえられた／犯人趁着尚未暴露馬腳，正要遠走高飛時，被逮住了。

△足許の明るいうちに、この問題からさっさと手をひきなさい／趁沒被揭發之前，要迅速從這個問題上脫身。

△足もとの明るいうちに帰ったほうがいい／趁天沒黑回去比較好。

足下を見る（あしもとを見る）

抓住短處，利用弱點，乘人之危。

△彼に足下を見られた／被他抓住了弱點。

△彼は知った振りをしながら足下が見えない／他貌似清楚，可是却抓不住人家弱點。

△住宅難の折から、人の足もとを見て高い権利金をふっかける／利用房荒的機會，乘人之危，要挾對方支付很貴的權利金。

△そんな高い薬なんて聞いたことないよ。きっと医者に足下を見られているんじゃない／沒聽說過有這樣昂貴的藥。準是醫生乘人急需竹桿。

足を洗う（あしをあらう）

改邪歸正，脫身，洗手不幹。

△彼はやみ商売からもうすっかり足を洗って堅気になった／他已洗

手不幹投機，規規矩矩做生意了。

△彼は泥水稼業から足を洗った／他擺脱了賣笑生涯。

△芸人の足をさっぱり洗うことにした／決心擺脱演藝的生活。

味を占める（あじをしめる）

　　嘗到甜頭，得到好處，體會到……樂趣。嘗到味道。

△虎が一度人間の味をしめると、忘れられない／老虎嘗到一次人的

味道，就忘不了。

△あいつに一度金をやったら、それに味をしめて、きっと何度でも

来る／你要是給那傢伙一次錢，他嘗到甜頭，就一定會常來。

△一度闇市場で味をしめると、なかなかやめられないと彼は言った

　　／他說：搞黑市買賣，嘗過一次甜頭，就不會輕易罷休。

足をとめる（あしを止める）

　　站住，停住脚步；停留。

△大きな音にびっくりして、私は足をとめた／我被一聲巨響嚇了一

跳，停住了脚步。

△彼は足を止めて、しばらくその絵をながめていました／他停下步

子欣賞了一會兒那張圖。

△ここにしばらく足をとめようと思う／我想在這兒停留一段時間。

足をのばす（あしを伸ばす）

順路又到……走走。

△東京へ行ったついでに日光まで足をのばした／去東京順便到日光去轉了一趟。

△買い物に行ったついでに友達のうちまで足をのばした／上街買東西，順路又到朋友家轉了轉。

足を運ぶ（あしをはこぶ）

前往，前去，來往，跑路，跑腿，趕來。

△なんども足をはこぶ／前去多次。

△彼は遠いところからわざわざここまで足を運んだ／他由遙遠的地方特意趕到此地。

△彼は雨に打たれながら疲れ切った足をのろのろ運んでいる／他拖着疲憊不堪的脚步在雨淋中緩緩行走。

足を早める（あしをはやめる）

加快步伐，加快脚步，加緊趕路，快步走。

△足をはやめて歩く／加快步伐行進。

△雨模様がして来たから、私は足をはやめた／天要下雨，我加緊趕路。

△雨がふりそうなので、足をはやめて家へと急いだ／天要下雨，急忙趕回家去。

足をふみ入れる（あしを踏みいれる）

走進，闖入，闖進。

△この家には二度と足をふみいれるな／不允許你再次走進這個家門。

△私はこの五年間にそんな場所に足をふみ入れたことはありません

／在最近這五年當中，我未曾去過那種地方。

△危険な場所に足をふみいれる／走進危險的地方。

△この森には誰も足をふみいれたこともない／此處森林未曾有過人

跡。

明日の日も知れない（あすのひもしれない）

朝不保夕，風燭殘年。

△病父はあすの日も知れない／長年臥病的父親已是風中之燭。

△私は明日をも知れぬ老の身になってしまった／我已到了風燭殘年

的年紀。

△人間はあすの命がわからない／人的生命如風中之燭。

△私が明日もわからぬこの大病のことだから、会社のことはよろし

く頼む／我身患重病，生命危在旦夕，所以公司的事情委托給你了。

あせをかく（汗をかく）

流汗，出汗；賣力氣；擔心得冒汗。

△運動して汗をかいたあと、ふろにはいると気持ちがいい／運動出

汗後，洗個澡，舒服得很。

△うんとあせをかくとかぜがなおることがある／多出汗能治癒感冒。

△あの男にはだいぶんあせをかきましたよ／為了他我出了不少力氣。

△学芸会で子供がせりふをまちがえないかとあせをかいた／在遊藝會上爲孩子捏一把汗，擔心他會不會念錯台詞。

頭があがらない（あたまが上がらない）

抬不起頭來，拘謹不安，挺不起胸脯。

△彼は落第生で、みんなの前では頭が上がらなかった／他是留級生，在大家面前抬不起頭來。

△あの人の前では、頭が上がらない／在那個人面前，抬不起頭來。

△独立心のない人は一生頭が上がらない／没有自立心的人一輩子也挺不起胸脯。

頭が痛い（あたまがいたい）

頭疼；傷腦筋，苦惱，焦慮。

△きょうは朝から頭がいたくて何もできません／今天從早晨頭就疼，什麼都沒法做。

△あの子のいたずらには頭が痛い／爲這孩子的淘氣傷腦筋。

△息子の進学のことを考えると頭がいたい／一想到孩子升學的事就焦慮。

△入学試験のことで頭がいたい／爲升學考試事苦腦。

頭が重い（あたまがおもい）

頭沉，頭暈。

△きょうは頭がおもくてよく考えられない／今天頭有些暈，腦袋不

— 17 —

管用。

△頭が重いのは、空気がわるいためです／頭沉是因爲空氣不好。

△きょうはどうも頭がおもくて、気が晴れない／今天頭暈得很，心

情不爽。

頭が下がる（あたまがさがる）

欽佩，佩服，感激。

△あの人の忍耐力には頭が下がる／對那個人的耐性欽佩之至。

△あの人の前へ出ると、自然と頭が下がる／站在他的面前，不由得

叫人佩服。

△二十年間も世話してくれた義父のことを思うと、ただ頭が下がる

ばかりだった／一想起繼父照料我二十年之久，就使我感激萬分。

頭が働く（あたまがはたらく）

開動腦筋，思考問題。

△あの人は頭のよく働く人だ／他是肯動腦筋思考問題的人。

△彼はそうするだけの頭が働かなかった／他沒有動腦筋充分考慮。

△あの人は頭を働かせることを知らない／那個人不懂動腦筋思考問

題。

△頭を働かしてよく考えなさい／請你動腦筋很好思考。

頭にいれる（あたまに入れる）

裝進頭腦，灌輸入頭腦，注入頭腦；記住。

△ある思想を人の頭に入れる／把某種思想灌進人們的頭腦。

△まちがった考えを彼の頭に入れて、どうしても抜けない／錯誤的

思想進入了他的腦袋，很難除掉。

△この点をよく頭に入れておきなさい／請好好地記住這點。

頭に植え付ける（あたまにうえつける）

扎根，生根，培植，灌輸，帶給。

△この出来ごとは大きな悲しみを船長の胸に植えつけた／這次事件

給船長的心裡帶來了莫大的悲傷。

△これらの思想が彼らの心にしっかりと植えつけられている／在他

們的心中牢實地培植了這些思想。

△ヨーロッパの近代思想は、明治の学者によって日本人の頭に植え

られた／明治時代的學者把歐洲的近代思想灌輸到日本人的頭腦中。

頭に浮かぶ（あたまにうかぶ）

想出，想起，浮現腦海，湧上心頭。

△むかしのことが頭に浮かぶ／往事湧上心頭。

△名案が頭に浮かんだ／想出一條妙計。

△彼は頭に浮かぶまま何でも彼でも描いていた／凡是湧現腦海中的

事，不管什麼事，他都形諸筆墨。

△しかし不平を言おうという考えは彼の頭に決して浮かばなかった

／不過在他的腦海中從未出現過發牢騷的念頭。

頭に来る（あたまにくる）

喝醉，易使人醉，叫人冒火，氣憤，生氣。

△この酒は決して頭へ来るような酒じゃない／這種酒絕不會醉人的。

△身に覚えのないことを言われ、頭に来た／沒根據地冤枉人家，叫

人冒火。

△かの女に三十分以上も待たされて頭に来た／她叫人等了三十多分

鐘，我感到氣憤。

頭にはいる（あたまに入る）

易於理解，印象深刻，容易接受，聽得進。

△あの先生の講義は良くあたまに入る／那位老師的講課令人印象深

刻。

△周囲がそうぞうしくて、本を読んでも一向頭にはいらない／四周

聲音吵雜，書一點也讀不進去。

△この考えがどうしても彼の頭にはいらない／他無論如何也不能接

受這種想法。

頭を痛める（あたまをいためる）

傷腦筋，花費心思，焦慮，苦惱，操心。

△このことが大いに彼の頭を痛めている／這件事傷透了他的腦筋。

△物のねだんが高くなったので、毎日の買い物にも頭をいためます

／物價漲了，每天為了買吃的用的也要花費心思盤算。

△さほど頭をいためる必要がないと思っていました／我認為沒必要

那樣操心。

頭をかかえる（あたまを抱える）

以手抱頭，爲難，冥思苦想，苦惱。

△その報せを警察からうけた彼は頭をかかえた／從警察署那兒接到

通知後，他十分苦惱。

△心配なことがあると見えて、頭をかかえて考えこんでいる／好像

有心事，他抱着頭冥思苦想。

△兄は頭をかかえて閉口している／哥哥抱着頭束手無策。

頭をかく（あたまを搔く）

搔頭，不好意思，難爲情，爲難。

△はずかしいとき、頭をかくのがあの人のくせです／每當難爲情時

，用手搔頭是他的習慣。

△ほめられて頭をかく／受到表揚，怪不好意思的。

△彼は胡麻塩の頭をかいて当惑した態であった／他用手抓斑白的頭

髮，似乎爲難的樣子。

頭を下げる（あたまをさげる）

低頭，低下頭來，點點頭，敬禮，鞠躬。

△頭をうやうやしく下げて彼は言った／他恭恭敬敬地低下頭來說話。

△私はかの女にひくく頭を下げた／我向她深深地垂下了頭。

△日本では、ていねいに頭を下げておじぎをします／在日本，日本

人恭恭敬敬地低下頭來鞠躬。

頭を使う（あたまをつかう）

花費腦筋，用腦，動腦筋。

△きょうは頭をあまり使わぬようにせねばならぬ／今天絕對不能過

度用腦筋。

△母は彼が頭を使いすぎないように注意しています／母親提醒他不

要用腦過度。

△大学を出た人には、からだを使う仕事より頭を使う仕事のほうが

いいようです／對於大學畢業的人來說，用體力的工作不如用腦力

的工作更適合他們。

頭をつっこむ（あたまを突っ込む）

干涉，參與，挿手，埋頭於……，投身於……。

△つまらないことにあまり頭をつっこむな／不要過多參與一些無聊

的事情。

△わかいとき、しばいに頭をつっこみすぎて、勉強をあまりしなか

った／年輕時埋頭於戲劇，忽略了學習。

△実業界に頭をつっこむ／挿手工商業界。

頭をなやます（あたまを悩ます）

傷腦筋，花費腦筋，煩惱。

△彼らは一時間算数に頭をなやました／他們爲算術問題傷了一個小

時腦筋。

△私は会の運営に頭をなやましている／我爲會議的營運而花了腦筋。

△もうそのことで頭をなやまさないつもりだ／我打算再也不爲此事

煩惱了。

仇をうつ（あだを討つ）

報仇，爲……報仇，報仇雪恨。

△私は兄弟の仇をうってみせる／我要爲弟兄報仇。

△家族のものは一生かかっても殺害者を捜し出して仇をうつであろ

う／家族即使花一生精力也要找到殺人凶手，進行報仇。

△恥を忍んで戦友の仇をうったのはえらい／能夠忍辱負重爲戰友報

仇雪恨，眞了不起。

呆気に取られる（あっけにとられる）

嚇得目瞪口呆，大吃一驚，嚇了一跳。

△彼は呆気にとられたが、少しも顔に表わさなかった／他大吃一驚

，可是毫無流露於臉上。

△人人は品があまりにもやすいので、呆気にとられた／看到東西的

價格很便宜，大家都感到驚奇。

△みんなあっけにとられてぼんやり坐っていた／大家都目瞪口呆的

坐在那兒。

あっという間（あっというま）

說時遲那時快，一眨眼的工夫，轉眼間。

△<u>あっという間もなく</u>ぶつかってしまいました／說時遲那時快，碰撞在一起了。

△<u>あっという間に</u>桜は散ってしまった／轉眼間櫻花已經凋落。

△街路樹の芽が<u>あっという間に</u>青々と茂りだした／行道樹剛剛發芽，可轉眼間已鬱鬱蒼蒼。

あっと言わせる（あっといわせる）

大爲吃驚，令人感嘆，令人吃驚，令人嘆服，使……大爲震驚。

△みんなを<u>あっと言わせ</u>ようと思って帰国する日をだれにも知らせませんでした／爲了使大家吃一驚，我沒有把歸國日期告訴任何人。

△寄付の金額が莫大なので、世人を<u>あっといわせた</u>／捐款的數目巨大，使人們大吃一驚。

△それは人を<u>あっと言わせる</u>ほどすばらしい／那是非常卓越的，令人爲之嘆服。

当てがない（あてがない）

沒希望，不可能，沒辦法，沒線索，沒頭緒。

△事件解決の<u>あてがまだない</u>／還沒有解決該事件的線索。

△金を借りる<u>当てがない</u>／沒有人借給我錢。

△探すに<u>あてがない</u>／沒有線索進行尋找。

当てが外れる（あてがはずれる）

失望，和預期相反，指望落空。

△大丈夫と思っていたのに、すっかり当てが外れた／以為萬無一失，那知道落空了。

△君が来ないので、当てがはずれた／你沒來，令人失望。

△天気の当てが外れた／天氣出乎意外地變壞了。

△食事が出ると思ったら、当てが外れた／以為會招待吃飯的，結果大失所望。

当てにする（あてにする）

指望，盼望，相信，可靠，一心期待。

△私をあまり当てにしてはいけない／不要過分指望我。

△彼の言うことは当てにすることができない／不能相信他講的話。

△私は金などを当てにはしないよ／我可沒有向錢看。

当てにならない（あてにならない）

靠不住，不可靠，不可信賴。

△あしたの天気は当てにならない／明天的天氣靠不住。

△彼の言うことは当てにならなかった／他講的話不可信賴。

△あいつにそれを頼んでも当てにならない／即使你拜託他，他也不可靠。

当てもなく（あてもなく）

沒有目的地。

△当てもなく歩きつづけた／沒有目的地一直走下去。

△これというあてもなしに上京した／也沒有什麼明確的目的來到了東京。

△当てなしに金を蓄える人間はない／沒有目的而存錢的人是不存在的。

後がこわい（あとが恐い）

後患無窮，後果可怕，後果不堪設想。

△あの人に誉められると後がこわい／要是受他的稱讚，後果可怕。

△あとがこわいから泣き寝入りをする／想到後果可怕，只好忍氣吞聲。

△なんだか、あとがこわいような気がして、いやだった／總覺得後果可怕，所以我不願意。

跡形もない（あとかたもない）

一點痕跡也沒有，蕩然無存；毫無根據。

△今ではまったくその墓のあとかたもなくなっている／如今那個墳墓已蕩然無存。

△橋は流されてあとかたもない／橋被洪水吞沒，已蕩然無存。

△これはあとかたもない報道だ／這則報導是捏造的。

後釜に据える（あとがまにすえる）

接任，繼任，繼承，接班。

△校長が亡くなると、かれは すぐその後釜にすわった／校長去世後，他馬上接任了。

△Ａ氏がＢ氏の後釜に坐った／Ａ先生接任了Ｂ先生的職位。

△前の奥さんの後釜にすわるつもりはない／沒有接替你前妻的位置的想法。

△私は新人を後釜にすえることをみんなにすすめた／我提醒大家要讓新人來接班。

あとから（後から）

隨後；以後，日後。

△私のあとから来てください／我先去，請你隨後就來。

△あとから参ります／隨後就去。

△荷物はあとからおくってください／行李請以後給寄來。

△あとから苦情の出ないようにまえもって断っておく／爲了避免日後產生抱怨情緒，事先打好招呼。

後から後から（あとからあとから）

連續不斷，接連不斷，相繼，一個接一個。

△仕事が後から後から出て来る／工作一件接一件沒完沒了。

△あとからあとからと注文が来る／定貨應接不暇。

△事件があとからあとから起きた／事故連續不斷發生。

後先をかんがえない（あとさきを考えない）

冒冒失失，未經考慮，輕率，不顧後果。

△後先を考えずにものをいう／講話輕率。

△あとさきの考えもなく家を とびだす／冒冒失失地離開了家。

△彼はあとさきを考えないでやった／他沒考慮成熟就動手做了。

△彼はあとさきの考えなくやたらにかの女を熱愛した／他不顧一切

　後果瘋狂地熱戀她。

△若い時はあとさきの考えがない／年輕時做事冒冒失失。

後にすえる（あとに据える）

接班，接替職務，接替工作。

△あとに彼をすえる考えはない／沒考慮讓他接班。

△その男を後にすえるつもりだ／想讓他接替職務。

△王さんが私のあとへすわる／老王接替我的工作。

△社長がなくなると、木村はすぐそのあとにすわった／經理死後，

　木村立卽繼承了他的職位。

後にする（あとにする）

離開，告別。

△台北をあとにしたジープは、アスファルト道路を西北へと向った

　／吉普車離開台北後，沿着柏油馬路一路駛往西北方。

△汽車がプラットホームをあとにすると、とぶように走っていった

　／火車開出月台後，飛也似地急馳而去。

△生まれ故鄉を後にして行く／告別出生的故鄉。

後につく（あとに付く）

　跟在後面，緊跟在後面。

△父があとについて来た／父親從後面跟來了。

△わたしの車のあとについてください／請緊跟在我的汽車後面。

△かの女はひそかにあとについて行った／她悄悄地跟隨在後面去了。

あとになる（後になる）

　落在後面，丟在後面。

△二人は他の人人のあとになった／兩個人落在其他人們的後面。

△一番あとになったのは誰か／落在最後面的人是誰。

△彼は競争でずっとあとのほうになってしまった／比賽時他被遠遠

　丟在後面。

後に残る（あとにのこる）

　留在後面，剩下，留下；拋下，遺留。

△王さんは用事でちょっとあとにのこった／老王因事遲到一會兒。

△その芳香はしばらく後に残っていた／那種香味兒久久不散。

△彼のあとには未亡人と令息がのこっている／他死後留下了寡婦和

　兒子。

△彼が死んだら後にのこるものは借金ばかりだ／他死後能遺留下的

　只有負債。

後にも先にも（あとにもさきにも）

空前絶後，未曾有，稀有，獨一無二，罕見。

△君を<u>後にも先にも</u>ない名俳優だと公言する／公開宣稱你是罕見的

名演員。

△<u>後にも先にも</u>ただ一人の息子が急病で死んだ／唯一的獨生子得了

急病死了。

△<u>後にも先にも</u>たった一度しかないチャンスを逃がしてしまった／

錯過了一生中唯一的一次機會。

後へ引く（あとへひく）

退讓，後退，收回，罷休。

△彼の主張に対抗して、一歩も<u>後へ引かない</u>方針だ／在反對他的主

張方面，我的方針是寸步不讓。

△あんなにいろいろ約束したのだから、君はいまさら<u>後へは引けな</u>

<u>い</u>／你許了那麼多願，到如今怎麼收回來。

△ここまできてはもう<u>後へ引けない</u>／已經到了這樣的地步，騎虎難

下。

後を受ける（あとをうける）

繼……之後，……之後，接着……。

△旧石器時代<u>のあとを受ける</u>のは中石器時代である／繼舊石器時代

之後，便是中石器時代。

△歓迎演説<u>の後を受けて</u>、彼は会議場の壇上に立った／聽過歡迎詞

之後，他走上了會場的講壇。

△父のあとを受けて家業にはげんでいる／繼父親之後努力經營家業。

跡をおう（あとを追う）

追踪，追趕，追逐。

△彼は犬をつれてあとをおっていった／他領着狗去追趕了。

△犬は獲物のあとをおっている／狗追逐着野獸。

△彼らはじきに巡査に彼のあとを追わせるだろう／他們馬上會讓警

察追踪他的。

跡をくらます（あとを晦ます）

躲藏，隱藏，逃之夭夭，銷聲匿跡。

△悪いことをして跡をくらます／做了壞事之後躲藏起來了。

△その男は跡をくらまして逃げた／那個人逃跑得無影無踪。

△退職手当を受け取ったその日、木村は家にかえらず、あとをくら

ましてしまった／那一天，木村領取了退職津貼之後，沒回家，就

此失踪了。

跡を絶つ（あとをたつ）

△多彩な新製品は、あとをたたない客の目を引く／豐富多彩的新商

品，引起絡繹不絕的客人們的注意。

△あのあたりには、川面の舟や車があとをたたない／那一帶，河上

的行船和車輛絡繹不絕。

△歩道橋ができて、児童の事故があとをたった／自從建天橋之後，

兒童的車禍就絕迹了。

跡をつける（あとを付ける）

跟踪，尾隨，追踪。

△あやしい人の跡をつける／跟踪可疑的人。

△見えがくれに跡をつける／偸偸地跟踪在後面。

△秀子は逃亡した良人の跡をつけてイギリスに行った／秀子爲追踪

逃跑的丈夫來到了英國。

あとを引く（後をひく）

縈繞腦中，長期不消失，沒完沒了，久久不消散。

△副作用があとを引く／副作用長期不消失。

△ピーナッツはあとを引く／花生吃完還想吃。

△救われない気持はいつまでもあとを引いているようである／絶望

的心情纏繞心中久久不消散。

後をふりむく（あとを振り向く）

回頭，回頭看，向後看，向後回頭。

△彼はあとをふりむいて見た／他回過頭來向後看。

△常にあとをふりかえっていては本当の進歩はしない／總是向後看

，不會有眞正的進步。

△彼はあとを振り向きもしないで急ぎあしに歩いた／他連頭也不回

快歩離去。

△あとをふりむきながら「さようなら」と彼は言った／他一面回頭

　一面説："再見"。

穴があくほど見る（あなが明くほどみる）

　凝視，注視，直盯盯地看，不眨眼地看。

△法廷の法官は穴があくほど彼を見つめた／法庭的法官盯着他看。

△あのお婆さんは私の顔を穴のあくほど見る／那位老婆婆盯住我的

　臉看。

△彼に穴があくほど見つめられてかの女は顔を赤らめた／他目不轉

　睛地看人家，弄得那位女士臉都紅了。

あぶないところだった（危ないところだった）

　險些兒，差一點兒，幾幾乎。

△汽車が今出るというあぶないところだった／險些兒沒趕上火車。

△その火事でこの家もすでにあぶないところだった／發生大火時，

　這家也差點兒遭殃。

△われわれはもう少しで生命があぶないところだった／我們的生命

　也差點兒完蛋。

脂がのる（あぶらが乗る）

　起勁，作事有興致，來勁，年富力强。

△近頃、私はやっと仕事にあぶらがのってきた／這些日子，我對工

作才幹出勤來了。

△彼は52才で、健康は上上で、いわゆる脂の乗り切った盛りであった／他五十二歳，身體很健康，正是精力充沛的旺盛時期。

△今がちょうどあぶらの乗った年ごろだ／現在正是年富力強的歲數。

△木村さんは話にあぶらがのらない／木村對談話不感興趣。

油を売る（あぶらをうる）

磨蹭，偷懶，聊天消磨時間，閒逛。

△彼は途中で油をうっているに相違ない／他一定在半路上閒逛。

△学校から帰って来ては油ばかり売らないで、家事の手伝いをしなさいとお父さんに言われた／父親說：“放學回家後，不要盡是瞎扯淡，要幫助做些家務事”。

△学校へ行っては油ばかり売っていた／到學校去只是爲了消磨時間。

油を搾る（あぶらをしぼる）

教訓，整治，譴責。

△昨日、彼はさんざん課長に油をしぼられた／昨天他被課長狠狠地訓了一頓。

△ひとつあぶらをしぼってやろう／要整治他一下。

△警察署へつれて行かれてゆうべ一晩油をしぼられました／昨晚被帶到警察署去訓斥了一個晚上。

あまく見る（甘くみる）

瞧不起，輕視，漫不經心，往好處想。

△むずかしい仕事じゃないのですが、甘く見ると失敗しますよ／這件工作並不難，但漫不經心的話是會失敗的。

△自分の子供の将来をあまく見てはいけない／關於自己孩子的前途，不要想得太美。

△いささか事態をあまく見ていたようである／似乎把情況估計得稍微好了些。

泡を食う（あわをくう）

大吃一驚，驚慌失措，慌裡慌張。

△大きな声を出したら、子供は泡を食って逃げて行った／大聲一喊，小孩嚇得逃跑了。

△「あす試験だ。」といわれてあわを食った／聽說明天要考試，大吃一驚。

△さあ一つ泡を食わせてやろう／來吧，咱們嚇虎他一下。

い

いいあんばいに（いい塩梅に）

萬幸，幸運得很，順利地，湊巧。

△私はいいあんばいにけがをしなかった／幸運得很，我沒有受傷。

△いいあんばいに試験に合格しました／順利地通過了考試。

△いいあんばいに彼に会った／湊巧遇見了他。

いい顔はしない（好いかおはしない）

不高興，不滿意。

△そんなことをたのんだら、あの人だっていい顔はしないよ／求人辦這種事，人家準不高興。

△兄は出戻りのわたしを見て、いい顔をしません／哥哥看到我離婚回到娘家來，臉上露出不高興。

△こういうことを見て、いい顔をしてはいられない／看見這種事情，怎能滿意呢。

いいかげんにしなさい（いい加減にしなさい）

不要……，別……，適可而止，少……。

△お前は悪い子だ。いたずらはもういいかげんにしなさい／你這孩子不好。別再淘氣了。

△おい、いいかげんにしろ。やめないとひどいめにあうぞ／喂，你

不要這樣，否則會吃苦頭的。

△もう冗談(じょうだん)も<u>いいかげんにしなさい</u>／請不要再開玩笑了。

いいところ（良いところ）

可取之處，優點，長處，好地方。

△そこが<u>いいところ</u>なんだ／那就是可取之處。

△あの男(おとこ)にはなかなか<u>いいところ</u>があるよ／那位男士有很大的優點。

△あの男(おとこ)にはどこにも<u>いいところ</u>がない／那位男士毫無長處。

△ぼくはこの本(ほん)の<u>好いところ(よ)</u>を暗記(あんき)している／這本書的好地方我全

都背下來了。

いいところへ来る（いいところへくる）

來得正是時候，來得太巧了，來得正好。

△<u>いいところに来(き)たね</u>。いっしょにお茶(ちゃ)を飲(の)まないか／來得正好，

一塊喝茶吧。

△君(きみ)はちょうど<u>いいところへ来(き)て</u>くれた。手(て)つだってもらいたいこ

とがある／你來得正是時候，有件事要你幫幫忙。

△彼(かれ)はいつも遅からず早(はや)からずちょうど<u>よいところに来る</u>／他總是

不早不晚來得正是時候。

いい年をして（好いとしをして）

年紀相當大了，年歲大了，年紀老了，年事已高。

△気(き)の毒(どく)だ、あの人(ひと)は<u>いい年をして</u>まだ働(はたら)かなければならない／眞

可憐，他年紀那麼大了，還必須工作。

△いい年をしてそんな馬鹿なことをするものではない／年紀那麼大了，不要去幹那種蠢事。

△いい年をしてわかい人と同じようにあそんでいる／雖然年紀大了，可玩起來却同年輕人一樣。

言い訳が立つ（いいわけがたつ）

説得過去，交代得過去，振振有辭，理由充分。

△病気だと言えば言い訳が立つ／提出疾病這個理由是説得過去的。

△こんな失策をしては言い訳が立たない／如果犯了這樣的錯誤，無以辯解。

△そうしておけば夫人が来た時に、外出していた言い訳が立つだろう／如此這般安排好，夫人來時，借口説外出不在，或許説得過去。

言うことを利く（いうことをきく）

聽使喚。管用，行動方便。

△疲れて足が言うことをきかなくなる／疲倦後，脚就不聽使喚。

△その時以来、左手が言うことをきかなくなった／自那以後，我的左手就不管用了。

△年をとると身体が言うことを利かなくなる／年紀老了後身體行動不方便了。

言うことを聞く（いうことをきく）

聽話，唯命是從，聽人擺布，順從。

△この子は父親の言うことをきかない／這孩子不聽父親的話。

△かの女の亭主はかの女の言うことをよくきく／她的丈夫對她唯命

是從。

△老人の言うことをきかないと困ることになるよ／不聽老人言，吃

虧在眼前。

言うにいわれない（いうに言われない）

非言語所能形容的，萬分，無法形容的。

△言うに言われない快感を覚える／感到一種非言語所能形容的愉快

感覺。

△言うに言われないいやな味がする／一股無法形容的討厭的滋味。

△ぼくは言うに言われぬほど残念です／我感到萬分遺憾。

怒りが解ける（いかりがとける）

怒氣消了，火氣消了，平息怒氣。

△彼の怒りがまだ解けない／他仍然怒氣未消。

△わけを聞いてわたしのいかりも解けた／聽過解釋後，我平息了怒

氣。

△父のいかりのとけるまでおとなしくしているつもりだ／直到父親

火氣消了爲止，我想收斂一下。

怒りを招く（いかりをまねく）

激怒，激起憤怒，惹人生氣，招致發火。

△事実を言ってあの人の<u>怒りを買った</u>／講了眞情實話，招致他大發雷霆。

△先生の<u>怒りを買う</u>ようなことは、しない方がいい／還是不做那種招老師生氣的事情爲好。

△彼は何ごとかについて父の<u>いかりを買った</u>らしい／不知爲什麼事他似乎激怒了父親。

生き馬の目を抜く（いきうまのめをぬく）

雁過拔毛，詐騙錢財，坑人，騙人，傷天害理。

△東京は<u>生き馬の目を抜く</u>ところだと、いなかにいた時からきいてはいた／在郷下時就聽説東京是個雁過拔毛的地方。

△彼は<u>生き馬の目を抜く</u>ような男だ／他可是個坑人的傢伙。

△香港は<u>生き馬の目を抜く</u>ところだから気をつけなさい／香港是個雁過拔毛的地方，可千萬要小心。

勢いがつく（いきおいがつく）

來勁，順手，加油，加勁。

△彼は<u>勢いがついた</u>／他幹得挺來勁的。

△いのししの方は<u>勢いをつける</u>ために何歩か後へ退いたんだ／爲了猛勁衝撞，野猪向後退了幾步。

△さか道をくだる車は<u>勢いがついて</u>、だんだん速くなる／車順着下坡越跑越來勁，飛快奔馳。

息が合う（いきがあう）

　　歩調一致，氣息相通，得心應手，配合默契。

△一緒に仕事をする時、彼は息の合う仲間である／共同工作時，他

　　是和我合作得很好的伙伴。

△このしばいに出て来る人たちは、みんな息が合っている／出演這

　　場戲的演員們默契都很好。

△あのふたりは息があっているから、仕事がどんどんかたづく／那

　　兩個人步調一致，因此工作進展神速。

息が切れる（いきがきれる）

　　喘不上氣，上氣不接下氣，呼吸困難。

△彼は息を切らしてしゃべっていた／他上氣不接下氣地講着。

△かの女は息が切れて、ことばをとぎらせた／她喘不過氣來，說話

　　也就斷斷續續。

△私は駆け足でやってきたので、息が切れそうだ／我是跑步來的，

　　因此氣都喘不上來了。

息が苦しい（いきがくるしい）

　　呼吸困難，喘不上氣來，喘不過氣來。

△病人は息が苦しいと言った／病人說呼吸困難。

△歩くのも息が苦しい／連走路都喘不上氣來。

△満員電車でおされて息が苦しかった／在擁擠的電車裡，連氣都喘

　　不過來。

息が絶える（いきがたえる）

停止呼吸，斷氣，咽氣，臨終。

△医者が来たとき病人はもう息がたえていた／醫生來到時病人已經咽氣。

△わずかにかよっている息がもはやたえてしまった／一縷遊絲般的氣息已斷了。

△今にも息のたえそうな病人が何か言いたそうに口をかすかに動かした／即將臨終的病人，双唇微微囁嚅，像有話要講。

息がつまる（いきが詰まる）

氣悶，呼吸困難，透不過氣來。

△せまいへやに長くいると、息がつまるようだ／長時間呆在狹窄的屋子裡，感到氣悶。

△深刻な話になって息がつまりそうだった／談到嚴重的問題，緊張得透不過氣來。

△煙で息がつまった／烟嗆得透不過氣來。

息がはずむ（いきが弾む）

喘不上氣來，上氣不接下氣。

△息をはずましてものを言う／説話時氣急直喘。

△あまり急いだのでそこに着いたときは息がはずんでいた／走得太急，到了那裡時，喘不上氣來。

△走ったので息をはずませていた／跑得上氣不接下氣。

— 42 —

息もつかず（いきも吐かず）

　一口氣，聚精會神，集中精神。

△息もつかずに勝負を眺めた／聚精會神觀看比賽。

△この子は息もつかずにしゃべりつづけた／這孩子一口氣連續不斷

　地講。

△息もつかずに飲みほした／一口氣喝乾。

息をころす（いきを殺す）

　屏息，屏着氣。

△息をころして勝負をながめていた／屏息觀看比賽。

△おもしろいので、息を殺して見ている／因爲有趣，就屏息觀看。

△しんしんと夜気のしみ入る中に息をころして待っていた／在寒氣

　逼人的夜晚，屏住呼吸等待。

息をつく（いきを吐く）

　喘口氣，歇一歇；呼吸。

△いそがしくて息をつくひまもない／忙得連喘口氣的時間都沒有。

△彼はまだ息をついている／他還在喘氣。

△二、三日息をつくひまがある／有兩三天可以歇息。

息をつぐ（いきを継ぐ）

　換口氣，喘口氣，休息一下，歇一歇。

△この文章は長いので、途中で息をつがないと読めません／這篇文

－ 43 －

章很長，半途要歇一歇，否則無法往下唸。

△ちょっと息をつがせてくれ／讓我歇一歇。

△その子は息をついでから次の如く言った／那孩子喘口氣後，講了
下面的話。

息をのむ（いきを呑む）

屏息，屏住氣，停止呼吸，倒抽一口涼氣。

△私はおもいかけぬ自動車の接近に息をのんだ／汽車突然向身邊開
過來，我緊張得呼吸都要停止了。

△かの女は、はっとして息をのんだ／她不禁一驚，倒抽一口氣。

△若い士官は息をのんで答えをまっていた／年輕的軍官屏住呼吸等
待回答。

息をひきとる（いきを引き取る）

停止呼吸，咽氣，去世，死亡。

△彼は静に息をひきとろうとしていた／他即將安靜地停止呼吸。

△父は昨夜、息をひきとりました／父親昨晚去世了。

△その人は子どもたちに見まもられてしずかに息を引き取った／那
個人在孩子們的圍護下安靜地停止了呼吸。

息をふきかえす（いきを吹き返す）

蘇醒，蘇醒過來；重新繁榮起來。

△水を飲ませたら、また息をふきかえした／給他喝過水，又蘇醒過

來。

△気絶した人が息をふきかえした／暈倒的人又蘇醒過來。

△寂れた町が観光地として息をふきかえした／衰落的城鎮作爲觀光

地又繁榮起來。

いくらなんだって

不管怎様，不管怎麼説，無論怎麼講。

△いくらなんだって馬にはかなわないよ／不管怎様，也敵不過馬的。

△いくらなんでもこの花ほどきれいではないでしょう／不管怎麼説

，也不會像這花那樣美麗。

△いくらなんでもこれは少し大きすぎます／不管怎麼説，這個略微

大了一些。

△いくらなんでもその金は受け取れない／不管怎様，這錢不能接受。

意地がわるい（いじが悪い）

用心不良，心術不善，與人爲難，刁難人。

△あの人は意地が悪くて、人をこまらせたり、いじめたりするのが

すきだ／那個人心術不善，喜歡給人出難題，欺負人。

△あの女の人は意地の悪そうな顔をしている／那個女人滿臉刁難人

的神氣。

△かの女は自分の赤ん坊はいつも意地がよいと言った／她説她的嬰

兒總是不吵不鬧。

意地になる（いじになる）

固執己見，意氣用事，要強，來勁。

△するなと言うとかえって<u>意地になる</u>から、だまっているほうがい

い／向對方說不許做，對方反倒會意氣用事，所以還是不說爲妙。

△<u>意地になって</u>反対する／意氣用事，進行反對。

△意見すればするほど<u>意地になる</u>／越勸阻他，他就越來勁。

意地をはる（いじを張る）

剛愎自用，固執己見，意氣用事。

△<u>意地をはる</u>のは悪いくせだ／固執己見是不好的毛病。

△あんまり<u>意地をはる</u>と嫌われますよ／過於固執己見，會被人討厭。

△彼はつまらない<u>意地を張って</u>意見を改めようとしなかった／他出

自無聊的意氣用事，不想改變他的意見。

△そう<u>意地をはる</u>ものではない／不應該那樣剛愎自用。

威勢がいい（いせいがいい）

有朝氣，有勇氣，威風凛凛，精神百倍。

△さむいのに、靴下もはかないとは<u>威勢がいい</u>ね／天這樣冷，你連

襪子都不穿，眞夠精神的。

△彼はなかなか<u>威勢のいい</u>男だ／他可是一位威風凛凛的男子漢。

△彼はいつも<u>威勢のよい</u>事を言う／他總愛誇大其詞。

痛いところを突く（いたいところをつく）

攻擊弱點，觸其癢處，揭人之短，擊中短處。

△痛いところをつかれた彼<ruby>彼<rt>かれ</rt></ruby>は、目<ruby>目<rt>め</rt></ruby>をむいて怒<ruby>怒<rt>おこ</rt></ruby>った／碰到了他的痛處，他瞪圓眼睛發火了。

△王<ruby>王<rt>おう</rt></ruby>さんの話<ruby>話<rt>はなし</rt></ruby>は、彼<ruby>彼<rt>かれ</rt></ruby>のいたいところを突いて、ぐうの音<ruby>音<rt>ね</rt></ruby>も出<ruby>出<rt>だ</rt></ruby>させなかった／老王的講話擊中了他的弱點，他啞口無言。

△相手<ruby>相手<rt>あいて</rt></ruby>のいたいところをつくのはやっぱりまずかったようだ／揭對方之短總還是覺得不大合適。

いたい目に会う（痛いめにあう）

吃苦頭，嘗嘗厲害，給……厲害看看，受罰。

△この子<ruby>子<rt>こ</rt></ruby>はいたい目にあわせないとますます増長<ruby>増長<rt>ぞうちょう</rt></ruby>する／不給這孩子點厲害嘗嘗的話，他會越囂張。

△下<ruby>下<rt>お</rt></ruby>りて来<ruby>来<rt>こ</rt></ruby>ないといたい目に会わせるぞ／如果不下來的話，可要給你好看。

△そんなことを言うといたい目に会うぞ／講那種話，你會吃苦頭的。

いたくもかゆくもない（痛くも痒くもない）

不痛不癢，滿不在乎，毫不介意，無所謂。

△そんなことは痛くもかゆくもない／那種事情根本不在乎。

△悪口<ruby>悪口<rt>わるくち</rt></ruby>を言<ruby>言<rt>い</rt></ruby>われても、痛くもかゆくもない／有人講壞話，我也並不介意。

△彼<ruby>彼<rt>かれ</rt></ruby>が絶交<ruby>絶交<rt>ぜっこう</rt></ruby>するといっても痛くもかゆくもない／他說要絕交，這對我來說根本無所謂。

板につく（いたに付く）

　服貼，合身；老練，爐火純青。

△あの人の洋装はぴったり板についている／那個人的西裝挺合身。

△彼の議長ぶりが板についている／他當議長儀態很老練。

△はじめての演説だから、どことなく板につかない／初次演講，因

　此有些缺乏經驗。

△保険の勧誘がまだ板につかない／拉保險還不夠老練。

痛みが止まる（いたみがとまる）

　疼痛止住了，不疼了，消除疼痛，止疼，疼痛消失。

△注射をしたので、痛みはとまりました／打過針後疼痛消失了。

△これは痛みをとめる薬です／這是止痛藥。

△おなかの痛みが止まらないので、医者をよびました／肚子疼個不

　停，所以請了醫生來。

一か八か（いちかばちか）

　碰碰運氣，聽天由命，孤注一擲，生死存亡。

△一か八かそれをやって見てもよい／碰碰運氣做做看也好。

△そんな一か八かのやり方はばかげている／那種孤注一擲的作法太

　愚蠢了。

△先生は、彼女が一か八かの瀬戸際にいるのを知っている／老師知

　道她面臨生死存亡的緊要關頭。

一から十まで（いちからじゅうまで）

一切，全部，徹頭徹尾，完全，十分詳細。

△彼の話は一から十までうそだ／他説的話全都是撒謊。

△彼は一から十までの事を知っている／他知道全部詳細情況。

△お前は一から十まで自分のすることは正しいと信じているのか／你相信自己所做的事情完全是正確的嗎？

一、二をあらそう（いち、にを争う）

數一數二，屬於前兩名。

△彼はクラスで一、二を争う成績です／他在班裡的成績數一數二。

△彼は台北では一、二を争う富豪だ／在台北，他是數一數二的大財主。

△彼は学校ではいつも一、二を争っている／在學校裡，他總是屬於前兩名。

一目（を）おく〔いちもく（を）置く〕

比不上，差一等，遠不如，敬佩。

△校長先生も彼を尊敬し、一目（を）おいている／校長也尊敬他，欽佩他。

△私はあの人の思想のすぐれていることには一目（を）おいている／那人的思想很進步，我遠不如他。

△彼は知識の豊富な林にたいしては一目おいていたらしい／他似乎對知識淵博的林很敬重。

△あの人には一目も二目もおいている／十分敬佩他。

一も二もなく（いちもにもなく）

馬上，立刻，斷然，欣然。

△一も二もなく断られた／斷然被拒絕。

△彼は一も二もなく同意した／他欣然同意。

△彼は一も二もなく結婚を承知した／他馬上表示同意結婚。

一をきいて十を知る（いちを聞いてじゅうをしる）

舉一反三，觸類旁通，十分聰明。

△彼は一をきいて十を知るほど理解が早く、聰明である／他頭腦聰

明，理解快，能夠觸類旁通。

△あの子は一を聞いて十を知る／那孩子能夠舉一反三。

△あの人は何かとよく気がつくもので、一をきいて十を知るような

人間です／那個人萬事機警靈敏，是一位十分聰明的人。

一途をたどる（いっとを辿る）

日趨，走向，日漸走向，日益。

△ダムがあいついで完成すると、供水量は年年増加の一途をたどっ

た／水壩相繼建成後，供水量逐年趨向增加。

△その会社は破産の一途をたどった／該公司日漸走向破産。

△戦争は深刻の一途をたどりつつある／戰爭日漸危急。

何時にない（いつにない）

與平常不同，和往常不同，一反常態。

△彼はいつになく元気がなかった／他和平素不同，精神不振。

△彼はいつになく機嫌がわるかった／和往常不同，他情緒不佳。

△彼はいつになく早起きした／他一反常態，起床很早。

居ても立ってもいられない（いてもたってもいられない）

坐臥不安，焦慮不安，坐也不是、站也不是。

△私はその話をきいて、胸は高なり、いても立ってもいられないような不安な気持ちになった／聽到這些話後，我心情激動，內心不安，坐也不是，站也不是。

△そんな人間になって行く息子を想像すると、いても立ってもいられない気持ちになっている／想到孩子會變成那樣的人，憂心如焚，坐臥不寧。

△歯が痛くていても立ってもいられなかった／牙疼得坐也不是，站也不是。

命が縮まる（いのちがちじまる）

縮短壽命，影響壽命。

△心配で命が縮まる思いだった／由於擔憂覺得老了幾年。

△むつかしい仕事で命が十年も縮んだ／艱苦的工作使人少活了十年。

△そんな無理をすると命を縮めるぞ／過度勞累會影響人的壽命。

△君の飲む酒の一杯一杯が君の命を縮めているんだよ／你喝的每一杯酒都在蚕食你的生命。

— 51 —

命に係わる（いのちにかかわる）

有關生命，生死攸關。

△この病は命にかかわることがある／這種病有時候使人喪失生命。

△それは私の命にかかわる問題だ／對於我來説，那是生死攸關的問題。

△この病氣は命にかかわる心配はあるまい／不必擔心，這種病對生命沒影響。

命にかける（いのちに賭ける）

要命，豁出去，不惜付出任何代價。

△私は命にかけても彼を助ける／我豁出命也要幫助他。

△必要な場合には命にかけても君を保護するつもりだ／如果需要，我決心不惜付出任何代價保護你。

△かの女が隠立をしていないことは命にかけて保証する／以生命保證她沒有絲毫隱瞞。

命を落とす（いのちをおとす）

喪生，喪命，失去生命。

△交通事故で命をおとすところだった／由於車禍差點喪生。

△その事故で三十人も命を落とした／在那次事故中有三十多人喪命。

△この発明をするのに発明者が命をおとした／爲了進行這項發明，發明家失去了生命。

命を繋ぐ（いのちをつなぐ）

勉強維持生存，苟延殘喘，餬口延命，維持生命。

△どうかこうか命をつなぐ／苟延殘喘。

△われわれの命をつなぐにはそれで足るだろう／有了這些東西，足
夠我們餬口延命了。

△私は山で道にまよい、水だけで三日間命をつないだ／我在山中迷
了路，只靠水維持了三天生命。

命を取られる（いのちをとられる）

奪去生命，獻出生命，喪生。

△彼は酒で命をとられた／他因喝酒而喪命。

△流行病が多くの命を取る／瘟疫奪走了許多人的生命。

△あの人はこの病には命を取られた／他因患這種病而喪生。

命を投げ出す（いのちをなげだす）

豁出命來，犧牲生命。

△命を投げ出して人を助けた／犧牲生命幫助人。

△彼は命を投げ出して社会のために働いた／他不惜犧牲生命為社會
工作。

△あの人のためなら命を投げ出しても惜しくない／如果為他犧牲也
在所不惜。

意表に出る（いひょうにでる）

— 53 —

出乎意外，意外。

△あの人はしばしば人の意表に出るようなことをする／那個人經常做

些出人意料的事。

△あの人の考えは、とにかく人の意表をつくことが多い／那個人的

想法，大都出人意料。

△一人として事の意表に出たのに驚かぬものはなかった／事出意外

，無人不感到驚訝。

嫌というほど（いやというほど）

狠狠地，殘酷地，夠受，很厲害。

△ここは見渡すかぎり、いやになるほど真平らな平野である／這裡

極目所見，是一望無際的平坦坦的原野。

△私はいやというほど彼に足をふまれた／他狠狠地踩了我的脚。

△頭をいやになるほど柱にぶつけた／把腦袋狠狠地撞在柱子上。

いやになってしまう

真討厭，夠了，膩了，討厭，厭煩。

△毎日さかなばかり食べさせられるので、いやになってしまった／

每天淨給魚吃，吃膩了。

△つくづく考えてしみじみいやになった／仔細想想，覺得非常討厭。

△思い出すといやになる／一想起來就感到厭煩。

色を失う（いろをうしなう）

臉色變得蒼白，臉色都變了，臉色變得鐵青。

△彼_{かれ}はその知_しらせに<u>色を失った</u>／他接到這個消息後，臉色都蒼白了。

△愕然_{がくぜん}として<u>色を失う</u>／大驚失色。

△不時_{ふじ}の免官_{めんかん}をきいたときに、彼_{かれ}は<u>色を失った</u>／突然聽到被免職，

他臉色都變得鐵青了。

う

上を下へ（うえをしたへ）

翻天覆地，一片混亂，亂得底朝天。

△家中は<u>上を下へ</u>の大混雑であった／家裡到處亂得底朝天。

△その村は<u>上を下へ</u>の大騒ぎだった／那個村子陷入一片混亂。

△町中は<u>上を下へ</u>の大混乱だ／整個城鎮一片混亂。

憂身を窶す（うきみをやつす）

熱中於，專心於，專心致志於……，着迷於……。

△恋に<u>うきみをやつす</u>／耽迷於愛情。

△流行に<u>うきみをやつす</u>人です／專心追求流行的人。

△芸道に<u>うきみをやつし</u>ている／專心研究藝術。

憂き目に会う（うきめにあう）

遭遇悲慘，遭受痛苦，遭遇不幸。

△その船は台風の襲来を受け、まさに沈没の<u>うき目に遭</u>おうとした

／那艘船受到台風的襲擊，眼看就要遭遇沉沒的命運。

△このことのために君は<u>うきめを見る</u>だろう／你將爲此事遭受痛苦。

△この子に<u>うきめを見せる</u>のはかわいそうだ／讓這孩子遭遇不幸，

那太可憐了。

動きが取れない（うごきがとれない）

　進退維谷，進退兩難，寸步難移，確鑿無疑。

△自動車は泥の中へ陥ち込んで、動きが取れなかった／汽車掉進泥

　坑裡，動不了。

△あの人は借金で動きが取れない／那個人借了一身債，寸步難移。

△ぼくは動きのとれない証拠を握っている／我掌握着確鑿的證據。

うそをつく（嘘を吐く）

　説謊，撒謊。

△彼はうそなどつくような男でない／他絕對不是説謊的人。

△人に向かってまっかなうそをつく／他向人家撒了個大謊。

△彼は言うことがなくなると、うそを言う／沒話可講時，他就撒謊。

現を抜かす（うつつをぬかす）

　被……迷住，醉心於……。

△彼は最近将棋に現を抜かしていた／他最近醉心於象棋。

△あの女に現を抜かしている／迷戀那個女人。

△ぼくはそのことに現を抜かしている／我沉醉在那件事情上。

打って一丸となって（うっていちがんとなって）

　團結一致，抱成一團。

△唯一の道は打って一丸となって戦うことにある／唯一的出路是團

　結一致進行戰鬥。

△今度の試合には、わがチームは打って一丸となって当らなければ、勝つ見込みはない／這次比賽，我隊如不團結一致進行戰鬥，恐不能取勝。

△市民などは打って一丸となって運動を展開した／市民們齊心協力展開了活動。

腕が上がる（うでがあがる）

本事有了長進，能耐有了進步。

△このごろゴルフの腕が上がった／最近打高爾夫球的球藝進步了。

△永年テニスをやったが、一向腕が上がらない／雖然打網球多年，但技巧毫無長進。

△君の碁の腕はずいぶんあがった／你下圍棋的棋藝大大提高了。

腕がある（うでがある）

有本事，有本領，有能耐，技術高明，手藝高明。

△腕もないくせに知恵ばかり達者なやつ／沒什麼眞本事，可心眼却多得很。

△下町のさる有名店から、腕のある職人が出張してきた／從淺草一帶的某名店派遣來一位手藝高明的師傅。

△すこし十分な金さえも、私には得るだけの腕がなかったのであった／連一點點足夠用的錢我都沒本事掙到手。

△腕があるんだから、稼ぎさえすりゃいくらでも欲しいだけのお金は取れる／技術高明，只要肯幹，想賺多少錢就能賺多少錢。

腕が鳴る（うでがなる）

摩拳擦掌，躍躍欲試，技癢。

△隊長から近いうちに試合に行くのをきいて、<u>腕がなる</u>／聽隊長講，近期內要去比賽，心裡躍躍欲試。

△思ってみただけで<u>腕がなる</u>／只是想想都覺得技癢。

△みんなが揮毫しているところを見て、<u>腕がなるよ</u>／看到大家在揮毫潑墨，不由得技癢。

腕が鈍る（うでがにぶる）

技術生疏，技術荒疏，技術發揮失常，變得笨手笨脚。

△主人を相手にしては<u>腕がにぶる</u>／和主人比賽，技術發揮不正常。

△少しつかれたので、<u>腕がにぶって来る</u>／因為有些疲倦，技術發揮失常。

△このごろはあまりやっていないので、<u>腕がにぶった</u>／最近一個時期缺少練習，技術生疏了。

腕に覚えがある（うでにおぼえがある）

有實力，有自信，有信心，有功夫。

△絵の方にかけては、私にも<u>腕に覚えがある</u>／有關繪畫，我自己也很有信心。

△およぎなら、<u>腕におぼえがある</u>／提到游泳，我可是有自信。

△<u>腕におぼえがあれば</u>度胸もすわる／藝高人膽大。

腕はたしかだ（うではたしかだ）

毋容置疑的才能，有眞才實學。

△射撃の腕はたしかである／射撃的才能毋容置疑。

△容貌はわるいが、腕はたしかである／容貌雖醜，才能過人。

△彼はわかくて丈夫でしかも腕がたしかだ／他年輕，身體又結實，

而且有眞才實學。

腕を組む（うでをくむ）

抱着胳膊，挽着胳膊。

△二人はしっかりと腕を組んで歩いている／兩人緊挽着胳膊走路。

△若い男は女と腕をくんで歩いている／靑年男女挽着胳膊走路。

△父は両腕を組んでしばらく考えていた／父親抱着胳膊思索了一陣。

腕を振るう（うでをふるう）

大顯身手，大顯神通，施展才能。

△運動選手が腕を振るう日がやってきた／運動選手大顯身手的一天

來到了。

△彼は腕を振るう余地がない／他無處可以施展才能。

△彼らはいよいよ腕をふるいだした／他們終於開始大顯身手。

旨い事を言う（うまいことをいう）

説漂亮話，説好聽的，花言巧語；説話深刻。

△あの女はうまいことを言って男から金を取る／那個女人花言巧語

從男人那裡騙取錢財。

△あの人はいつもうまいことばかり言っている／那個人淨撿動聽的

　説。

△両親がうまいことを言って娘に納得させた／双親説些好聽的讓女

　兒答應下來。

うまいことをする（旨いことをする）

　投機取巧，討巧，占便宜，得便宜，賺錢，不勞而獲。

△あいつだけうまいことをした／只那傢伙一個人占了便宜。

△彼は株でうまいことをした／他靠股票賺了錢。

△あたしは一人でうまいことをしたくないの／我不願意一個人占便

　宜。

うまく行く（旨くいく）

　進行順利，一帆風順，如意。

△仕事がうまく行くといい／工作倘能順利進行就好了。

△試しだから、うまくいくかどうかわからない／試試看，不知道能

　否順利進行。

△君が賛成してくれれば、すべてうまく行くだろう／要是你賛成的

　話，一切都會一帆風順的。

△世の中はとかくうまく行かない／人世間的事往往不是一帆風順的。

有無を言わせず（うむをいわせず）

不容分説，不管三七二十一，不問青紅皀白，一律。

△彼は有無を言わさず私をここまで引張ってきた／他不管三七二十一硬把我拉到這裡來了。

△その仕事は有無を言わせず私に押しつけられた／不容分説就把這件工作硬派在我的頭上。

△有無を言わせず出入りを差し止めた／一律禁止出入。

裏目に出る（うらめにでる）

事與願違，適得其反，得到相反的結果。

△チャンスを逃がしたので、このときの計画はすべて裏目に出てしまった／因爲錯過了機會，所以當時的計劃全都落得了相反的結果。

△競争率の低い所をねらったのが裏目に出た／報考了競爭不太激烈的大學，竟然落了個適得其反的結果。

△することなすことはことごとく裏目に出た／所作所爲，其結果都事與願違。

裏を掻く（うちをかく）

出乎意外，攻其不備，欺騙，出其不意。

△あの子はお父さんの裏をかいて金を持って家出をした／那個孩子出乎父親意外，拿了錢離家出走了。

△相手の裏をかく／出其不意，攻其不備。

△かの女は彼の裏をかいて盗んだ品を持って逃げた／她出其不意，偸了他的東西逃跑了。

売り言葉に買い言葉（うりことばにかいことば）

反唇相譏，互相罵來罵去。

△売りことばに買いことばで、二人はとうとうなぐり合いになった
/兩個人罵來罵去，最後竟動了手。

△彼は私の売りことばに対して、買いことばを返した/聽了我找碴
的話，他也反唇相譏。

△売りことばに買いことばだから、彼は暴言を吐いた/因爲吵起嘴
來，他説了一些粗野的話。

うわさが立つ（噂がたつ）

傳説，流言蜚語，散布流言蜚語。

△あの会社についてへんなうわさが立っている/關於該公司有奇奇
怪怪的流言蜚語。

△友だちに変なうわさを立てられて、こまっている/朋友們中間流
傳着有關我的奇怪的流言蜚語，真傷腦筋。

△彼はかの女について悪いうわさを立てた/他散布有關她的流言蜚
語。

△二人の関係から悪いうわさが立った/有關兩個人的關係，出現了
不好的傳聞。

運が良い（うんがいい）

運氣好，走運，命好，時運好，有福氣，吉星高照。

△あの人はほんとうに運のよい人だ/他是個運氣很好的人。

△君は助かったのは運がいい／你能保住了一條命，眞是吉星高照。

△ぼくは九死に一生を得たのは実に運がよいと思っている／我能夠

死裡逃生眞是命大。

運が向く（うんがむく）

時來運轉，運氣好起來，走運。

△だんだん運が向いてきたようだ／似乎慢慢地時來運轉了。

△彼は運が向いていると見えて、何をしてもうまくいく／他看來很

走運，幹什麼都順利。

△彼は、どうやら運が向いて来たのかなと思いはじめた／他開始覺

得：＂似乎時來運轉了＂。

運が悪い（うんがわるい）

運氣不好，背運，不走運，倒霉，命不好。

△私はどうしてこんなに運が悪いのだろう／我的運氣爲什麼如此不

好呢？

△彼は運がわるくて弱っている／他的運氣不好，弄得垂頭喪氣。

△彼は運がわるく幼いとき両親に死に別れた／他的運氣不好，童年

時双親就故去了。

うんともすんとも

一聲不響，不作回答，不置可否，杳無音信。

△私は何度も手紙で催促したが、彼はうんともすんとも返事しなか

った／我去信催了好多次，可是他不作任何回答。

△うんともすんともいわない／不作回答。

△その交渉で彼はうんともすんとも言わなかった／在那次談判中，

他一聲也不響。

え

依怙贔屓する（えこひいきする）

偏向，偏袒，偏愛。

△あの先生はよく生徒にえこひいきする／那位老師經常偏袒學生。

△私に対して特にえこひいきをするようなことはなかった／對我並

沒有什麼格外偏袒的地方。

△彼は生徒のだれにもえこひいきをしない／他不偏愛任何一個學生。

得体の知れない（えたいのしれない）

莫名其妙的，古怪的，離奇的，來路不明的。

△得体の知れない病気だというのが一同の意見だ／大家一致認爲這

是一種古怪的疾病。

△得体の知れぬ魚が海にあらわれた／一種古怪的魚出現在海洋。

△それは魚だか何だか得体が知れない／那是魚還是什麼東西，弄不

清楚。

襟を正す（えりをただす）

全神貫注，集中精神，肅然起敬，使人敬畏。

△えりを正して話を聞いた／全神貫注傾聽講話。

△その堂に入ると人は思わずえりをただす／走進該殿堂的人不由得

望而生畏。

△文学者同士の芸術論が始まると、えりをただして熱心に傾聴する

／文學家們開始談論藝術時，我集中精神洗耳恭聽。

縁が遠い（えんがとおい）

沒緣分，沒緣，沒關係，不沾邊。

△彼は酒なんかには（とは）きわめて縁の遠い方です／酒這類東西

和他毫無緣分。

△私はスポーツなどには（とは）縁がない／我和體育運動沒有緣。

△彼が西洋くさいことには最も縁の遠い人間です／他這個人和帶有

洋味的東西毫無緣分。

縁もゆかりもない（えんも縁もない）

毫無關係的，陌生的，素不相識，素昧平生。

△彼は私を縁もゆかりもないもののように扱う／他待我視同陌路。

△あの人はぼくには縁もゆかりもない人だ／那個人與我素不相識。

△私はあの男とは縁もゆかりもない／我和那個人素昧平生。

遠慮（も）会釈もない（えんりょもえしゃくもない）

毫不客氣，毫不留情。

△彼は誰のことでも遠慮会釈もなく批評する／不管是誰，他都毫不客氣地批評。

△彼は遠慮会釈もなく飯を掻きこんでいた／他毫不客氣地連忙扒吃起飯來。

△遠慮会釈もなく相手をやっつけた／毫不留情地攻擊對方。

縁を切る（えんをきる）

斷絕關係，切斷關係，斷絕來往，不再來往。

△私はあの会社とはもう縁を切った／我與該公司已斷絕了關係。

△この家とはこれっきり縁を切るから、そうお思い／你要知道，我從今以後與這家斷絕來往了。

△親子の縁は切ろうとしても切れないものです／父子關係是斷絕不了的。

お

追い撃ちをかける（おいうちをかける）

又遭到……襲撃；又遭到……災害。

△突然の地震で逃げ惑う市民に追いうちをかけるように、台風が襲来した／因突如其來的地震而無處躲避的市民，又遭到了台風的襲撃。

△冷害になやむ地方に更に水害の追いうちがかけられた／由於霜凍而受害的地區，又遭到了水災。

△敗走する敵に追いうちをかける／向潰逃的敵人發起攻撃。

大きなお世話だ（おおきなおせわだ）

少管閑事，用不着你操心，不用管。

△自分がどうしようと大きなお世話だ／自己愛怎樣做就怎樣做，用不着你操心。

△色が白かろうと黒かろうと大きなお世話だ／顔色白的也好黑的也好，你就不用管了。

△自分のものは煮て食おうと焼いて食おうと大きなお世話だ／自己的東西，我煮着吃也好烤着吃也好，你就少管閑事吧。

大きな顔をする（おおきなかおをする）

自以爲了不起，自高自大的態度，傲慢的面孔。

△少しくらいできるといって大きな顔をするな／就只會那兩下子，
別自以爲了不起。

△大きな顔をしてよくそんなうそが言えたもんですね／裝出一副自
以爲了不起的樣子，竟敢撒那樣的謊。

△自分は一度この家を出た人間なのだから、そう大きな顔はできな
い／自己曾經一度離開過這個家庭，所以在家裡不那麼吃香。

大きなことを言う（おおきなことをいう）

說大話，吹牛，誇口。

△君は大きなことばかり言っている／你淨說大話。

△君はよく大きなことを言うものだから、信用できない／你總愛吹
牛，所以不可信。

△あの人はいつも大きなことを言う人だ／那個人老愛吹牛。

大口をたたく（おおぐちを叩く）

吹牛，說大話。

△どんな場合でも大口を利くものではない／在任何情況下，都不要
吹牛。

△妻を相手に大口をたたくのは彼の好むところだった／他喜歡在妻
子面前吹牛。

△君はよく大口を利くものだから、信用できない／你愛吹牛，不可
信。

大目に見る（おおめにみる）

原諒，放過，寬恕，寬容，不深究，不過問。

△子供の失策は<u>大目に見て</u>やりなさい／孩子的過錯不要深究了。

△ささいな過失は<u>大目に見る</u>がいい／微不足道的錯誤放過去算了。

△今度だけ君の行いを<u>大目に見て</u>やろう／只限於這次，寬恕你的行為。

後れを取る（おくれをとる）

落後，比他人遜色，亞於他人，落在人後。

△われわれも頑張らなくては、若者たちに<u>おくれをとります</u>よ／我們要加油，否則會落後於年輕人。

△男の人に<u>後れをとって</u>はならないと、彼女は一生懸命に仕事をやりだした／她心想，不能落後於男士，而拚命工作起來了。

△テニスならぼくはだれにも<u>後れを取らない</u>／我的網球水準不比任何人低。

△あの人はなにごとにでも人に<u>おくれをとる</u>ことがきらいだ／那個人不管什麼事都不願落在人後。

お言葉に甘える（おことばにあまえる）

蒙您厚愛，承蒙盛情，仰仗厚誼。

△<u>おことばにあまえて</u>先に帰ります／恭敬不如從命，我就先告辭了。

△<u>おことばにあまえて</u>そうさせていただきます／承蒙厚誼，就請允許我這樣做吧！

△ご親切な<u>おことばにあまえましょう</u>／那就仰仗您的盛情厚誼了。

△このことについてご親切にあまえまして申しわけございません／
有關此事仰仗大力幫忙，實在抱歉。

押しが利く（おしがきく）

管用，行得通，能服人，有威信。

△専門家の言うことは押しがきく／專家講的話能服人。

△あの人は顔がひろいから、おしが利く／他熟人多，說話管用。

△あの人はおしがきかない／他沒威信。

押しが強い（おしがつよい）

有魄力，膽大，自信力強，有勇氣。

△彼はなかなかおしの強い男だ／他是很有魄力的男子。

△彼はおしが弱いから、それに失敗したのだ／他因為膽小而失敗。

△おしが弱くては、恋に成功しない／沒一點魄力的話，戀愛不會成功。

△あれで英語を教えるとは押しが強い／那樣的水準竟敢教英文，眞夠大膽的。

押しも押されもしない（おしもおされもしない）

一般公認的，無可否認的，響叮噹的，呱呱叫的。

△鈴木は今ではもうおしも押されもしない××党の領袖になった／
鈴木現已成為名副其實的××黨領袖了。

△今では押しもおされもせぬ立派な芸人だ／現在是人們一致公認的優秀的曲藝演員。

△おしもおされもしない画家（がか）／人們公認的畫家。

お世話になる（御せわになる）

　得到幫助，添麻煩，給……添麻煩，得到照顧。

△船に弱い私は皆さんに大変お世話になった（ふね・よわ・わたし・みな・たいへん）／我容易暈船，給大家

　添了很多麻煩。

△むかしこまっていたとき、あの人の世話になりました（ひと）／從前遇到

　困難的時候，得到了他的幫助。

△彼には大して世話になってはいない（かれ・たい）／他沒有給我什麼大不了的幫

　助。

お茶をにごす（おちゃを濁す）

　敷衍了事，敷衍塞責，支吾，搪塞。

△かんたんなあいさつでお茶をにごした／隨便說幾句，敷衍過去了。

△根ほり葉ほりたずねたが、彼はいつもお茶をにごしてハッキリ答（ね・は・こた）

　えない／雖然刨根問到底，可是他總含糊其辭，不予明確答復。

△英語を教えるなんて、いい加減にお茶をにごしておくのだ（えいご・おし・かげん）／根本

　不用教什麼英文，馬馬虎虎敷衍塞責就行了。

音に聞く（おとにきく）

　有名氣，名聲高，名聞遐邇，聞名於世，知名。

△彼の思想のよいことは音にきいている（かれ・しそう）／他的思想之好，早已聞名。

△彼の学問は音にきいている（かれ・がくもん）／他的學識遐邇聞名。

△著作家として彼は音にきこえている（ちょさっか）／作爲作家，他聞名於世。

音を立てる（おとをたてる）

發出聲音，弄出音響。

△いま勉強しているから、うるさい音を立てないでください／現在
正在學習，請不要弄出聲響驚吵別人。

△子供がねていますから、音を立てないように歩いてください／孩
子正在睡覺，走路請輕一些。

△自動車が音を立てて走り去る／汽車發出隆隆的聲音疾馳而去。

思いがかなう（おもいが叶う）

如願以償，夙願得以實現，願望得到實現。

△十年来の思いがかなって、新しい家に住むことになりました／十
年來的夙願得以實現，搬遷了新居。

△山田さんはフランス留学の思いがかなった／山田想去法國留學的
願望實現了。

△長い間の思いがかない、ふたりは結婚した／多年來的夙願得以實
現，兩人結婚了。

思いにふける（おもいに耽る）

沉思，陷入沉思，想心事。

△彼は思いにふけりながらその場所を後にした／他陷入沉思之中，
離開了那個地方。

△彼女はひとりあれこれと思いにふけっていた／她一個人陷入沉思。

△三人が三人とも黙り込み、めいめいの思いにふけっていた／三個

人全都默默無言，陷入了各自的思緒之中。

思いもかけない（おもいも掛けない）

出人意料之外，出人意外，做夢也沒想到。

△思いもかけない時に通知が来た／連做夢也沒想到發來了通知。

△ここで君に会おうとは思いもかけなかった／在這裡能見到你，出乎我的意料。

△私は思いもかけないところにその本を発見した／在出人意料的地方我發現了那本書。

思いもよらない（おもいも寄らない）

出人意料，出乎意外，做夢也想不到，意外的。

△あなたに日本で会うということは思いもよらないことでした／做夢也沒想到在日本能見到您。

△思いもよらぬ事故のために死んでしまった／由於意外事故死去了。

△きのう思いもよらずあの人がたずねてきました／昨天，那個人出乎意外地前來訪問。

思いをする（おもいをする）

有……感覺，經驗。

△そこに滞在中一度も不快な思いをした覚えがない／旅居在那兒期間，未曾有過不愉快的事情。

△夏の暑い日に、夕立が来ると、蘇生の思いがする／炎熱的夏天，傍晚來一陣驟雨，大有死而復蘇的感覺。

△こんなたのしい<u>思い</u>を<u>した</u>ことはない／未曾有過這樣愉快的事。

思いを馳せる（おもいをはせる）

想念，懷念，心神飛到，心馳神往，回味。

△彼は思いを**故**郷の妻の上に<u>馳せていた</u>／他想念故郷的妻子。

△かの女の<u>思い</u>は良人の上に<u>走った</u>／她懷念她的丈夫。

△彼は今見てきたばかりの芝居に<u>思いを馳せていた</u>／他的心還在回

味剛剛看過的戲劇。

思いをよせる（おもいを寄せる）

寄遐想於……，懷念，想念，戀慕，愛慕。

△彼は遠い昔のことに<u>思いをよせた</u>／寄遐想於悠遠的過去。

△あの人は今でも彼に<u>思いをよせている</u>／那個人至今仍在懷念他。

△かの女は彼にかなり<u>思いをよせていた</u>／她十分愛慕他。

思う通りに行く（おもうとおりにいく）

如意，進行順利，順心，滿意，如願以償。

△世の中のことは<u>思う通りにいかない</u>ものだ／人世間的事常不如意。

△計画はすべて<u>思う通りに行く</u>だろう／大概計劃皆會進行順利。

△<u>思う通りにならない</u>はずはないと思った／相信定會如願以償。

思うように行かない（おもうようにいかない）

不隨心如意，不稱心如意，不隨心如願。

△物事が<u>思うように行かない</u>／事情不稱心如意。

△世の中のことが彼の思うように行かない／人世間的事皆不隨他的
心，如他的意。

△何でも思うようにばかりは行かないものです／任何事情都不可能
完全稱心如意的。

親のすねをかじる（おやの臑を齧る）

靠父母養活。

△お前はまだ親のすねをかじっているのか／你還在靠父母養活你呀？

△お前はもう親のすねをかじる年ではない／你已長大成人，不需要
父母來養活了。

△いつまで親のすねをかじってもいられまい／不能永遠靠父母生活
了。

お留守になる（おるすになる）

荒廢，丟在一旁，拋在腦後，忽略。

△勉強をお留守にしてはいけませんよ／不要荒廢用功。

△ほかのことを考えていて、あたまがお留守になっていました／心
思用在旁處，腦袋空空。

△ほかのことに気をとられて、仕事がお留守になる／旁的事情占去
了精力，自然把工作拋在腦後。

尾を引く（おをひく）

後果（影響）連綿不斷，拖着尾巴，沒有結束。

△彼の撃つ銃声は谷あいに長く尾を引いた／他放的槍聲久久回蕩在

山谷中。

△そのじけんは、まだ尾をひいている／那件事還沒結束。

△その問題についての論議はまだまだ尾を引きそうだ／有關該問題

的討論似乎還沒有結束。

音頭を取る（おんどをとる）

領頭，領唱，領頭呼喊；帶頭，帶領，指揮。

△校長先生が音頭をとって万歳を三唱した／由校長帶頭，三呼萬歲。

△彼は両国人民の友情のため、乾杯の音頭をとった／他領頭高呼：

"爲了兩國人民的友誼，乾杯！"

△クラブ結成の音頭をとる／帶頭組織社團。

恩に着せる（おんにきせる）

要人領情，要人感謝，自以爲施恩於人，要人感恩。

△彼はそれを恩に着せようとしている／他把那件事當成施了大恩，

要人家領情。

△君の世話をしても、別に恩にきせるつもりはない／雖然幫了你的

忙，可沒有讓你領情的意思。

△彼に一度助けてもらったら、いつまでも恩にきせられる／他幫了

你一次忙，就永遠要你領情感恩。

か

顔が売れる（かおがうれる）

出名，很有名氣，有名，有名望。

△彼は昔は小説家としてかなりに顔が売れていた／從前他是一位很

有名氣的作家。

△近頃、日本で顔の一番売れるスターは誰ですか／現在在日本最有

名的電影明星是誰？

△彼は無線電信にかんして顔が売れている／他在有關無線電報方面

很有名氣。

顔がきく（かおが利く）

有威信，有面子，熟習，面子大，吃得開。

△その店なら顔がきく。お金を持っていなくても、のませるよ／在

那家店我吃得開，沒有錢也能喝酒。

△顔をきかして入場しようとする／想憑借權勢，不買票入場。

△街の有力者を知っているから、彼はこの界隈では顔がきく／他認

識街上有權勢的人，所以在這一帶很吃得開。

顔が揃う（かおがそろう）

成員聚集，人員到齊，該來的都來了。

△主だった人の顔がそろった／主要人員都到齊了。

△<u>顔がそろっ</u>たら、始_{はじ}めましょう／要是該來的都來了，那就開始吧！

△もう三人_{さんにん}来_くれば<u>顔がそろう</u>／再來三個人，就都到齊了。

顔が立つ（かおがたつ）

臉上光彩，有面子，夠面子，保全面子。

△むすこが悪_{わる}いことをすれば、親_{おや}の<u>顔も立たない</u>／孩子做了壞事，父母都覺得臉上不光彩。

△むすこが立派_{りっぱ}なことをしてくれたおかげで、両親_{りょうしん}の<u>顔も立ちます</u>／孩子做了好事，父母都覺得臉上光彩。

△この金_{かね}を返_{かえ}さなければ、<u>顔が立たない</u>／不還這筆債的話，臉上就不光彩。

△今度_{こんど}こそどんなことをしても成功_{せいこう}しなければ<u>顔が立たない</u>／這回一定要成功，否則就沒面子。

顔がつぶれる（かおが潰れる）

臉上不光彩，丟臉，有損……的榮譽。

△むすこが悪_{わる}いことをすれば、親_{おや}の<u>顔もつぶれる</u>ことになる／孩子做了壞事，父母臉上也不光彩。

△わが学校_{がっこう}の<u>顔がつぶれる</u>ようなことをしてはいけない／不能做出有損我校榮譽的事。

△そんなことをされてはこっちの<u>顔がつぶれる</u>／你要是做那種事情，我可沒臉見人。

顔がひろい（かおが広い）

交際廣，熟人多，交遊廣。

△あなたは<u>顔がひろい</u>から、てきとうな人をしょうかいしてくださ

い／你交際廣，請給介紹一位合適的人。

△あの人は多くの人とつきあっているから、<u>顔がひろい</u>／他和許多

人有交往，因此熟人多。

△ぼくの友だちは<u>顔がひろい</u>から、よい口をみつけてくれるだろう

／我的朋友熟人多，會給我安排一個合適的工作的。

顔から火が出る（かおからひがでる）

臉上如火燒一樣，羞得滿面通紅，面紅耳赤。

△じょうだんじゃない、<u>顔から火が出た</u>ぜ／這可不是鬧着玩的，我

羞得滿面通紅了。

△大勢の人の前で注意され、<u>顔から火が出る</u>思いをした／在大庭廣

衆之間受到警告，覺得臉上像火燒一樣。

△そういわれて、私は<u>顔から火が出る</u>思いをしたものである／經人

這麼一說，我羞得滿面通紅。

顔に浮かぶ（かおにうかぶ）

臉上泛出，臉上流露出，面帶……。

△かの女の<u>顔には</u>やさしい微笑が<u>浮かんだ</u>／她的臉上泛出和藹的微

笑。

△彼の<u>顔は</u>晴れ晴れとして微笑が<u>浮かんだ</u>／他的臉上流露出爽朗的

微笑。

△よろこびを顔に浮かべて帰って行きます／満面喜悦回去了。

△口ではおこっていましたが、顔にわらいを浮かべていました／說話怒氣冲冲，臉上却帶着笑容。

顔に出る（かおにでる）

形於色，臉上流露出，露在臉上。

△あの人はおこるとすぐ顔に出る／那人一生氣，立即表露在臉上。

△彼は腹が立ったが、顔には出さなかった／他雖然生氣了，可是毫不流露在臉上。

△おもしろくないことがあっても、顔に出さないように／即使不高興，也不要形之於色。

顔にどろをぬる（かおに泥を塗る）

臉上抹黑（灰），丢……的臉，傷害……聲譽。

△わたしの顔にどろをぬるようなしっぱいをした／事情弄得如此糟糕，眞是丢我的臉。

△自分はさんざん好き放題をして、親の顔にどろをぬる／自己胡作非爲，丢了父母的臉。

△家名にどろをぬるようなことをしてはいけない／切不可做出有損一家聲望的事來。

顔を合わせる（かおをあわせる）

會面，見面，會見。

△きょうはいやな人と顔を合わせなければならない／今天必須和討

— 81 —

厭的人會面。

△これが両親と顔を合わせる最後の機会となるかも知れない／這也

許是與双親見面的最後一次機會。

△彼らは毎日顔を合わせている／他們每天都見面。

顔をしている（かおをしている）

一副……面孔，裝出……面孔，樣子，表情。

△意味ありそうな顔をしている／裝出一副莫測高深的面孔。

△うれしそうな顔をしている／滿面春風。

△あの人は試験がよくできて、明るい顔をしている／他考試成績不

錯，顯得十分高興的樣子。

顔を出す（かおをだす）

出席，參加；露面，拋頭露面。

△彼らはあまり世間へ顔を出さない／他們很少在社會上露面。

△人中に顔を出すのが恥ずかしい／在衆人面前拋頭露面，感到害臊。

△彼が突然顔を出すと、みな驚いた／他的突然出現，使大家都吃了

一驚。

顔をたてる（かおを立てる）

照顧……的面子，為了……的面子上好看，臉上光彩。

△わたしの顔を立ててこの仕事を引き受けてくれ／賞我個面子，請

你接受這件工作。

△君の顔を立てて一杯だけ飲もう／為了賞你個面子，我只喝一杯。

△それは彼の顔を立てて買っただけさ／只爲了顧全他的面子，才買
　了那件東西。

顔を見せる（かおをみせる）

　露面，轉轉，走走，見見面。

△彼はこの頃ちっとも顔を見せない／最近他很少露面。

△時には顔を見せてくださいよ／希望你有時候能來轉轉。

△まあ入って顔を見せてくれ／請進去和大家見一面。

鍵をかける（かぎを掛ける）

　上鎖，鎖上。

△たんすにかぎをかけたつもりでしたが、かかっていませんでした
　／以爲衣櫥已經上了鎖，實際沒鎖上。

△入り口のドアにかぎをおろした／入口處的門上已經上了鎖。

△そのたんすには、かぎがかかっています／那個衣櫥已上了鎖。

△あの戸は自動的に鍵がおりる／那門能自動鎖上。

影が薄い（かげがうすい）

　萎靡不振，精神沮喪；不顯眼，印象淡薄。

△あの人はなんとなく影のうすい人のような気がする／總覺得他有
　些精神沮喪。

△この間あったとき何だか影がうすいと思ったら、やはりがんだっ
　たのか／前幾天見面時，總覺得他精神萎靡，果然是得了癌症嗎？

△兄がりっぱすぎて、弟の影がうすい／哥哥卓越出衆，弟弟黯然失

色。

かげぐちをきく（陰口をきく）

背地裡罵人，造謠中傷，暗中説壞話。

△人のかげぐちをきくことはよくない／背地裡説人家壞話是不好的。

△人にかげぐちをきかれるようなことはしていない／沒做過那種背
後被人辱罵的事情。

△彼はかげぐちを言うようないやしいことはしない／他不會做那種
背地裡説人壞話的卑鄙勾當。

影も形もない（かげもかたちもない）

無影無踪，沒影，蕩然無存，面目全非。

△それは影も形もないうそだ／那是沒影的謊話。

△汽車はもう着いているはずだのに、影も形も見えなかった／火車
早就該到了，可是連影子都看不到。

△敵は影も形も見せなかった／敵人無影無踪。

風向きが悪い（かざむきがわるい）

風向不好；情勢不好；心情不好。

△風向きがよいから今夜は船を出します／今晚風向好，要出海。

△今日は彼の風向きがよいようです／今天他的心情似乎不錯。

△きょうは彼の風向きが悪い／今天他的情緒不好。

かぜをひく（風邪を引く）

傷風，感冒。

△さむいから<u>かぜを引</u>かないように注意しましょう／天氣寒冷，請

注意不要感冒。

△<u>かぜを引</u>いたら、すぐくすりをのんでねるのがいちばんだ／如感

冒了，最好是立刻吃藥睡下。

△<u>かぜをひいて</u>熱がある／感冒發燒。

肩がこる（かたが凝る）

拘束，拘謹，嚴肅。

△先生と話していると、<u>肩がこる</u>／和老師講話，感到拘束。

△この料理屋で食事をすると、<u>肩がこ</u>らなくて落ちつく／在這家飯

館吃飯，賓至如歸，心情輕鬆愉快。

△<u>肩の凝ら</u>ない会談だった／輕鬆愉快的會談。

固唾を呑む（かたずをのむ）

屏息，緊張，全神貫注，凝神，聚精會神。

△一同は<u>固唾をのん</u>でスタートラインを眺めている／大家都屏息注

視着起跑線。

△<u>固唾をのん</u>で君の返答を待っていた／聚精會神等待你的回答。

△<u>かたずをのん</u>で勝負をながめていた／全神貫注地觀看比賽。

肩で風を切る（かたでかぜをきる）

趾高氣揚，不可一世，大搖大擺，耀武揚威。

△あの人はうぬぼれていて、いつも<u>肩で風を切っ</u>てあるく／那個人

驕傲自大，走起路來總是大搖大擺。

△<u>肩で風を切って</u>歩く学生さんも二、三人はいる／趾高氣揚地走路

的學生也有兩三個。

△その日に彼は<u>肩で風を切って</u>歩いたものだ／那一天，他走起路來

也趾高氣揚。

肩の荷がおりる（かたのにが下りる）

　卸下重擔，擺脫負擔，放下包袱。

△店をむすこにゆずって、やっと<u>肩の荷がおりた</u>／把店舖讓給兒子

管理，好歹算卸下重擔了。

△<u>肩の荷がおりた</u>ように感じた／覺得好像卸下了重擔似的。

△すっかり<u>肩の荷がおりた</u>／完全卸下了肩上的包袱。

肩身がひろい（かたみが広い）

　臉上光彩，有面子，光榮。

△借金をするのは<u>肩身の（が）狭い</u>ことだ／向人借錢是件丟臉的事。

△君の成功をきいてお父さんも<u>肩身が広い</u>だろう／聽到你獲得成功

，父親也會感到光榮的。

△こんな親戚があるかと思うと<u>肩身がせまい</u>／一想到竟然會有這樣

的親戚，就覺得臉上不光彩。

△むすこが出世してくれておれも<u>肩身が広い</u>／孩子有出息，我也覺

得光彩。

肩を入れる（かたをいれる）

照顧，愛護，幫助，袒護，支持，擁護，熱心於……。

△息子の成績は優等ですから、校長先生も大層<u>肩を入れて</u>下さいました／兒子的學習成績優秀，因此校長先生也予以格外照顧。

△名作家も彼の才分をみとめて、特に<u>肩を入れて</u>くれた／連有名的作家都賞識他的才能，予以格外幫助。

△彼は女子教育に<u>肩を入れている</u>／他熱心於婦女教育。

肩をおとす（かたを落とす）

大失所望，垂頭喪氣，灰心喪氣，心灰意懶。

△計画が失敗したと聞いて、彼は急に<u>肩を落とした</u>／當他聽說計劃失敗，一下子就垂頭喪氣。

△あの人は大学の試験に落ちて、<u>肩を落とした</u>／他因大學考試沒被錄取而垂頭喪氣。

△こんな小さいことに<u>肩をおとして</u>はならないよ／不要為這麼一點小事而弄得垂頭喪氣。

肩をならべる（かたを並べる）

匹敵，比得上，媲美，不相上下，並駕齊驅。

△書法において彼と<u>肩を並べうる</u>人はすくない／在書法方面能比得上他的人不多。

△日本の経済力は大国と<u>肩を並べる</u>地位をもっている／在經濟力量方面，日本的地位與大國不相上下。

△彼は欧米の第一流の学者と<u>肩を並べている</u>／他和歐美的第一流學

者不相上下。

肩を持つ（かたをもつ）

祖護，偏袒，支持，站在……一邊，贊成。

△弟の肩を持つわけではないが、お前の方がたしかに悪い／並非祖

護弟弟，你的確是不好。

△彼はいつも貧しいものの肩を持つ／他無論何時都站在窮人一邊。

△彼は私の意見の肩を持ってくれるだろう／他會贊成我的意見吧。

合点が行く（がってんがいく・がてんがいく）

理解，領會，明白，弄懂，搞清楚，心領神會。

△説明があまり簡単だから、合点がいかない／説明過於簡單，因此

不能領會。

△彼はどうして怒ったのか、ぼくにはどうしても合点がいかない／

我無論如何也不清楚，他爲什麼生氣。

△彼の言うことにはどうも合点が行かない／他講的話，我實在難以

理解。

兜を脱ぐ（かぶとをぬぐ）

投降，認輸，認錯，服輸。

△彼は相手にかぶとを脱ぐよりほかはない／他只有向對方投降。

△何を言っても、歯が立ちそうもない。はやく兜を脱ぐのが利口だ

と思った／説破嘴，也説不通對方。最好的辦法還是自己趕快認輸。

△いさぎよく兜を脱ぐ／乾脆認輸。

かゆいところに手が届く（痒いところにてがとどく）

細致周到，無微不至，殷勤周到。

△先生の説明はかゆいところへ手がとどくようだ／老師的解説十分

周詳。

△かゆいところに手がとどくようにめんどうをみてくれる／照料得

十分周到。

△あの旅館はかゆいところへ手のとどくような客扱いだ／該旅館接

待客人的態度十分殷勤周到。

からだがあく（体が空く）

有空、有空閒，騰出空來，騰出時間。

△一時間たてばからだがあきます／過一個小時才有空。

△今からだがあかない用事がある／現在有事在身，騰不出空來。

△毎日いそがしくて、夜八時にならないとからだがあかない／毎天

繁忙，不到晚間八點騰不空閒來。

体が続かない（からだがつづかない）

體力支持不住，身體受不了，身體吃不消。

△こんなにいそがしくてはからだがつづかない／像這樣忙碌，身體

是支持不住的。

△あんなに働いてよくからだがつづくものだ／工作那樣勞累，而身

體竟能支持得住。

△あのように働いて、あのように酒を飲んでからだがつづくまい／

像那樣工作過度，飲酒過度，身體是吃不消的。

体に合う（からだにあう）

(1)適應，習慣；吃得慣，適合體質。

△日本料理はぼくのからだに合う／我吃得慣日本菜。

△肉食は私のからだに合わない／肉食我吃不慣。

△この辺の気候はぼくのからだに合う／我習慣於這一帶的氣候。

(2)合體，合身，適合身材。

△この洋服はからだに合わない／這套西裝不合體。

△ふとってきたので洋服がからだに合わない／身體胖起來，西裝不

合身了。

△この上着はぴったりからだに合う／這件上衣十分合身。

体を壊す（からだをこわす）

有害健康，損害健康。

△あまり酒をのむとからだをこわす／飲酒過多，有害健康。

△あまり勉強してからだをこわしては困る／可不能用功過度，會損

害健康的。

△過労のためからだをこわした／由於過度勞累，損害了健康。

変わりはない（かわりはない）

同樣都是……，和……一樣。

△毛皮であろうと、綿入れであろうと、寒さを防ぐことにかわりは

<u>ない</u>／不論是皮衣，還是棉衣，同樣都能夠禦寒。

△だれも国を思う心に<u>かわりはない</u>／在愛國心這一點上，大家都一樣。

△昨日の温度は今日と大した<u>変わりがない</u>／昨天的温度和今天差不多。

我を折る（がをおる）

放棄己見，讓步，認錯，妥協。

△とうとう<u>我を折って</u>向こうの出した条件に同意した／終於讓步，同意對方提出的條件。

△さすがの強情おやじもとうとう<u>我をおった</u>／就連頑固的老頭子最後也讓步了。

△彼はやっと<u>我をおって</u>宴会に出席した／他終於妥協，出席了宴會。

我を張る（がをはる）

固執己見，我行我素，剛愎自用，倔強固執。

△どこまでも<u>我を張り</u>通す／頑固地堅持己見。

△いくら<u>我を張って</u>も、世論には勝てぬ／在輿論面前，頑固地堅持己見是行不通的。

△思うままにかの女の<u>我を張らせた</u>／聽任她自作主張。

考えがある（かんがえがある）

（相應的）辦法，精神準備，（應付的）對策；有辦法，有主意。

△お前がどうしてもいやだと言うのなら、<u>私にも考えがある</u>／如果

你根本就不願意的話，我也有應付的對策。

△要求に応じられんとおっしゃるなら、私も考えがあります／如你
　拒不同意我的要求，我也有應付的妙計。

△いい考えがある／有一個好主意。

考えが付く（かんがえがつく）

　想到，想像出，想出。

△なるほど。そこまでは考えが付かなかった／果然不錯。疏漏了這
　一點。

△どうして彼が自殺したか考えが付かない／弄不清他為什麼自殺。

△考えが付くかぎりのことは全部やってみましたが、だめでした／
　凡能想到的全都做過了，還是白費。

考えがまとまる（かんがえが纏まる）

　考慮成熟，歸納想法，把想法理出頭緒，深思熟慮。

△論文を書こうとしても、考えがまとまらない／打算寫篇論文，但
　思路理不出頭緒來。

△考えがまとまりましたので、意見を申しあげます／考慮成熟了，
　因此提出意見。

△とつぜんの話なので、考えをまとめる時間もない／事出突然，連
　思考一下的功夫都沒有。

考えに入れる（かんがえにいれる）

　考慮到，估計到，想及，想到，估計在內，加以考慮。

△天気のことも<u>考えに入れ</u>ねばならない／必須考慮到氣候的情況。

△金のことも<u>考えに入れて</u>決めなければだめだ／必須考慮到經濟情況，然後做出決定。

△かの女をしてこのことを<u>考えに入れ</u>させるために何とかしなくてはならなかった／必須設法使她能考慮到這件事。

考えのない（かんがえのない）

魯莽，輕率，欠考慮，不明事理，沒主意。

△そんな<u>考えのない</u>ことをするな／別做那種輕率的事情。

△ぼくは<u>考えのない</u>子供ではありませんよ／我可不是不明事理的小孩子。

△あれは<u>考えのある</u>若者だから失錯はあるまい／那是一位有頭腦的青年，不會出差錯的。

感じがいい（かんじが好い）

印象（良）好，心情舒適，心情舒暢，舒適，流暢。

△<u>感じがいい</u>店ですね／印象好的商店。

△この絵は<u>感じがいい</u>／這張畫令人心情舒暢。

△あの人はどうしても<u>感じが悪い</u>／那人使人十分厭惡。

感じがする（かんじがする）

感到，覺得，印象，感受。

△虫に這われて実にいやな<u>感じがした</u>／蟲子爬上身，感到十分不舒服。

△あの人に会ってどんな感じがしましたか／見過那人後，印象如何？

△それを聞いてあまり好い感じがしなかった／耳聞此事，心情不大

　舒服。

感じが出る（かんじがでる）

　表達的感情動人，感情眞摯，把感情描繪得淋漓盡致。

△この俳句は感じがよく出ている／這首俳句的感染力強烈。

△寂しい旅人の感じがよく出ている／旅客那種冷冷清清的感情表達

　得十分動人。

△これはさびしい秋の感じをよく出している絵です／這幅畫把秋天

　那種凄涼的景色描繪得逼眞動人。

き

記憶にとまる（きおくに止まる）

　深銘記憶，留在記憶裡，殘留在記憶裡。

△彼の名は記憶にとまっていない／記憶裏沒他的名字。

△あの出来事が深く記憶にとまっている／那次事件深銘記憶裏。

△あの時代のことは今なお彼の記憶にとまっている／那個時代的情

　況至今仍殘留在他的記憶裏。

気が合う（きがあう）

　對勁，投縁，情投意合，感情融洽，水乳交融。

△私と彼は、子どものときから気の合った友だちだ／從童年時代起

　，我和他就是感情融洽的朋友。

△夫婦は気が合っている／夫妻倆感情融洽。

△性格がかわっているから、彼と気の合う人はだれもいないだろう

　／他的性情古怪，恐怕沒人跟他合得來。

気がある（きがある）

　有心思，打算，有……願望；戀慕，愛慕，喜歡。

△悪い気があってしたのではありません。ゆるしてください／並非

　惡意幹的，請原諒。

△君はかの女に対して気があるのかないのか／你對她有沒有意思。

△やってみたいような気があるか／有心想做做看嗎？

気がいい（きが良い）

性情温和，性情老實，心好，脾氣好；心裡高興。

△あの店の主人は気のいい男だ／那個店的主人性情温和。

△彼は気がいいから、人の言うことをすぐ信じる／他這個人心好，因此輕信旁人的話。

△あんまり気がよすぎるから、お母さんに叱られてばかりいる／因爲性情太老實，所以老是受母親的斥責。

気が浮く（きがうく）

心裏快活，心裏高興，喜氣洋洋，心裏飄飄然。

△酒をのむと気が浮く／喝了酒心裏快活起來。

△彼はそのニュースに気が浮いている／聽過這個消息後，他心裏飄飄然了。

△休暇がちかづいたのでみんな気が浮いている／假期即將來臨，大家都有些坐立不安。

気が大きい（きがおおきい）

心胸開闊，豁達大度；慷慨大方，氣粗膽壯。

△彼はけちどころか気が大きすぎる／他不但不吝嗇，而且十分慷慨。

△気を大きく持て／心胸要開闊。

△酒をのむと、とにかく気が大きくなる／總之，喝上酒就變得氣粗

膽壯。

△彼は気の大きい人だから、そんなことは少しも気にかけない／他
這個人氣量大，這種事情根本不介意。

気がおけない（きが置けない）

心直口快，推心置腹，無所不談。

△彼はぼくのなかのいい友だちだから、気がおけない／他是我要好
的朋友，所以能夠坦誠相見。

△なんとなく彼は気のおけない人だ／不知爲什麼，覺得和他在一塊
，輕鬆愉快。

△この人は気のおけない道連だ／這是一位可以放心和他相處的旅伴。

気が落ち着く（きがおちつく）

安静下來，平静起來，心神安静。

△あしたは試験なので、気が落ちつかない／明天要考試，因此心神
不安。

△じぶんの部屋に帰ると気が落ちつく／回到自己的房間，心神就會
安静下來。

△気が落ちついてから、もう一度考えてごらん／心平氣和後，請你
再考慮一次。

気がおもい（きが重い）

不舒暢，心緒不好，不高興，不開朗，彆扭。

△この失敗でぼくは気がおもかった／我爲這次失敗，心情感到沉重。

△いやな話ばかり聞いていたら、気がおもくなってきた／淨聽些掃興的話，心裏越來越不高興。

△試験が近づいたので気がおもい／就要考試了，心情爲之沉悶。

気が変わる（きがかわる）

想法變了，心情變了，改了主意，情緒變化無常。

△映画を見るつもりだったが、気がかわって友だちの家をたずねることにした／原先打算看電影，後來改變主意，去朋友家訪問了。

△よく気の変わる人だ／是一位情緒變化無常的人。

△そのニュースをきくと、ガラリと気が変わってしまった／聽到這個消息，心情爲之豁然開朗。

気が利く（きがきく）

頭腦機靈，機敏，心眼快，乖巧。

△隣の人が気をきかして、雨の前に外にほしていたふとんを運び入れたのである／鄰居靈機一動，趕在雨前把晒在外邊的被褥收進來了。

△彼はわかいけれど、よく気がきく／他雖然年輕，可是頭腦機靈。

△こんな所にぼんやり待っているのも気がきかない話だ／在這裡傻等也太笨了。

気が気でない（きがきでない）

焦慮，坐立不安，焦急萬分，不由自主。

△バスがなかなか来ないので、学校におくれはしないかと、気が気ではなかった／公共汽車還不來，這樣去學校會遲到的，爲此心情焦急萬分。

△私は心配で気が気でなかった／我由於擔心而坐立不安。

△お母さんはひどく沈んでいるので、私は気が気でなかった／看到母親十分鬱悶，我就坐臥不安。

気が狂う（きがくるう）

精神失常，神經不正常，瘋狂。

△まったく気がくるっている／簡直是發瘋了。

△かなしみで気がくるいそうだった／由於悲痛，精神似乎要失常了。

△心配のあまり気がくるったような目付きで彼はじっとそこに坐っていた／由於過度擔心，他以瘋子般的眼神一動不動地坐在那裏。

気がしっかりする（きがしっかりする）

意志堅強，意志堅定，精神清醒。

△病気とは言え、彼は気がしっかりしていた／雖然身患疾病，可是精神却很好。

△もうつまらないことは言わないで、気をしっかりしなさい／不要再講氣話，意志要堅強起來。

△父は息を引き取るまで気がしっかりしていた／父親直到呼出最後一口氣爲止，神志一直清醒。

気が知れない（きがしれない）

不能理解……的心情，不能理解……的想法，不可捉摸。

△そんなことをする彼の気が知れない／他竟能做出那種事情，難以理解他是什麼想法。

△子供をおいて家を出るなんて全く気がしれないよ／撇下孩子不管就離家出走，簡直是不可思議。

△ほんとうにどこまでも気のしれない人ですよ／眞是一位難以捉摸的人物。

気が進む（きがすすむ）

有心思，起勁，願意，有意，樂意，高興。

△あの先生はこわいから、たのみに行くのは気がすすまない／那位老師令人望而生畏，所以無心去求他。

△彼は気がすすまないと、黙っている／一不高興，他就不説話。

△私はそこへ行くのはあまり気がすすまない／我不太高興到那兒去。

気がすむ（きが済む）

滿意，心安理得，舒服，放心。

△借金を全部返して、やっと気がすんだ／把債全都還清，心裏這才覺得舒坦。

△彼はなんでも自分でやらなけりゃ気がすまない／他凡事都要親自動手，否則心裏不滿意。

△医者に見てもらわないと気がすまない／不看醫生，就不放心。

気がする（きがする）

有心思，願意，高興做……，覺得，感到。

△きょうは少し頭がいたいので、勉強する気がしない／今天有點頭
疼，不想唸書了。

△近頃あまり仕事をする気がしない／最近不太願意幹活。

△どこかで会ったことがあるような気がする／覺得好像在什麼地方
見過。

△彼がくるような気がする／覺得他好像要來。

気が急く（きがせく）

焦急，着急。

△気ばかりせいて、一向仕事がはかどらない／只是心裏焦急，可是
工作毫無進展。

△早く行きたくて気がせいている／急着想快點去。

△気がせくと余けいにうまく作れなくなった／一急就更做不好了。

気が立つ（きがたつ）

激昂，激憤，激動，激奮，興奮。

△気が立っているから、すぐけんかする／因爲情緒激動，會馬上吵
起來的。

△彼は演説が進むにつれて気が立って来た／他在演講中情緒愈來愈
激昂。

△彼はささいなことで気が立って来る／他爲一些鷄毛蒜皮的小事而

激動起來。

気が小さい（きがちいさい）

心胸狭窄，氣量小，心地狭窄，心胸不開闊。

△気のちいさい人間でなければそんなことはせぬ／只有心地狭窄的

人才能做出那種事來。

△これもわたくしが気がちいさいから、せずとよい苦労を余計にし

た／因爲我器量小，自尋許多無謂的苦惱。

△気の小さい中村は、かの女がそんなに度度彼の家へ来ることには、

やはりいくらか気がひけないでもなかったと見える／器量小的中

村，對於她經常來往於他家這件事，看來似乎有些膽怯。

気がちる（きが散る）

精神分散，心不專一，注意力分散。

△うるさいから、気が散って仕事がよくできない／吵鬧聲分散注意

力，做不好工作。

△彼の話し声で気がちった／聽到他的説話聲，就不能專心致志了。

△騒がしいと気が散る／聲音喧囂，使精神分散。

気が付く（きがつく）

發現，發覺，留意，蘇醒，復蘇。

△彼はちょっとしたことにもよく気が付く／就是一點小事，他也能

經常留意到。

△気が付くと、私は病院のベッドに寝かされていた／我醒過來一看，正睡在醫院的病床上。

△家に帰るまで時計をなくしたことに気が付かなかった／回到家裏為止，都沒發覺丟失了手錶。

気がつまる（きが詰まる）

心情鬱抑，沉悶，發窘，拘束，不舒暢。

△みんなだまっていると、気がつまる／大家都不說話，就覺得氣氛沉悶。

△あの人の前へ出ると気がつまる／在他的面前窘得慌。

△彼は格式ばった人で、気がつまる／他是一位講究禮法的人，在他面前令人發窘。

気がつよい（きが強い）

意志堅強，不屈不撓的意志，膽子大。

△気が強くなければ、成功しない／沒有不屈不撓的意志，是不會成功的。

△金をもっているので気がつよい／袋中有錢，膽子壯。

△君が同行するので気がつよい／有你陪同前去，我覺得膽子壯。

気がとおくなる（きが遠くなる）

神志昏迷，暈倒；眼暈，嚇死人，頭暈眼花。

△あまりおなかがすいて気が遠くなりそうだ／肚子餓得快暈過去了。

△あまりの驚きに気が遠くなる思いだった／大吃一驚，幾乎嚇暈過

去。

△これは気が遠くなるような話だ／這可是一件嚇死人的事。

気がとがめる（きが咎める）

過意不去，内疚，内心不安，於心不安，不好意思。

△悪いことをしたので気がとがめる／做了壞事，感到内心不安。

△気がとがめて、この金は取れぬ／感到過意不去，這個錢不能收。

△かの女が少し長居をすると、もう気がとがめる／只要她在別人家

坐得時間稍久，就感到内心不安。

△気がとがめて盗めない／受到良心的譴責，不能偷盗。

気がない（きがない）

無心，無意，不打算，不願意；不關心，冷淡。

△ぼくは結婚する気がない／我無意結婚。

△行きたい気がないでもない／也並非不想去。

△彼は気のない薄笑いを洩らしていました／他的臉上流露出冷淡的

微笑。

気が長い（きがながい）

慢性子，火燒眉毛不着急，慢條斯理。

△お父さんは気が長くて困る／父親是個慢性子的人，真夠人受的。

△未亡人は子供の成人するのを気が長く待っている／寡婦不焦不躁

地等待着孩子長大成人。

△十年とは<ruby>気<rt>じゅうねん</rt></ruby>の長い<ruby>話<rt>はなし</rt></ruby>だ／十年可是漫長的歳月。

気が抜ける（きがぬける）

走了味，跑了氣；沒了勁，無精打彩，情緒低落，有氣無力。

△このウイスキーは気が抜けている／這瓶威士忌酒走了味。

△気が抜けたような<ruby>顔<rt>かお</rt></ruby>をする／情緒低落的表情。

△彼は気の抜けたビールのような<ruby>奴<rt>やつ</rt></ruby>だ／這傢伙好像洩了氣的啤酒似的。

気が乗る（きがのる）

起勁，感興趣，有心思，來勁。

△仕事に気がのらない／工作不起勁。

△気がのらないのなら、<ruby>止<rt>よ</rt></ruby>したまえ／如不感興趣，那就作罷。

△彼は気がのると<ruby>何時間<rt>なんじかん</rt></ruby>でもつづけて<ruby>仕事<rt>しごと</rt></ruby>をする／他只要一來勁，就能連續工作幾小時。

気が早い（きがはやい）

性情急躁，脾氣急躁，性急，急性子，脾氣暴躁。

△気がはやいよ、この<ruby>人<rt>ひと</rt></ruby>は／這個人性情夠急躁的。

△<ruby>君<rt>きみ</rt></ruby>は気がはやい<ruby>人<rt>ひと</rt></ruby>だとぼくは<ruby>知<rt>し</rt></ruby>っている／我知道你是一位脾氣暴躁的人。

△あの<ruby>家<rt>うち</rt></ruby>の<ruby>人<rt>ひと</rt></ruby>はみな気がはやい<ruby>人<rt>ひと</rt></ruby>ばかりだった／那家的人都是急性

子。

気がはる（きが張る）

　精神緊張，精神振奮，振作精神。

△試合の間は気がはっているので、さむくない／在比賽期間精神緊張，所以不覺得冷。

△あの人と話すと気が張るから、つかれる／和那個人説話精神緊張，所以容易疲勞。

△気を張って油断をしなかったから、一生たいした過失はなかった／一生中振作精神，謹慎小心，才不會有什麼大的錯誤。

気がはれる（きが晴れる）

　心情舒暢，心裏暢快，痛快；散心，解悶。

△むずかしい問題をといて気がはれる／解開了難題，心情舒暢。

△歌をうたうと気がはれる／唱唱歌，心裏就舒坦。

△ぼくは音楽をやって気を晴らす／我放音樂來解悶。

気がひける（きが引ける）

　羞怯，慚愧，畏縮，低人一截，不如人。

△こんな身なりで人に会うのは気が引ける／穿這身衣服去見人覺得不好意思。

△それを思うと、気が引ける／一想到那件事，就感到羞愧。

△金を借りるのは気が引ける／不好意思張口向人借錢。

気が触れる（きがふれる）

精神失常，神經不正常，發瘋，發狂。

△少少気がふれている／多少有些精神失常。

△子供を亡くして、気がふれた／孩子夭亡，以致精神不正常。

△その男は過労のため気がふれたのだろう／那個男的可能因為過度

勞累而引起精神失常。

気が短い（きがみじかい）

性情急躁，急性子，性急。

△年をとると気がみじかくなる／年紀老了，性情就變得急躁。

△彼は気がみじかいから、思うようにならないと腹を立てる／他性

情急躁，事情不隨心，就發怒。

△彼は気がみじかいから、思い立ったことをすぐしてしまわないと

承知しない／他是個急性子，想做的事情非立刻做完不可。

気が向く（きがむく）

心血來潮，高興，情緒好，情緒高。

△気が向くと、彼はよくしゃべった／他高興時，就滔滔不絕講個沒

完。

△彼は気が向くと、何時間でも続けて机に向かっている／他高興時

，能在桌前連續坐上幾小時。

△今日は気が向かないから、勉強するのはいやだ／今天情緒不好，

不願唸書。

気がもめる（きが揉める）

憂愁，焦慮，煩惱，操心，擔憂。

△試験で気がもめる／為考試事擔憂。

△裁判がどうなるかと思って気がもめる／憂慮裁判的結果將會如何。

△彼の住所がわからないので気がもめる／不清楚他的住址，因此感

到焦慮。

気がよわい（きが弱い）

膽子小，意志薄弱，畏首畏尾。

△そんな気の弱いことでどうする／那樣膽小怕事如何是好。

△優柔不断な気のよわい人は世間に用はない／優柔寡斷意志薄弱的

人在社會上是無所作為的。

△さあぼくはそんなに気が弱くありたくない／我可不願那樣畏首畏

尾做人。

気がらくになる（きが楽になる）

心情輕鬆，心情舒暢，如釋重負，鬆了一口氣。

△かりていたお金を返してすっかり気がらくになった／把債還了，

心裏感到非常輕鬆。

△こんな相棒があると気が楽になるよ／有這樣一位伙伴，心情就舒

暢了。

△助手ができたから、たいへん気が楽になった／有了一名幫手，我

可是大大地鬆了一口氣。

気が若い（きがわかい）

　心情活潑，像青年似的，精神不老，朝氣蓬勃。

△彼は元気がよくて気がわかかった／他精神飽滿，朝氣蓬勃。

△かの女は熱心で気のわかい人だ／她是一位熱情而又生氣勃勃的人。

△彼は年をとっても気が若い／他年紀雖然老了，但精神不老。

きげんがいい（機嫌が良い）

　快活，高興，心情好，情緒好。

△彼はむすこが試験に合格したので、とてもきげんがいい／孩子通

過考試被錄取，他非常高興。

△きょうは大層きげんがいい／今天情緒格外好。

△きげんのいい時を見はからって、たのんでみるがいい／趁他情緒

好的時候，可以懇求他看看。

きげんがわるい（機嫌が悪い）

　不高興，不痛快，情緒不好，心情不佳。

△ぼくが夜おそく帰ると、母はきげんが悪い／夜裡我回家晚，母親

就不高興。

△赤んぼうはきげんが悪いと、すぐなきます／嬰兒情緒不好，立刻

就哭起來。

△彼は、きょう、きげんが悪いらしく、よばれても返事をしない／

他今天似乎心情不佳，叫他也不理會。

きげんをとる（機嫌を取る）

取悦，討好，奉承，逢迎。

△あのおくさんは夫の きげんを とる のがうまい／那位夫人善於討好
她的丈夫。

△手を尽くして両親の きげんを とる／想方法使双親高興。

△彼はしきりに人の きげんを とる／他熱衷於討好他人。

きっかけにして（切っ掛けにして）

以……為契機，趁着……機會，以……為轉機。

△二年生になったのを きっかけに、いっそう努力するつもりです／
以升到二年級為契機，打算今後更加努力。

△彼らはそれを きっかけにして、方向転換を図るであろう／他們以
此為轉機，謀求改變方向。

△混雑の起ったのを きっかけにその場を逃げ出した／趁着混亂的機
會，逃出了現場。

切っても切れない（きってもきれない）

割不斷，分離不開，十分密切，十分親密。

△彼らは切っても切れない 関係にある／他們關係十分密切。

△彼と私とは切っても切れぬ 仲だ／他和我的友情是親密無間的。

△彼ら二人は切っても切れぬ 間柄である／他們兩人的友誼十分密切。

木で鼻を括る（きではなをくくる）

冷淡，漫不經心，愛理不理，態度怠慢。

△店の主人は木で鼻をくくったような返事をする／店主人漫不經心

地回答。

△外村は木で鼻をくくったような素っ気ない答弁をする／外村以冷

淡的態度愛理不理地答辯。

△その時の女中もそう木で鼻をくくったような挨拶もできなかった

／當時的女傭人寒喧時態度也不會如此怠慢。

気に合う（きにあう）

合乎心意，合意，中意，叫人滿意。

△私の気に合わない仕事はやりたくない／不合我意的工作不願做。

△お気に合った品がありませんか／沒有中您意的東西嗎？

△この仕事が一番にぼくの気に合っている／這件工作最中我意。

気に入る（きにいる）

稱心，如意，喜歡，喜愛。

△あの青年は正直だから、スッカリぼくの気に入った／那位青年誠

實，因此我很喜歡他。

△私は仕事の内容さえ気に入れば、よしやりましょうと引き受けた

もんです／只要工作內容我喜愛，我就答應接受下來。

△この品はいずれもお気に入りませんか／這幾件東西您都不中意嗎？

気にかかる（きに掛かる）

— 111 —

擔心，掛念，放心不下，惦念，惦記。

△試験のことが気にかかってよくねむれませんでした／擔心考試的

事，以致連覺都睡不好。

△その問題はたえず私の気にかかっていた／這個問題始終牽掛在我

心上。

△彼の安危が気にかかる／擔心他的安危。

気に掛ける（きにかける）

介意，擱在心上，在意，擔心，煩惱。

△彼の言うことを気にかけたまうな／他講的話請你不必介意。

△ぼくはなにごとも気にかけない／什麼事情我都不耿耿於懷。

△病人に自分の病気のことを気にかけないようにさせる／要讓病人

不爲自己的疾病擔心。

気にくわない（きに食わない）

不稱心，不中意，不順眼，討厭，不願意。

△あれは気にくわないことを言うやつだ／那傢伙愛説些討人厭的話。

△あやまらせられたのは気にくわなかった／叫我賠禮道歉，這是我

不願做的事。

△条件が気に食わない／對所提條件感到不滿。

気にさわる（きに障る）

使……不痛快，得罪，傷害感情，不如意。

△あの人はよく人の気にさわるようなことを言う／那個人經常説些
令人不高興的話。

△少しでも気にさわると暴力に訴える／稍不如意，就動武。

△彼はなにか気にさわったと見えて怒っている／好像什麼事情得罪
了他，他在發脾氣。

気にする（きにする）

放在心上，介意，擔心，在意。

△あの人たちの言うことをあまり気にしなくてもいいよ／那些人説
的話，無需介意。

△彼は母の病気をたいへん気にしている／他非常擔心母親的疾病。

△彼は貧乏をあまり気にしない／他對於貧窮並不太在乎。

気にとめない（きに留めない）

不介意，不在乎，沒留意，沒注意。

△だれもかの女の悲鳴を気にとめなかった／誰都沒有注意到她的驚
叫聲。

△彼は人にわるくちを言われても気にとめない／別人講他的壞話，
他也毫不在乎。

△きょうまでそうした事実をほとんど気にもとめなかった／直到今
天爲止，幾乎還沒有留意到這類事。

気になる（きになる）

擔心，放心不下，掛念，想。

△試験の結果が気になる／擔心考試的結果。

△そのことが気になって寝られなかった／因牽掛那件事而沒睡好覺。

△私は二度と彼に会う気になれない／我不想再和他見面。

気に病む（きにやむ）

煩惱，不痛快，苦惱，憂慮，擔憂。

△なにをそんなに気に病んでいるのだ／爲什麼事那樣苦惱？

△うわさを気にやむ／被謠言搞得不痛快。

△世評を気にやむようではなにごとも出来ない／在意社會上風言風

語的話，就什麼事都做不成。

気のせい（きの所爲）

精神作用，神經過敏，心理作用，心情所使。

△気のせいか何だか彼は疲れているように見えた／可能是心理作用，總

覺得他似乎疲倦不堪。

△気のせいか、どうやら蛇はほんとうに動いているようである／可

能是精神作用，蛇彷彿眞地爬動了。

△彼はかの女が決まり悪く思ったのは気のせいだとした／他認爲她

覺得難爲情是心理作用。

気の持ちよう（きのもち様）

根據心情的變化而定，取決於什麼樣的態度。

△何ごとも気の持ちよう一つだ／萬事都看你的態度如何而定。

△気の持ちようでどうにでもなる／事情怎樣發展取決於你對待的態度。

△人生は気のもちよう一つだ／一輩子如何，完全取決於你採取什麼樣的態度對待。

気は確かだ（きはたしかだ）

心裡清楚，頭腦清醒，意識清醒。

△病人は重態だが気はたしかだ／病人的病情危篤，但頭腦清醒。

△まだああやって口もたしかなら、気もたしかなんだから／仍然能夠那樣講話，口齒清楚，精神很好。

△年はとってもまだ気はたしかだ／雖已上了年紀，但精神很好。

気分がいい（きぶんがいい）

身體舒服；精神舒適，心情舒展，精神爽快。

△ゆうべよくねたので、きょうはとても気分がいい／昨夜睡得香甜，今天覺得十分舒適。

△この部屋はくらくて気分がよくない／這間屋子黑漆漆的，叫人覺得不舒暢。

△人間は気分のよい時には顔色もまたよい／人在精神爽快時，臉色也好。

気分が落ちつく（きぶんがおち着く）

心神安静，心神寧静，心情鎮静，心平氣和。

△じぶんの部屋に帰ると気分が落ちつく／回到自己的房間，心神就

安静下來。

△私はむりに気分を落ちつけた／我強迫心情鎮静下來。

△彼はそわそわして気分が落ちつかない／他慌慌張張心神不寧。

気分が出る（きぶんがでる）

惟妙惟肖，逼眞；充滿……氣氛，氣氛熱烈，氣氛濃厚。

△はじめて正月の気分が出てきた／這樣才有了過年的氣氛。

△だんだんゲームの気分が出てきた／比賽的氣氛愈來愈趨向熱烈。

△このしゃしんにはおまつりの気分がよく出ている／這張照片充滿

了節日的氣氛。

気分が悪い（きぶんがわるい）

身體不舒服，不舒適；心情不快，心情沉重，心緒不佳。

△気分が悪くなって、学校から早く帰りました／身體覺得不舒服，

提前由學校回來了。

△今日は気分が悪いから勉強したくない／今天身體不舒服不想唸書。

△その光景を見ると、私は気分が悪くなった／目睹此景，我覺得心

情沉重。

気分になる（きぶんになる）

有（沒有）心思，有（沒有）心情；有（沒有）味兒。

△仕事をする気分になれない／没心思作工作。

△これでやっと正月らしい気分になった／這樣才有了過年的味兒。

△頭がいたくて勉強する気分になれない／頭疼得很，哪裡有心情唸
書。

決まりが悪い（きまりがわるい）

不好意思，害羞，尷尬，難爲情。

△持ち金が少なくって、きまりがわるい思いをした／身上帶的現款
不夠了，當時感到不好意思。

△人前に出るのはちょっときまりがわるい／在衆人面前拋頭露面，
有些害羞。

△そういわれてきまりが悪かった／被人這樣一説，有些尷尬。

気持ちがいい（きもちがいい）

舒適，痛快，爽快，和悦，愉快。

△きのうの雨があがって、きょうは気持ちのいい天気だ／從昨天下
起的雨停了，今天天氣爽朗。

△いつ会っても、あの人は明るくて気持ちのいい人です／那個人性
格開朗，不管何時見面，都會使你心情愉快。

△私は少し気持ちがよくない／我覺得有些不舒服。

気持ちが大きい（きもちがおおきい）

心胸開闊，豁達大度，度量大，能容人，宰相肚裏好撐船。

△彼は気持ちの大きい男だったよ／他是一位宰相肚子裏好撐船的男子漢。

△あの人は気持ちが大きいから、人の上に立てます／那個人度量大，所以能領導人。

△彼の作品にはゆったりしていて気持ちの大きいところがあった／他的作品有的地方飄逸瀟洒，氣勢磅礴。

気持ちが落ちつく（きもちがおち着く）

心神安静，心神平静，沉下心來，心情平静。

△目をねむって気持ちを落ちつける／閉上眼使心神平静下來。

△あんなことを言われては気持ちが落ちつかなくなってしまう／聽過這些話後，心神失去平静。

△気持ちが落ちついてからあの手紙を出したことを後悔した／心情平静下來後，懊悔不該寄去那封信。

気持ちが変わる（きもちがかわる）

心情變化，改換心情，思想轉變。

△彼の気持ちは毎日変わる／他的心情每天都在變化。

△気持ちを変えるために、旅行をして見たい／想出去旅行，改換一下心情。

△かの女は気持ちが変わって、ほかの人と結婚した／她的心情發生了變化，跟別人結了婚。

気持ちがする（きもちがする）

感覺，覺得；有……心情，覺得心情……。

△わかくなったような気持ちがする／覺得似乎年輕了。

△別人<ruby>別人<rt>べつじん</rt></ruby>のような気持ちがする／覺得好像是另外一個人。

△人<rt>ひと</rt>に会<rt>あ</rt>ってみたい気持ちはしなかった／没有心情見人。

気持ちがだれる（きもちがだれる）

情緒鬆馳，精神倦怠，精神渙散。

△学校<rt>がっこう</rt>が休<rt>やす</rt>みになると、生徒<rt>せいと</rt>の気持ちは自然<rt>しぜん</rt>だれてくる／學校一休

假，學生們思想上自然而然鬆馳下來。

△気持ちがだれないようにときどき外<rt>そと</rt>に出<rt>で</rt>て、きれいなつめたい空<rt>くう</rt>

気<rt>き</rt>をすう／爲了使精神不致倦怠，經常到戶外呼吸新鮮涼爽的空氣。

△だれた気持ちで自動車<rt>じどうしゃ</rt>を運転<rt>うんてん</rt>してはあぶない／開汽車時思想不集

中，是危險的。

気持ちが分かる（きもちがわかる）

體諒……心情，理解……心情，了解……心境。

△あなたの気持ちはよく分かります／充分體諒您的心情。

△わかい人<rt>ひと</rt>は老人<rt>ろうじん</rt>の気持ちが分からない／年輕人不能體會老年人的

思想感情。

△彼<rt>かれ</rt>の気持ちがかの女<rt>じょ</rt>には分からなかった／她不理解他的心情。

気持ちが悪い（きもちがわるい）

不愉快，不痛快；不舒服，難受。

△このいすはかたくて気持ちがわるい／這把椅子硬邦邦的，坐上去不舒服。

△急^{きゅう}に親切^{しんせつ}にされると、なんだか気持ちが悪い／突然變得那樣體貼入微，覺得有些難受。

△父^{ちち}は気持ちがわるくてねています／父親身體不舒服，躺着了。

気持ちになる（きもちになる）

感覺，感到，產生……心情；願意……。

△顔^{かお}を洗^{あら}うといい気持ちになりますよ／洗了臉會覺得舒暢的。

△悪口^{わるくち}をきいていやな気持ちになった／聽到說自己的壞話，心裏覺得很厭煩。

△どうしてもそういう気持ちになれない／無論如何我也不願意。

気持ちを直す（きもちをなおす）

扭轉情緒，感覺好轉，心情開朗起來，情緒好轉。

△どうか気持ちを直して^{くだ}下さい／請讓心情開朗起來吧。

△別^{わか}れるなら気持ちを直して別れようじゃないか／如果分手的話，我們就高高興興地分手吧。

△この薬^{くすり}をのめば、気持ちがなおりますよ／服下這藥，感覺會好轉起來。

気持ちを悪くする（きもちをわるくする）

不高興，不愉快，不滿意，傷害感情，難過。

△釣れないので気持ちを悪くして帰って行った／釣不着魚滿不高興地回去了。

△もしお気持ちを悪くさせましたのなら、御免ください／如有傷害您的感情的地方，請多海涵。

△彼はぼくにああ言われて気持ちを悪くしなければいいが／我批評他的這些話，只要不傷害他的感情就好了。

肝に銘じる（きもにめいじる）

銘諸肺腑，銘記在心。

△この教訓は肝に銘じて忘れません／這個教訓永記不忘。

△このことを肝に銘じて忘れてはならない／這件事要銘諸肺腑不可忘記。

△この計画を肝に銘じておいてほしい／希望把這個計劃牢記在心裏。

急所を突く（きゅうしょをつく）

擊中要害，觸及關鍵之處，攻擊弱點。

△彼の演説は、問題の急所をついた／他的演説觸及了問題的要害。

△彼のだした意見はするどく急所をついた／他提的意見尖鋭地擊中了要害。

△どの言葉も急所をついているので、返す言葉がなかった／句句擊中要害，因此無言以對。

切りがない（きりがない）

沒完沒了，不間斷，不勝……，沒終結，無止境。

△わがままをさせるときりがない／如放任不管，會愈來愈放肆。

△彼に言わしておくときりがない／他講起話來喋喋不休沒完沒了。

△話がそれからそれへと移ってきりがない／話題一個接一個不間斷。

気を入れる（きをいれる）

專心，一心一意，專心致志，用心，重視。

△なまけていないで、もっと気を入れてやりなさい／不要偷懶，要
更加專心去做。

△もっと気を入れて仕事をしなさい／要更加用心工作。

△彼は子どもの教育に気を入れている／他專心致志於教育兒童。

気を落ち着ける（きをおちつける）

平心靜氣，鎮靜，心情穩靜，心情平靜。

△気を落ちつけて考えなさい／請冷靜地想一想。

△かの女が気を落ちつけたことは不思議なほどだった／她竟能使自
己的心情平靜下來，這真叫人難以想像。

△やがて気を落ちつけて躊躇せずすべての質問に答えた／不久心神
安定下來，能夠毫不猶疑地回答所有問題。

気を落す（きをおとす）

灰心，垂頭喪氣，氣餒，委靡不振。

△あの人は大学の入学試験に落ちて、気を落している／他沒考上大

學，有些灰心喪氣。

△しかし彼は決して気を落さない／但是他決不會灰心喪氣。

△計画が失敗したと聞いて彼は気を落している／聽説計劃失敗了，

他有些垂頭喪氣。

気を配る（きをくばる）

留神，警戒，關心，留心，照顧，注意。

△もっとこまかいところまで気をくばってやってください／對細小

的地方要更加注意。

△八方へ気をくばって敵を警戒する／留神四周，警戒敵人。

△お父さんの耳に歌声が聞えないように気をくばった／留心不要讓

爸爸聽到歌聲。

気を使う（きをつかう）

費心機，勞神，操心，小心，留神。

△私はせきが出るので、授業中まわりの人に気を使いました／我在

咳嗽，所以上課時留心不要影響周圍的人。

△不安だからこそ余計な気をつかいつつものを言っている／正因爲

害怕，所以在講話時更加小心翼翼。

△この事件があってから、かれは神経質なくらい気をつかっていた

ようだった／自從該事件發生後，他變得小心翼翼，令人感到他有

些神經過敏。

気をつける（きを付ける）

留心，注意，當心。

△からだに気をつけて、元気でよく勉強しなさい／請注意身體，精神

飽滿地好好學習。

△道に迷わないように気をつけなさい／請注意不要迷路。

△はしご段を下りる時落ちないように気をつけなさい／下樓梯時請

留神不要摔下去。

気をとられる（きを取られる）

只顧……，凝神，注意，注意力被……吸引去。

△彼は栄誉をものにすることばかりに気をとられている／他只顧獲

取榮譽。

△形式に気をとられていてはいけない／不要只注意形式。

△かの女は何かに気をとられて、どんどん歩いて行く／她的注意力

被什麼東西所吸引，不停地往前走去。

気をもむ（きを揉む）

憂慮，擔憂，擔心，忐忑不安，焦慮。

△あすの旅行に天気がどうなるかと気をもまされた／擔憂明天去旅

行天氣會不會變化。

△ないものはないんだよ、どうしてそんなに気をもむのかね／沒有

就是沒有嘛，爲什麼要那樣焦急呢？

△ぼく一人で気をもんでもしかたがない／我一個人焦慮也沒用。

気を悪くする（きをわるくする）

　生氣，不高興，傷感情。

△彼は悪口を言われて<u>気を悪くした</u>／講了他的壞話，他不高興了。

△あの男のことで<u>気を悪くしないで</u>ください／請不要生他的氣。

△そんなことをすれば人の<u>気を悪くする</u>にきまっている／做那種事

　一定會傷害人家的感情。

く

具合がよい（ぐあいが良い）

(1) （身體等）情況良好，舒服，情形好。

△からだの具合がよい／身體情況良好。

△からだの具合がわるい／身體情況不好。

△心臓の具合がわるいので行かなかった／因心臓不舒服，所以没去。

(2) 情況好，没毛病。

△いまさらことわるのは具合がわるい／事到如今拒絕人家不合適。

△この機械はぐあいがいいか／這機器的情況好嗎？

△この時計はどこかぐあいがわるい／這錶似乎有毛病。

ぐうの音も出ない（ぐうのねもでない）

啞口無言，閉口無言，一聲不響。

△ぼくのその一言で彼はぐうの音も出なかった／我的那句話使他啞
口無言了。

△私はこの娘をぐうの音もでないまでに責めた／我把這姑娘責備得
閉口無言。

△これには彼もぐうの音も出なかった／他對此也閉口無言。

くせがつく（癖が付く）

養成習慣，染上毛病；（紙，頭髮等）彎曲，打卷。

△この子は嘘をつく<u>くせがついた</u>／這孩子養成了撒謊的毛病。

△ぼくは早起きの<u>くせをつけた</u>／我養成了早晨早起的習慣。

△悪いくせはつき易いがよい<u>くせはつきにくい</u>／容易養成壞習慣，但不易養成好習慣。

△この紙はまるめておいたので<u>くせがついて</u>しまい、書きにくくてしかたがありません／這紙卷着存放，因此攤不平十分難寫。

△かみのけに変な癖が<u>ついて</u>しまってどうにもなおりません／頭髮打卷，怎樣也弄不過來。

くせになる（癖になる）

養成惡習，染上壞習慣，養成習慣。

△贅沢をしつけると<u>くせになる</u>／一旦過慣奢侈生活，無法改掉這種壞習慣。

△一遍要求を容れると<u>くせになる</u>／一旦答應他的一次要求，他會習慣。

△たばこは好きではないが<u>くせになって</u>のむ／並不喜歡烟卷，只是染上這種惡習才抽的。

くせを直す（癖をなおす）

改掉毛病，改掉惡習，消除壞習慣，改變習慣。

△この<u>くせが</u>容易に<u>なおらない</u>／這種毛病不易改掉。

△わるい<u>くせは</u>早く<u>なおしましょう</u>／要盡快改掉壞習慣。

△わるい<u>くせは</u>付きやすくて<u>直り</u>にくい／惡習易染難改。

くちがうまい（口がうまい）

能說會道，會說話，口才好，口若懸河。

△彼は<u>口がうまい</u>から、つい乗せられてしまう／他能說會道，我不

知不覺受騙上當。

△君はなかなか<u>口がうまい</u>ね／你可是眞能說呀。

△その青年はなかなか<u>口のうまい</u>男だ／那位青年口才很好。

口がうるさい（くちがうるさい）

囉嗦，絮絮叨叨；人言可畏。

△おそく帰ると、母は何も言わないが、父は<u>口がうるさい</u>／回家晚

點，母親倒不說什麼，可是父親囉嗦個沒完。

△年寄りは<u>口がうるさい</u>／老年人說話囉嗦。

△世間の<u>口がうるさい</u>／人言可畏。

口がおもい（くちが重い）

不愛說話，沉默寡言，不講話。

△あの人は子どもの時から<u>口が重い</u>ほうだ／那個人從小就不愛說話。

△失明以来、彼は<u>口がおもく</u>なっていた／自從双目失明以後，他說

話少了。

△彼は<u>口がおもい</u>が、言うことは要領を得ている／他雖然不愛講話

，但講起來却能抓住關鍵。

口がかたい（くちが堅い）

嘴嚴，守口如瓶，嚴守秘密。

△あの人は口のかたい若ものだ／他是一位守口如瓶的年輕人。

△口のかたい男だから、秘密を漏らす気づかいはない／那位男子守

口如瓶，無需擔心他會洩漏秘密。

△彼は口のかたい男で、そのひみつを決して言わない／他是一位嘴

嚴的人，絕不會講出那個秘密。

口が軽い（くちがかるい）

愛説話，多説話，嘴快，嘴不牢。

△あの人は、口がかるくて、よくあとで困る／他愛説話，因而事後

經常惹來麻煩。

△あの男は正直者だが、口がかるいので、誤解される／那個男人心

直口快，因此引起誤會。

△あの人は口がかるいから、あの人の前で話をするのは気をつけな

ければいけない／他的嘴不牢，因此在他面前講話要留神。

口がきける（くちが利ける）

能講，能説，嘴聽使喚。

△彼はびっくりして口が利けなかった／他嚇了一跳，話都説不出來

了。

△彼は言おうとしても、口がきけなかった／他想講，可是講不出來。

△そのしらせを聞いたときは、ほんとうに口もきけないほどびっく

— 129 —

りした／我聽到這個通知時，大吃一驚，連話都講不出來了。

口がすっぱくなる（くちが酸っぱくなる）

口乾舌燥，苦口婆心。

△口がすっぱくなるほどしゃべった／講得口乾舌燥。

△口がすっぱくなるほど言って聞かせたのに少しも態度を改めない
／苦口婆心講給他聽，可是他的態度毫無轉變。

△口がすっぱくなるほど注意してやったが、どこ吹く風と聞き流し
た／我苦口婆心提醒他，可是他只當耳邊風，不放在心上。

口がひあがる（くちが干上がる）

難以糊口，無法生活。

△そんなことをすると口が干上がってしまう／做那種事，就難以糊
口。

△へたをやると、口がひあがろうという問題だ／問題是弄不好的話
，就無法生活。

△稼がなければ、口が干上ってしまうとかれが言った／他説："不
賺錢，就無法生活。"

口が減らない（くちがへらない）

喋喋不休，胡説八道，講歪理。

△あれは口のへらない奴だ／那是個喋喋不休的傢伙。

△うちの女房は口のへらない女だ／我老婆是個胡説八道的女人。

△つべこべとほんとに<u>口のへらない</u>やつだ／那個傢伙胡說八道，淨

説廢話。

口がわるい（くちが悪い）

説話難聽，説話挖苦，説話帶刺。

△君はなかなか<u>口がわるい</u>ね／你説話眞難聽。

△君は<u>口がわるい</u>から、人を怒らせるのだ／你説話挖苦，使人生氣。

△やさしい顔にあわず、<u>口がわるい</u>／外表上和顏悦色，可是説話

却很難聽。

口と腹が違う（くちとはらがちがう）

心口不一，口是心非，口蜜腹劍。

△あの人は<u>口と腹がちがう</u>／那個人心口不一。

△人の<u>口と腹とはちがう</u>ものだ／人們嘴上説的和心裏想的不一樣。

△あいつはうまいことを言うが、<u>口と腹がちがう</u>／那傢伙説的好聽

，但是口蜜腹劍。

口に合う（くちにあう）

合口味，對口味，愛吃，喜歡吃。

△日本料理はお<u>口にあいますか</u>／日本飯菜不知是否合口味？

△ぶどう酒は私の<u>口には合わない</u>／葡萄酒不合我的口味。

△羊肉は臭みがあって、われわれには<u>口にあわない</u>／羊肉有腥味兒

，我們不喜歡吃。

口にする（くちにする）

説，講，談；吃；喝。

△彼_{かれ}はいつも友達のことを<u>口にする</u>／他經常談起朋友的事。

△団結_{だんけつ}をさまたげるようなことを<u>口にして</u>はいけない／不能講有礙

團結的話。

△彼_{かれ}はいまだ酒_{さけ}を<u>口にした</u>ことがないと言_いった／他説他至今未曾喝

過酒。

口に出す（くちにだす）

講，説。

△そんなことを<u>口に出して</u>しまおうとは、我_{われ}ながら思_{おも}わなかった／

連我自己都没想到竟然能講出這種話來。

△はっきり<u>口に出して</u>認_{みと}めたわけではない／並非口頭上明確承認。

△<u>口には出さなかった</u>が、目_めで非難_{ひなん}していた／嘴上雖没説，眼睛裏

却流露出責難的神色。

口にのる（くちに乗る）

議論紛紛，談論；上當受騙。

△うわさがみんなの<u>口にのる</u>／大家對謡言議論紛紛。

△あの失敗_{しっぱい}がもう人_{ひと}の<u>口にのっている</u>／關於那次失敗，人們議論紛

紛。

△悪者_{わるもの}の<u>口にのって</u>金_{かね}をすっかりなくした／上了壞人的當，把錢都

給騙光了。

△ぼくはそんな口にのるような人間ではないよ／我可不是那種會上

當受騙的人。

口に任す（くちにまかす）

信口開河，信口胡説，信口雌黄，信口胡言。

△彼は口にまかしてしゃべる／他信口開河亂説一陣。

△彼は口にまかして大ぼらをふく／他順口大吹特吹牛皮。

△口に任せて出まかせを言う／信口開河胡説八道。

口を利く（くちをきく）

説話，交談；説情，説和，從中斡旋。

△何でも知っているような口をきく／講起話來好像無所不知。

△あんな馬鹿には口をきかん／不跟那種混蛋説話。

△山田が口をきいていくらか攟ましたに相違ない／一定是山田從中

斡旋，給了對方一些賄賂。

口を切る（くちをきる）

開口説話；打開蓋兒。

△ぼくが口を切るから、あとは皆でやってくれ／我先開頭説話，以

後就看你們的了。

△おたがいに口を切るのをまっている／互相都等待着對方開口説話。

△かの女が一番さきに口を切った／她第一個先發言了。

口をきわめて（くちを極めて）

滿口，極端，竭盡……之能事，極力。

△世間では口をきわめて彼を賞めている／社會上極力稱贊他。

△彼は口をきわめて罵詈する／他破口大罵。

△木村は口をきわめて師匠を呪った／木村破口大罵師傅。

口をすべらす（くちを滑らす）

走嘴，失言。

△つい口がすべってしまった／無意中説走嘴漏了出去。

△うっかり口がすべってそう言ってしまった／不愼失言講了那種話。

△つい口をすべらしてしゃべってしまった／無意中説走嘴講出去了。

口をそろえる（くちを揃える）

異口同聲，齊聲。

△みな口をそろえて質問した／大家異口同聲紛紛提出質問。

△口をそろえて彼を攻撃した／異口同聲對他進行攻撃。

△新聞は口をそろえて科学の振興をうたった／報紙一致號召發展科

學。

口を出す（くちをだす）

插嘴；干渉，干與，參與。

△他人は口を出さないで、だまっていなさい／旁人不要插嘴，請保

持沉默。

△余計なところへ口をだすな／與你無關的事，你少插嘴。

△君はそんなことには口を出す用はない／你沒有參與這件事的必要。

口をついてでる（くちを衝いて出る）

順口而出，脱口而出，説話滔滔不絶。

△これは自然に口をついて出てきた言葉であった／這是自然而然順口而出的話。

△かの女は言葉が口を衝いて出てきた／她滔滔不絶講了這些話。

△自分の考えが口をついて出てきたので、彼を怒らせてしまった／自己的想法脱口而出，因此使他大發雷霆。

口をつぐむ（くちを噤む）

噤若寒蟬，閉口不做聲，閉口不談。

△その事件については、関係者は口をつぐんでいる／關於那次事件，有關人員噤若寒蟬。

△そう言ってやったら、それっきり口をつぐんでしまった／我那樣一説，他就此再也不往下講了。

△口をつぐんで言わず／閉口不談。

口を割る（くちをわる）

坦白交代，招供。

△昔ばなしになると、彼はついに口を割った／談起過去的事情，他終於吐露了出來。

△おどかしてもすかしても口をわらなかった／任憑他威逼也好利誘

也好，都緘口不言。

△かまをかけられて口をわってしまった／陷入圈套，招供了出來。

首がまわらない（くびが回らない）

（債台高築）一籌莫展，束手無策。

△あっちにもこっちにも借金だらけで、くびが回らない／到處借錢，債台高築，弄得束手無策。

△木村は借金に苦しめられて、首が回らない／木村被債務弄得愁眉苦臉。

△彼は負債のためにくびが回らなくなっている／他因債台高築，而弄得一籌莫展。

首にする（くびにする）

解雇，撤職，開除。

△会社では百七十何名かの労働者をくびにした／公司解雇了一百七十多名工人。

△山口は就職して三年目に首になった／山口就業後第三年被開除了。

△病気のために、木村は工場から首をきられた／木村因病被工廠開除了。

首をかしげる（くびを傾げる）

歪着頭納悶，歪着頭懷疑。

△王さんはおもわず首をかしげた／老王不由得歪着頭納悶。

△女房は首をかしげて亭主の表情を見る／老婆歪着頭以懷疑的眼光看着丈夫的表情。

△本当かしら と言いたげに首をかしげてこちらを見た／歪着頭以懷疑的眼光看着我，好像要講："那是眞的嗎？"

首をたてにふる（くびを縦に振る）

領首，點頭，贊成，同意。

△彼は私の質問に答えてくびを縦にふった／他回答我的詢問，領首表示贊同。

△くびをたてに振るのは賛成の意味になる／領首表示贊成的意思。

△彼は賛成だとくびをたてに振った／他點頭表示贊成。

首を長くする（くびをながくする）

翹首而望，引頸以待。

△子供は首を長くして父ちゃんの帰ってくるのを待っている／孩子們焦急地等待父親歸來。

△このいく日というもの、彼は首を長くして手紙を待っていた／這幾天，他一直翹首等待着來信。

△首をながくして母の帰りを待つ／望眼欲穿，等待母親歸來。

首をひねる（くびを捻る）

左思右想，疑惑不解，感到疑惑。

△これを見れば誰でも首をひねる／看見這種事，誰都會覺得疑惑不

解的。

△首をひねって思案していた／歪着頭左思右想。

△あの人はしきりにくびをひねっている／那人感到疑惑，不停地歪

頭揣摩着。

首をよそにふる（くびを横に振る）

搖頭，不同意，不贊成。

△首をよこにふるのは不贊成の意味になる／搖頭表示不贊成的意思。

△彼はくびをよこに振っていやだと言った／他搖搖頭説："不願意"

△彼は私の案にくびをよこにふった／他不同意我的方案。

雲を掴む（くもをつかむ）

望風捉影，不着邊際，不可捉摸，撲朔迷離。

△これは雲を掴むような捜し事だ／這如海底撈針，無處可尋。

△私の使命は雲を掴むようなものではなかった／我的任務並非是不

可捉摸的。

△そのうちどうかなるだろうって、それじゃ丸で雲をつかむような

話じゃありませんか／將來總會有法可想的，這種説法簡直是空洞

無物的空話。

くらしを立てる（暮らしをたてる）

維持生活，過日子。

△わずかの収入で、ようやくくらしを立てている／靠微薄的収入，

— 138 —

勉強能維持生活。

△<ruby>新聞<rt>しんぶん</rt></ruby>売りをして<u>くらしを立てる</u>／靠賣報維持生活。

△どうして<u>くらしを立てています</u>か／你靠什麼維持生活來着？

け

けがをする（怪我をする）

受傷。

△自動車事故で一週間のけがをした／因汽車車禍受傷，要休養一星
期。

△スキーに行って足にけがをした／去滑雪，脚受了傷。

△子供にけがをさせないように気をつけておくれ／請留意不要讓孩
子受傷。

決心が動く（けっしんがうごく）

決心動搖，決心發生變化，游移不定，改變決心。

△あの話を聞いてから、決心が動いた／聽過這些話後，決心動搖了。

△どんなことがあっても彼の決心は動かない／不管遇到任何情況，
他的決心也不會變。

△この決心は動かすべからざるものであると言った／他説，這一決
心堅如磐石。

決心がぐらつく（けっしんがぐらつく）

決心動搖，游移不定，決心發生變化。

△彼の決心は少しもぐらつかなかった／他的決心毫不動搖。

△彼の決心がどうやらぐらついてきたようだ／他的決心似乎發生了

變化。

△かの女の顔を見たら私の決心がぐらついた／當看到她臉上的表情，我的決心動搖了。

決心がつく（けっしんが付く）

下決心，決意。

△いくら考えても決心がつかない／無論怎麼考慮也下不了決心。

△私は二度と彼に会うまいと決心がついた／我決心不再同他見面。

△行きたいことは行きたいが、お金がいるので、なかなか決心がつきません／雖想去，可是要花錢，所以很難下決心。

元気が付く（げんきがつく）

恢復元氣，提起精神，精神百倍，精神倍增，受到鼓舞。

△かの女は元気が付いた／她恢復了元氣。

△酒をのむと元気が付く／喝酒能提神。

△彼の顔を見ると、私は急に元気がついてさかんにしゃべった／當看到他的面孔時，我立即精神倍增講個不停。

元気が出る（げんきがでる）

精神振作，打起精神，勁頭十足，精神振奮，精神百倍。

△そのニュースで元気が出た／聽到那個消息後精神爲之一振。

△勇ましい音楽を聞いて元気が出ました／聽過雄壯的音樂，精神爲之振奮。

△病気がよくなるにつれて<u>元気も出て</u>きました／病情逐漸好轉，精

　　神也越來越好。

元気がよい（げんきがない）

　　精神不振，沒精神，沒勇氣，沒氣力，委靡不振。

△<u>元気のない</u>若いもの／精神不振的青年人。

△年をとって何をする<u>元気もない</u>／年老後沒氣力做什麼事情了。

△あの人はこのごろ<u>元気がない</u>ようだ／最近那人似乎精神委靡不振。

元気がない（げんきが良い）

　　精神旺盛，精神振作，生氣勃勃，朝氣蓬勃。

△彼は<u>元気のよい</u>青年だ／他是一位朝氣蓬勃的青年。

△あのさかなやさんはいつも<u>元気がよい</u>／那位魚店老板總是精神抖

　　擻。

△いつも元気のよい人だが、このごろは少し<u>元気がない</u>ようだ／這

　　個人什麼時候都精神旺盛，可是最近有些委靡不振。

元気を落す（げんきをおとす）

　　精神不振，意志消沉，灰心喪氣，委靡不振。

△彼は失敗して<u>元気を落している</u>／他遭遇挫折後意志消沉。

△これしきの困難で<u>元気を落しては</u>いかん／爲遇到一星半點的困難

　　而灰心喪氣是不應該的。

△彼は一人息子に死なれてひどく<u>元気を落している</u>／獨生兒子死後

他感到灰心喪氣。

元気を回復する（げんきをかいふくする）

恢復體力，恢復精力，恢復健康，恢復精神。

△彼は元気が回復した／他恢復了體力。

△病人はおいおい元気を回復してきた／病人逐漸恢復了健康。

△夏病におかされて月をこえて元気を回復した／夏季患病，過了月

　恢復了健康。

元気を付ける（げんきをつける）

提提神，恢復元氣；鼓勵，鼓舞，振作精神。

△医者は病人に元気をつける／醫生鼓勵病人。

△彼に元気をつけてあげてください／請您鼓舞他一下吧！

△彼ががっかりしているらしいから、元気をつけてあげましょう／

　他有些灰心失望，鼓勵鼓勵他。

見当がつく（けんとうが付く）

弄清，心中有數，估計出，推斷出。

△その男がだれだか見当がつかない／我弄不清那個男子是什麼人。

△彼が何を望んでいるか見当がつかない／我摸不透他在企求什麼。

△利益がどれほどあるかおおよその見当がつく／已大致能估計出有

　多少利益。

見当をつける（けんとうを付ける）

估計，預計，拿準主意，推斷。

△あまり複雑でどうやればいいか<u>見当をつける</u>こともできない／太
複雑了，怎樣處理好，拿不準主意。

△君がおおかたここにいるだろうと<u>見当をつけて</u>やって来た／估計
你多半是在這兒，所以才趕來了。

△かの女はあまり心配していないだろうと<u>見当をつけた</u>が、はずれ
ていなかった／估計她不會十分擔心的，果然不出所料。

こ

声をかける（こえを掛ける）

打招呼，呼喚；喊叫促人注意；約人一起做……。

△みんなに声をかけて危険を警戒した／我向大家呼喊，提醒他們注意危險。

△芝居をみに行くときには私にも声をかけてください／要去看戲時，請你也叫我一聲，一塊兒去。

△出かけるとき、声をかけてくれ／外出時叫我一聲，一塊兒去。

声を揃える（こえをそろえる）

異口同聲，衆口一詞，衆口一致，齊聲。

△声をそろえて歌う／齊聲歌唱。

△ぼくらは声をそろえてその絵がうまいと叫んだ／我們衆口一致高喊："那張畫好。"

△みなが声をそろえてお隠しなさるなといった／大家衆口一詞説，請不要隱瞞。

声をたてる（こえを立てる）

發出聲音，大聲喊叫，出聲喊叫。

△しずかにしてください。声を立ててはいけません／請安静，不要大聲嚷嚷。

△声を立てると、命はないぞ／如出聲喊叫，就要你的命。

△子供がねていますから、大きな声を立てないでください／小孩在

睡覺，請不要高聲喊叫。

声をのむ（こえを呑む）

喉咽；激動（吃驚、緊張）得説不出話來。

△その光景を見て彼は思わず声をのんだ／見此光景，他不知不覺激

動得説不出話來。

△ひとりの少女は声をのみつつ泣いている／一位少女喉咽着在哭泣。

△お二人ともはっとして声をのんだ／兩個人都吃了一驚，竟説不出

話來。

心が暖まる（こころがあたたまる）

暖人心房，心裡暖烘烘，內心温暖。

△わたしは心のあたたまる話をきいた／我聽到一件叫人感到內心温

暖的好事。

△子供が動物をかわいがった話を聞いて、心が暖まる／當聽到孩子

珍愛動物的事，心裡感到暖烘烘的。

△少年は、はばのひろい父の背中におんぶされている。そこは、ど

こよりも安全であり、心のあたたまる場所であった／少年趴伏在

父親那寬闊的脊背上，他覺得這兒是最安全最温暖的地方。

心が浮く（こころがうく）

心沉不下來，心神不定，心情浮躁，心情快活。

△桜がさくと人の心が浮く／櫻花盛開，亂人心曲。

△音楽をきくと沈んだ心も浮く／聽聽音樂，愁悶的心情也快活起來。

△あなたのような心のういたやさしい人になりたい／願做一個像您

這樣心情快活心地和藹的人。

心が動く（こころがうごく）

眼紅，動心，有意，動搖，動情。

△金に心がうごく／見錢眼紅。

△君に説かれて彼は心が動いたろう／聽過你的勸説後，他的心動搖

了吧。

△彼はどんなことがあっても心が動かない／不管發生任何情況，他都

堅定不移。

心が大きい（こころがおおきい）

心胸開闊，氣度不凡，氣量大，度量大。

△乙よりも甲の方が心が大きい／甲比乙氣量大。

△あの人はよく文句を言うけれども心が大きい人です／雖然那個人

愛發牢騷，可是他是一位心胸開闊的人。

△彼は心が大きいから、こんな問題ではびっくりしないだろう／他

是一位氣度不凡的人，不會為這點問題驚慌失措的。

心が落ちつく（こころがおち着く）

心裡踏實，鎮定情緒，心情鎮定。

△<ruby>安心<rt>あんしん</rt></ruby>して<u>心がおち着く</u>／一塊石頭落了地，心裡踏實了。

△<ruby>私<rt>わたし</rt></ruby>はこの<ruby>部屋<rt>へや</rt></ruby>では<u>心が落ちつかない</u>／在這間屋子裡，我心神不安。

△<ruby>何<rt>なに</rt></ruby>ごとがあっても<u>心が落ちついている</u>／不管發生任何情況，都要

心情鎮定自若。

心が強い（こころがつよい）

意志堅強，剛強堅毅；放心，踏實。

△<ruby>彼<rt>かれ</rt></ruby>は<u>心が強い</u>／他意志堅強。

△<ruby>君<rt>きみ</rt></ruby>が<ruby>一緒<rt>いっしょ</rt></ruby>なら<u>心が強い</u>／有你在身邊，感到放心了。

△あなたの<ruby>援助<rt>えんじょ</rt></ruby>があるので<u>心が強い</u>／有了您的幫助，心裡覺得踏實。

心が解ける（こころがとける）

言歸於好，氣消，息怒，心情開朗，消除隔閡。

△<ruby>二人<rt>ふたり</rt></ruby>は<u>心が解けた</u>ようだ／兩個人好像言歸於好。

△わけをきいて<ruby>私<rt>わたし</rt></ruby>の<u>心も解けた</u>／聽過解釋後，我的氣也消了。

△<ruby>彼<rt>かれ</rt></ruby>は<ruby>私<rt>わたし</rt></ruby>に<ruby>対<rt>たい</rt></ruby>してなかなか<u>心が解けない</u>／他對我疑雲難消。

心がはずむ（こころが弾む）

歡欣雀躍，歡欣鼓舞，心情激動，心裏高興。

△とんとん<ruby>拍子<rt>びょうし</rt></ruby>に<ruby>行<rt>い</rt></ruby>ったので<u>心がはずんだ</u>／事情一帆風順，因而為

之歡欣雀躍。

△<ruby>休暇<rt>きゅうか</rt></ruby>を<ruby>利用<rt>りよう</rt></ruby>して<ruby>旅<rt>たび</rt></ruby>に<ruby>出<rt>で</rt></ruby>る<ruby>私<rt>わたし</rt></ruby>は<u>心のはずむ</u><ruby>思<rt>おも</rt></ruby>いがあった／我能利用

假期外出旅行，心裏感到高興。

△愉快なニュースに<u>心がはずん</u>だ／聽到這個大好消息，心情爲之歡

欣鼓舞。

心が分かる（こころがわかる）

了解……心思，明白……想法，摸透……心思。

△ぼくには君の<u>心が分から</u>ない／我不了解你的心思。

△あなたはわたしの<u>心がお分かり</u>でしょう／您明白了我的想法吧。

△かお色で<u>心が分かる</u>／觀察臉上的表情，就能猜透眞心意。

心に浮かぶ（こころにうかぶ）

心中浮現，想起，想出。

△いろいろの考えが<u>心に浮かん</u>だ／心中浮現各種各樣的想法。

△その時の情景が私の<u>心に浮かん</u>だ／當時的情景浮現在我的心頭。

△さまざまな記憶が<u>心に浮かん</u>だ／心中浮現出種種回憶。

心にかかる（こころに掛かる）

擔心，掛念，惦記，放在心上。

△もう<u>心にかかる</u>ことは何もない／已經沒有任何牽掛了。

△<u>心にかけ</u>ながら、ご無沙汰しております／久疏音訊，十分掛念。

△私をお<u>心におかけ</u>下さいまして、ありがとうございます／謝謝您

對我的關心。

△試験のことが<u>心にかかっ</u>てよくねむれませんでした／因擔心考試

而睡不好覺。

こころに叶う（心にかなう）

如意，合心意，中意，遂心。

△この仕事が心にかなっている／這種工作稱心如意。

△どうも心にかなった家がない／實在沒有中意的房子。

△君はぼくの心にかなった人だ／你是稱我心的人。

心に留める（こころにとめる）

切記，介意，記在心上，放在心上。

△このことを心に留めて忘れるな／切切記住這件事，不要忘記。

△彼は人に悪口をいわれても心にもとめない／即使旁人講他的壞話
，他也不在意。

△どうぞ心にとめないでください／請不要放在心上。

心に残る（こころにのこる）

記在心上，銘記在心，留下記憶，留在記憶裡。

△それは私の心にはっきりと残っている／那件事十分清楚地銘記在
我的心裡。

△あの出来ごとはかすかに心に残っている／發生的那件事在我的心
裡記憶不深刻。

△母のすがたはいまだにまざまざと心に残っています／母親的音容
笑貌至今仍清清楚楚記在心裡。

心にもない（こころにもない）

　言不由衷的，非出自本心的。

△君は心にもないことを言う／你説了些違心之論。

△心にもないおせじを言う／講了一些並非出自內心的恭維話。

△心にもないことを言って世にもてはやされる／講了些違心之言以

　博得人們的歡心。

心行くまで（こころゆくまで）

　盡情，開懷，痛痛快快，心滿意足。

△わたしたちは心ゆくまで話し合った／我們開懷暢談。

△かの女は心ゆくまで泣いた／她盡情地痛哭了一場。

△日曜日に博物館へ行って終日心行くまで面白い物を見た／星期天

　一整天去博物館盡情欣賞引人入勝的展覽。

心を合わせる（こころをあわせる）

　同心協力，團結一致，齊心合力。

△みんなで心を合わせてやったので、りっぱにできました／大家都

　齊心一意幹，因此做得滿漂亮。

△われわれが心を合わせてかかったなら、できないことはあるまい

　／如果我們齊心一意努力做的話，就沒有做不到的事。

△兄弟心を合わせて大望を遂げた／兄弟倆同心協力實現了宏大的理

　想。

心を痛める（こころをいためる）

折磨，傷腦筋，心裡難過，心裡痛苦，傷心。

△貧民の苦しみはかの女の心を痛めた／貧窮人的困苦生活使她心裡難過。

△そんなことをすると親の心をいためるばかりだ／做那種事情只會讓父母傷心。

△その知らせを聞いて私はひどく心を痛めた／聽到這個消息，我心裡十分難過。

心を動かす（こころをうごかす）

(1)動人心弦，感動，激動人心。

△彼は女の言葉に心を動かされた／那位女子講的話打動了他的心。

△彼のことばが深くぼくの心を動かした／他講的話深深觸動了我的心弦。

△かの女の美貌は人人の心を動かした／她那美麗的容貌動人心弦。

(2)改變主意，改變想法，受影響。

△ぼくの心は動かされやすい／我容易改變主意。

△何と言っても彼の心を動かして承諾させることができない／盡管說破了嘴，要他同意改變想法也是不可能的。

△興論のために心を動かされるな／不要受興論的影響而改變主張。

心を打ち込む（こころをうちこむ）

熱心，專心致志，埋頭。

△彼は子弟の教育に心を打込んでいる／他熱心於青少年的教育。

△親しい労働に心を打ち込んでいる人はしあわせだ／能夠埋頭於自

己喜歡的工作的人是幸福的。

△私はそういう仕事に一生懸命に心を打ち込む気にはなれないのだ

／我渾然忘我地埋頭於此工作。

心を打つ（こころをうつ）

感動，打動。

△そのことばは強くわたしの心を打った／那些話深深感動了我。

△人びとは若もののはげしい意欲に心をうたれる／人們都爲年輕人

那種幹勁所感動。

△彼のおめずおくせず意見を言う精神に私は心を打たれました／我

爲他那種毫不畏縮、敢提意見的精神所感動。

心をうばわれる（こころを奪われる）

入神，入迷，心醉，傾心，全神貫注於……。

△読書に心をうばわれる／讀書入了迷。

△美しい音楽にすっかり心をうばわれてしまった／完全陶醉在優美

的音樂聲中。

△彼はその物語に心をうばわれている／他被那個故事迷住了。

心を鬼にする（こころをおににする）

狠下心來，硬着心腸，鐵着心腸。

△大事の前には、心を鬼にしなくてはならない／大義滅親。（ 在大

　事面前，要能狠下心來。）

△事情は理解できたが、心を鬼にして借金の申し入れを断った／同

　情他的處境，但硬着心腸拒絕了他借錢的要求。

△警官は心を鬼にしてその婦人に彼女の夫が交通事故で死んだこと

　を伝えた／警察硬着心腸告訴那位婦女她的丈夫遇到交通事故而身

　亡。

心を砕く（こころをくだく）

　焦思苦慮，費盡心機，耗盡心思，鞠躬盡瘁。

△そこのところを改良しようとみんなで心を砕いて研究した／爲改

　進那一個地方，大家都費盡心思進行了研究。

△あの俳優は痴人の模倣に心をくだいた／那位演員煞費苦心模仿愚

　人的動作。

△彼らはこのように勤めにまごころをくだいている／他們就是這樣

　爲了工作而鞠躬盡瘁。

心を配る（こころをくばる）

　關心，照顧，注意，細心考慮，關懷。

△保母さんたちは、子供たちに心をくばっている／保育員細心照顧

　兒童。

△たがいに心をくばる／互相關心。

△こまかいところまで心をくばっている／無微不至地關懷。

心をくむ（こころを汲む）

體諒（體會，領會，領悟，洞察，掌握，了解）……的心情。

△私にはかの女の心をくむことができなかった／我沒能領會她的心情。

△ぼくの心を汲んでくれ／請體諒我的心情。

△父の心を十分にくんでやりなさい／要多多體諒父親的心情。

心を込める（こころをこめる）

精心，宜心致志；熱情洋溢。

△彼は仕事が変るごとに、その一つ一つに心を込めてやった／每當工作調動，他都能專心致志地做好每項工作。

△私は母の心を込めた弁当をたべている／我在吃母親親手精心裝好的便當。

△友だちのたんじょう日に、心を込めたおくりものをする／送充滿友情的禮物以祝賀朋友的生日。

心を引く（こころをひく）

吸引人，使人着迷，迷人，喜愛，傾心。

△美しいものにはだれしも心が引かれるものです／無論什麼人都喜愛美麗的東西。

△彼はその見知らぬ男に心をひかれた／那位素不相識的男子把他吸

引住了。

△かの女は彼に心をひかれて行くのをどうすることもできなかった／她傾心於他而不能自制。

心を許す（こころをゆるす）

相信，信任；心心相印；知心朋友，知己。

△知らぬ人に心を許すな／不要相信不認識的人。

△二人はたがいに心をゆるしあっている／兩個人彼此心心相印。

△あの人はりっぱな人なので、心をゆるすことができる／他為人正派，可以信任。

腰がぬける（こしが抜ける）

癱倒，癱軟，癱軟不能動，癱軟不能站立。

△あまりびっくりして腰が抜けてすわりこんでしまった／大吃一驚，癱軟不能站立。

△あまりのことにびっくりして腰を抜かしてしまった／事出意外，嚇得癱軟下來了。

△ただ音を聞いただけで、私は完全に腰をぬかした／只是聽到聲音，我都嚇癱了。

腰を折る（こしをおる）

受挫，受到阻礙，喪失銳氣；打斷話頭。

△一度の失敗ぐらいに腰をおってはいけない／不能為一次失敗而喪

失鋭氣。

△話の途中で腰をおってはいけません／在講話時，不要打斷人家的

話。

△彼は言葉の腰をおられて、不快な顔をした／他説話被人打斷，顯

得很不高興。

腰をおろす（こしを下ろす）

坐下，落座。

△私はだまって腰掛に腰をおろした／我一聲不響地坐在凳子上。

△老人はかたわらの石に腰をおろした／老頭兒在身旁的石頭上坐下

來。

△彼は台所の上り框に腰をかけながら話した／他坐在厨房的門檻上

説話。

こしをすえる（腰を据える）

専心致志於，埋頭於，安心於，安於。

△彼は今の仕事に腰をすえる／他専心致志於目前的工作。

△この問題は腰をすえて考えなければならない／這個問題必須集中

思想考慮一下。

△腰をすえて経済学の勉強を始めた／專心致志地開始學習經濟學。

ことが運ぶ（事がはこぶ）

事情進展，事情發展，開展工作。

△ことがとどこおりなく運んでいる／事情進展順利。

△君が加入すればスラスラことが運ぶ／如你能參加，事情會進展神

速。

△予定通りにことを運ぼうではないか／按計劃進行工作吧。

ことともしない（事ともしない）

毫不在乎，不放在眼中，無所謂，不放在心上。

△彼は日に五時間の授業をことともしない／他一天上課五小時毫不

在乎。

△彼は一日に十里やそこら歩くのをことともしない／一天走十公里

對他來説無所謂。

△彼はマージャンで一夜に七八万円負けるくらいはことともしなか

った／他打一夜麻将輸掉七八萬圓毫不在乎。

ことによる（事に困る）

根據情況，看情形，看情況。

△それはことによる／那要根據情況而定。

△ことによると彼は家にいないかも知れない／看情形他也許不在家。

△ことによったらは山師かも知れない／根據情況看那傢伙也可能是

騙子。

言葉が通じる（ことばがつうじる）

語言説得通，通曉……語言，會説……語言。

— 158 —

△はじめて洋行した時は言葉が通じなくて困りました／初次到外國

旅行時，因不懂語言遇到了困難。

△君は生徒に言葉が通ずるか／學生能聽懂你的話嗎？

△世界中に通ずる言葉は英語だけだ／在全世界通行的語言只有英語。

言葉を掛ける（ことばをかける）

　　向人搭話，跟人講話，向人打招呼。

△知らない人に言葉をかけられた／素不相識的人跟我講話。

△彼はその娘にやさしい言葉をかけた／他向那位小姐講了幾句體貼

　　入微的話。

△彼はかの女に一言も言葉をかけなかった／他沒向她講半句話。

言葉をにごす（ことばを濁す）

　　含糊其詞，用話搪塞，支吾其詞。

△彼は言葉をにごしてはっきり言わない／他含糊其詞，不講清楚。

△その点になると彼はいつもことばをにごす／毎當涉及到這一點，

　　他總是用話搪塞。

△約束のことを言い出すと、彼は言葉をにごしてしまう／講到約定

　　的事，他説話就閃爍其詞。

ことを欠く（事を欠く）

　　缺少，缺乏，不足。

△私は暮らしには事を欠かない／生活過得充裕。

△私が生きているうちは暮らしに事をかくようなことはさせない／在我有生之年，不會讓你缺吃少穿。

△自分たちの食べるものにことを欠いてまでも金を貸してやる／我們借錢給他，甚至於弄得自己連飯都沒得吃。

このうえもない（この上もない）

最大的，至高無上，非常，十分，最好。

△それは私にとっては、このうえもないよろこびだ／那是一件最使我高興的事。

△これはまことに光栄このうえもないことであった／這實在是至高無上的光榮。

△外国であなたに会えるとは、この上なくうれしい／在外國能遇見您，太高興了。

御覧に入れる（ごらんにいれる）

請看，觀看，觀覽，過目，瀏覽。

△私がこの機械を使って御覧に入れる／我操縱這種機器給您看。

△これはごらんに入れるほどのものではありません／這是不值得您一看的東西。

△何かほかの品をごらんに入れましょうか／請您瀏覽一下其他的東西吧。

さ

逆ねじを食わす（さか振をくわす）

反攻，反責，反駁。

△彼は反対する批評家に 逆ねじをくわせ ようとした／他企圖向反對

他的評論家進行反駁。

△こちらは親切から注意したのに、反って 逆ねじを食わされた ／我出

於好意，提請他注意，可是他却倒拉我一把。

△彼はぼくを とがめたから、逆ねじを食わして やった／他斥責我，

我給他來個倒拉一把。

先を争う（さきをあらそう）

爭先恐後，爭先。

△聽衆は 先を争って 非常口から 外にのがれ出ようとした／聽衆爭先

恐後都想由安全門往外逃。

△芝居がはねると皆 先を争って 外へ出た／戲一散場，大家就爭先恐

後往外走。

し

時間がかかる（じかんが掛かる）

費時間，花時間，需時。

△これは時間のかかる仕事だ／這是花費時間的工作。

△彼は一時間もかからないうちに本を読んでしまった／用不到一個小時，他就讀完了這本書。

△その仕事は思ったより時間がかかった／這件工作所花時間比估計的還多。

仕事におわれる（しごとに追われる）

忙於工作，爲工作所纏。

△母は台所の仕事に一日じゅうおわれている／母親整天都忙於廚房的家務。

△毎日仕事に追われて休むひまがない／每天忙於工作，無暇休息。

△仕事を追うとも仕事に追われるな／要趕在工作前面，不要落在工作後面。

舌がまわる（したが回る）

喋喋不休，三寸不爛之舌，口齒清楚。

△彼はよく舌が回る／他很能講。

△彼は酒に酔うと、舌が回らなくなる／他一喝醉酒，口齒就不清楚。

△彼の舌はぺらぺらととめどなく回りだした／他滔滔不絶地講了起來。

舌鼓を打つ（したつづみをうつ）

有滋有味地吃；咂嘴兒。

△女たちはあんころ餅に舌鼓を打った／婦女們有滋有味地吃豆餡年糕。

△残り半分を舌鼓を打って飲んだ／把剩下的一半香噴噴地喝光了。

△ぼくの苦悶するのを見て、その若い人が確かに舌鼓を打って喜んでいたのを見た／看到我愁眉苦臉的樣子，那位年輕人很明顯地咂嘴兒高興。

舌を巻く（したをまく）

十分驚訝，讚嘆，驚嘆，欽佩。

△彼の豪胆ぶりには、私達は舌をまいた／我們爲他的勇敢大膽感到驚嘆。

△彼の精力には、われわれはみな舌を巻いている／對他的精力充沛，我們都讚嘆不已。

△かの女は踊りがめきめき上達して、教師の舌を巻かした／她的舞踏進步很快，使教師大爲驚嘆。

しのぎをけずる（鎬を削る）

（拚命地）交鋒，（激烈地）辯論，你死我活的競爭。

△日本では、年の暮になると、しのぎをけずる商戦をくりひろげる／在日本，一到年關，就展開你死我活的商業競爭。

△両派は議会でしのぎをけずった／兩派在國會裡進行了激烈的爭論。

△なんのために彼らはしのぎをけずっているのか／他們爲什麼激烈爭論呢？

自腹を切る（じばらをきる）

自掏腰包，自己出錢，自費。

△足りない分は自腹を切ってだした／不夠的錢由自己掏腰包補上了。

△台北行の費用は彼が自腹を切った／去台北的費用由他自己負擔。

△彼が自腹を切って払いました／他自己出錢付了。

字引きを引く（じびきをひく）

查字典。

△ちょっと字引きを引いてたしかめてみてください／請查字典證實一下。

△字引を引いてもこの単語はない／字典裡也沒查到這個詞彙。

△字引きの引き方も知らない／連查字典的方法都不知道。

始末をつける（しまつを付ける）

處理，解決，管理，應付。

△この事件の始末をどうつけるつもりですか／你打算怎樣處理這次事件呢？

△ビール一ダースぐらいはぼくでも始末をつける／一打啤酒我也能

處理掉（喝光）。

△かの女自身の気持の始末もつかなかった／她連自己的心情都控制

不住。

終止符を打つ（しゅうしふをうつ）

結束，完結，化爲泡影。

△両国政府は両国間に存在していた不正常状態に終止符を打った／

両國政府結束了存在於兩國之間的不正常狀態。

△彼の死によって私の願望は終止符を打たれた／他的死使我的願望

化爲泡影。

△これは戦争に終止符を打つための決定的な一歩である／這是爲了

結束戰爭所採取的關鍵性的一着。

順を追って（じゅんをおって）

循序，依次，按照步驟，順着次序。

△順をおって話しましょう／挨着次序一步一步講下去。

△どんなことをするにも順をおってやらなければいけない／無論做

什麼事，都要循序漸進。

△その他の人人をも順を追って訪問するはずであった／對其他人也

該逐個進行訪問。

白を切る（しらをきる）

佯裝不知，若無所知，抵賴，不認帳。

△どんなに君が<u>白を切って</u>も、顔色でわかるよ／不管你怎樣佯裝不

知，看看你的臉色就知道你在撒謊。

△あのスパイは証拠があるのに、<u>白を切って</u>白状しない／鐵證如山

，可是那個特務却還要抵賴，不肯交代。

△彼は<u>白を切って</u>人にたずねる／他若無所知地向旁人打聽。

知らん顔をする（ しらんかおをする ）

佯裝不知，視若無睹，假裝沒聽見，不理睬。

△私がここにいるのに、彼は<u>知らん顔をして</u>行ってしまった／我就

在這裡，他却視而不見走過去了。

△一生懸命頼んでも、彼は<u>知らん顔をして</u>いる／盡管人家苦苦懇求

，他也不予理睬。

△人の困るのを見て<u>知らん顔をして</u>いる／看到別人為難，却佯裝不

知。

尻を持ち込む（ しりをもちこむ ）

追究責任，告狀，興師問罪。

△責任は君のほうにあるのだから、私のところへ<u>しりを持ちこまれ</u>

<u>て</u>はこまる／責任在你，向我興師問罪可不對勁。

△いたずら小僧なので、毎日近所から<u>尻を持ち込まれて</u>困ります／

小孩淘氣，每天鄰居都來告狀，眞沒辦法。

△君たちがそんなことをすると学校へ<u>尻を持ち込まれる</u>／你們做那

種事，人家會到學校來追究責任的。

信頼がおける（しんらいが置ける）

可以信賴，信得過，可以相信，可靠。

△彼らは<u>信頼のおけない</u>ものだ／他們是些不可信任的人。

△彼こそ<u>信頼のおける</u>唯一の友だちです／他才是唯一的一位信得過

的朋友。

△彼の言うことなら、<u>信頼がおける</u>／他講的話，可以相信。

す

筋が通る（すじがとおる）

有條有理，合乎邏輯，合乎道理，合情合理。

△彼の話は<u>筋が通っている</u>／他講的話合乎道理。

△<u>筋の通った</u>正しいことなら、遠慮なく要求してください／只要是

合理的正當要求，請不要客氣提出來吧。

△彼の言うことは全然<u>筋が通っていない</u>／他講的話完全不合乎道理。

すじみちが立つ（筋道がたつ）

合情合理，合乎道理，有條有理，有條不紊。

△<u>すじみちの立たない</u>金はびた一文も出さない／不合情理的錢，一

文錢也不掏。

△彼のやることは少しも<u>すじみちが立っていない</u>／他做的事根本不

合乎道理。

△<u>筋道のたった</u>話をする／説話有條有理。

雀の涙（すずめのなみだ）

一點點，微不足道，微乎其微，少得可憐。

△光復前、一年働いて、もらう穀物は<u>雀の涙</u>ほどだった／光復前，

工作一年到手的糧食只有一點點。

△すずめの涙ほどのボーナスでは何の役にも立たない／微不足道的

奨金毫不起作用。

△すずめの涙ほどの同情心もない／絲毫同情心都没有。

図に当たる（ずにあたる）

　如願以償，成功，正中下懷。

△私の計画は図に当たった／我的計劃如願以償。

△奇襲作戦が図に当たって、敵を全滅した／偸襲作戦成功，把敵人

全部消滅了。

△新夕刊紙の行き方は一応図に当たったと言える／新發行的晩報的

做法大致可以説是成功了。

図に乗る（ずにのる）

　得意忘形，逞能逞強，忘記分寸。

△私は自分が図にのってしゃべりすぎたことに気づきました／我發

覺自己得意忘形，話講得過多了。

△あいつはほめると、図にのる／那傢伙只要你一稱贊，他就得意忘

形。

△彼は人がいいからといって、君も図に乗っちゃいけない／雖然他

為人厚道，可是你也不要得寸進尺。

隅に置けない（すみにおけない）

　不可輕視，有能耐，有本領。

△王さんはなかなか<u>すみにおけない</u>人です／老王實在是位不可小看的人物。

△あんな真面目な顔をしているけれども、なかなか<u>すみにおけない</u>／外表看起來那樣老實，可是實在並非池中物。

△先生はなかなか<u>すみにおけない</u>方です／老師是位很有本事的人。

せ

精が出る（せいがでる）

賣力氣幹活，勤奮工作，刻苦作事。

△あの人は仕事に<u>精を出している</u>／那個人在聚精會神地工作。

△もう少しだから、<u>精を出して</u>やってしまいましょう／還差一點就做完了，我們加把勁吧！

△母親を失ってからの木村は、さらに<u>精をだして</u>働いた／自從母親去世後，木村更加賣力氣幹活。

生気にあふれる（せいきに溢れる）

朝氣蓬勃，充滿朝氣，栩栩如生。

△町全体が<u>生気にあふれていた</u>／整個城鎮充滿了朝氣。

△名画家は<u>生気にあふれる</u>筆致で町の繁華さをえがいた／名畫家以生花妙筆描繪了城市的繁榮景象。

△天地は<u>生気にあふれている</u>／天地間生機盎然。

背にする（せにする）

以……爲背景，背後是……，後面是……；背。

△学校の門を背にして、写真をとる／以校門爲背景拍照。

△その町は山を背にしている／那個城鎮背山。

△彼は包みを背にして川を歩いてわたる／他背着包袱走過河。

世話がない（せわがない）

省事，省去麻煩，簡單，旁人無話可説。

△ここに住めば車をかかえる世話がない／住在這裡就省去買汽車的

麻煩。

△あれまでに育て上げればもう世話はありません／已養育成人，今

後就不要費心了。

△自分から言い出した案に、こんどは反対しているんだから世話は

ない／這回是自己反對自己提出的建議，旁人無話可説。

世話をかける（せわを掛ける）

添麻煩，增加負擔，讓……費心，讓……操心。

△とんだ世話をかけたな／給你増添很多麻煩啦！

△彼は父に何かと世話をかける／事事他都讓父親操心。

△船によわい私は友だちに世話をかけた／會暈船的我給朋友們増添

了麻煩。

世話をする（せわをする）

照料，照顧，幫助，斡旋，介紹。

△ちょっとかの女の世話をしたことがあった／曾經幫過她一點忙。

△切符のお世話は私が致しましょう／由我來幫忙購買車票。

△私は少くとも自分自身の世話をするだけの力はあります／至少我

還有能力照料自己。

世話を見る（せわをみる）

照料，照顧。

△家族のいない年よりの世話を見てあげる／照顧沒有親人的老年人。

△彼は私を自分の子供のように思って世話を見てくれる／他把我當

作自己的孩子似地照料我。

△親切に病人の世話を見る／細心地照顧病人。

世話を焼く（せわをやく）

幫助，照管，照料；給人添麻煩。

△かのじょは一生懸命、夫や子どもたちの世話を焼いています／她

全力以赴照顧她的先生和孩子們。

△彼はもうおとなですから、そんなに世話を焼かなくてもいいです

／他已經是大人了，無需再那樣照料。

△あの病人はからだが動かないので、世話が焼ける／那位病人身體

不能動，所以要麻煩別人照顧。

△この子は世話ばかり焼かしている／這孩子淨給人添麻煩。

△あの人はずいぶん世話を焼かせた／那人給別人添了很大麻煩。

そ

相談に乗る（そうだんにのる）

商量，研究；出主意，想辦法。

△彼はいつも気持よく相談にのる／他總是愉快地幫人家想辦法。

△わたしたちがこの問題について、君に相談にのってもらいたいと思ってね／這個問題，我們想請你出出點子。

△彼はなかなか相談にのらない／他極不願意參與研究。

そっぽを向く（そっぽをむく）

扭向一旁；不加理睬，不聞不問，不關心。

△組長は、ぷいとそっぽをむいて引き返した／組長不高興地扭過臉去，轉身就回去了。

△怒るとそっぽをむいて答えない／一生氣，就把臉扭向一旁，不予回答。

△かの女は彼の気持にはわざとそっぽをむいた／她故意不理會他的心情。

△援助を求めたのに、そっぽを向かれた／雖然要求援助了，但對方却不加理睬。

その足で（そのあしで）

順路，順便，順道。

△彼はその足で教会へ行った／他順便到教堂去了。

△彼は買い物に行って、その足で私の家へ寄った／他去買東西，順

路到我家來了一趟。

△その足で彼は入院中の友人を見舞った／他順道去看望住院的朋友。

そろいもそろった（揃いも揃った）

全都一個様，全都是，全是。

△みんなそろいもそろった馬鹿者だ／全都是一些糊塗蟲。

△お前たちはみんなそろいもそろった弱虫だ／你們這些傢伙全是一

群膽小鬼。

△兄弟三人そろいもそろってみんな軍人だ／弟兄三人全都是軍人。

た

タイコ判を押す（太鼓ばんをおす）

保證可靠，絕對保證，保證無誤。

△彼ら若い人はわが国の物理学界を背負う人材とタイコ判をおされ
た／完全可以保證，那些年輕人是能夠擔負起我國物理學界的人材。

△あの人物についてなら私が太鼓判を押しますよ／關於該人的人品
，我完全可以保證沒問題。

△彼の正直なことは太鼓判を押して保証する／他為人誠實，這絕對
可以保證。

大事を取る（だいじをとる）

謹愼從事，小心，愼重，嚴謹。

△病気はだいたいなおったが、大事をとって、もうしばらく学校を
休みます／疾病大致已經痊癒，為了愼重起見，還要休學一段時間。

△大事をとるにこしたことはない／最好莫過於謹愼從事。

△大事をとりすぎて、仕事が少しもはかどらない／因為過於謹愼小
心，所以工作毫無進展。

大抵ではない（たいていではない）

並非易事，非同尋常，非常困難，並非輕而易舉。

△それをするのはたいていのことではない／做那種事情很不容易。

△こんなことをみな覚えるのは<u>大抵ではない</u>／把這些全都記住可不

容易。

△子供を育てるのは並<u>大抵</u>のこと<u>ではない</u>／撫養子女並不簡單。

大抵にする（たいていにする）

適可而止，恰如其分，有分寸，適度。

△いたずらも<u>大抵にする</u>がいい／開玩笑也要有分寸。

△運動も<u>大抵にし</u>ないと、毒になる／運動過度，反而有害身體。

△勉強も<u>大抵にして</u>おかないと、からだをこわすよ／唸書也不能過

度，否則會有害健康。

台無しになる（だいなしになる）

糟蹋壞了，七零八落，不能使用，弄壞；落空，白費，泡湯。

△外出の途中雨にふられて、新しい服が<u>台無しになった</u>／出門的半

路上淋了雨，一身新衣服弄得一塌糊塗。

△やっと花がきれいに咲きだしたのに、風が吹いて<u>台無しになった</u>

／花剛剛開得很鮮艷，却讓大風吹得七零八落。

△箱はこわれて<u>台無しになった</u>／箱子壞得不能使用了。

大なり小なり（だいなりしょうなり）

大大小小，多多少少，或多或少，不拘大小，或大或小。

△この間の台風で<u>大なり小なり</u>被害を受けなかったところはないだ

ろう／前些日子因受台風影響，各地都或多或小受到了損失。

△彼らは大なり小なりみんな貯金がある／他們或多或少都有些存款。

△彼らはあの映画から、大なり小なりよい影響を受けている／他們

　或多或少從那部影片裡受到些良好的影響。

高いものにつく（たかいものにつく）

　費錢，貴，價格高，不便宜。

△バス代がかかったり、お茶を飲んだりして、この買いものは高く

　ついた／又付車費，又付茶錢，加在一起，買這東西的價錢就貴了。

△自動車を持つのは高いものにつく／有輛汽車可是費錢的事。

△安いものを買うと結局高いものにつく／貪小失大。

△この品は高くつく／這種東西貴。

高く買う（たかくかう）

　器重，重視，高度評價。

△君は彼をたいそう高く買っているんだね／你十分器重他哦。

△この方式はやがて高く買われるだろう／這種方式不久恐將獲得高

　度評價。

△私は彼の翻訳をもっとも高く買うものである／我高度評價他的翻

　譯。

高くとまる（たかく止まる）

　妄自尊大，看不起人，自視甚高，自命不凡。

△あの人はお高くとまっている／那人妄自尊大。

△彼はお高くとまっていて私たちと交際しない／他看不起我們，不

同我們來往。

△彼は高く止まって、私たちのところへ顔出しもしない／他自視甚

高，不屑來我們這兒露面。

高をくくる（たかを括る）

瞧不起，輕視，認爲沒什麼了不起，小看。

△この問題に接触した時に、彼の態度には、<u>タカをくくっていた</u>よ

うなところがある／遇到這個問題時，他採取了漫不經心的態度。

△あまり<u>タカをくくる</u>ものじゃないよ／不能過於自信呀。

△彼は最初からその事件は<u>高をくくって</u>いた／他壓根兒就沒有重視

那個事件。

ただみたいだ（只みたいだ）

如同白給，如同白送。

△<u>ただみたい</u>な賃金で働く／工錢很少，如同白做似地。

△たまごは<u>ただみたいに</u>安いね／鷄蛋很便宜，如同白給一樣。

△これが百円なんて<u>ただみたいに</u>安い／這個只要一百日元，簡直便

宜得和白給一樣。

楽しみに（たのしみに）

以……爲樂趣；期待，寄希望於……。

△旅行のおみやげを<u>楽しみに</u>待っています／以渴望的心情等待您從

旅途帶禮品回來。

△子供が立派になるのを楽しみに生きてきました／每天都把希望寄

托在孩子能長大成人這件事上。

△君は何を楽しみに生きているか／你生活的樂趣是什麼？

たのみの綱（頼みのつな）

唯一的依靠，命根子，唯一的一線希望，靠得住。

△当てにしていた友人に借金をことわられて、たのみの綱も切れて

しまった／信得過的朋友拒絕借錢給我，這樣，唯一的一線希望也

破滅了。

△彼らはたのみの綱にはならない／他們是靠不住的。

△この商売はたのみの綱だ／這個買賣是惟一的依靠。

旅に立つ（たびにたつ）

動身去……旅行，出去旅行。

△田中さんはきょうヨーロッパへの旅に立った／田中先生今天動身

去歐洲旅行了。

△彼は近近アメリカに向けて旅に立つ／他最近要去美國旅行。

△休暇を利用して旅に出る／利用休假，外出旅行。

ためいきが出る（溜息がでる）

長吁短歎，歎氣，歎息，贊歎，驚歎。

△高い値段を聞き、ためいきが出て彼は品物をおいた／聽到價錢這

様貴，他歎了口氣，把東西放下了。

△梅の花は、ためいきの出るほど美しかった／梅花十分美麗，令人贊歎不已。

△がっかりしてためいきばかり出る／大失所望，唯有歎息而已。

溜息をつく（ためいきを吐く）

歎息，歎氣，長吁短歎。

△太いためいきをつく／深深地歎息了一聲。

△彼は若かった日が恋しくて溜めいきをついている／他為懷念青年時代而感歎。

△かの女はためいきをついて悲しみを表わした／她長吁短歎地流露出哀傷情緒。

ためしがない（試しがない）

未曾……，不曾……。

△そんなことは聞いたためしがない／未曾聽説過那種事情。

△いつ訪ねても、家にいたためしがない／不管什麼時候去找他，他都未曾在家裡。

△彼はずいぶん馬鹿なことをしたためしがある／他曾做過糊塗透頂的事。

ためになる（爲になる）

有好處，有用，有利益，有益。

△私は何かひとの<u>ためになる</u>ことをしたいと思う／我想做些有益於

人們的事情。

△旅行が非常に私の<u>ためになった</u>／旅行對我很有益。

△そんなことをしては<u>ためにならない</u>／做那樣的事，沒有好處。

だめになる（駄目になる）

變壞，腐敗；化爲泡影，不成功，不管用。

△夏はあついから、食べ物がすぐ<u>だめになる</u>／夏天天熱，因此食物

容易腐敗。

△折角の骨折りが<u>だめになった</u>／煞費苦心的努力化爲泡影。

△することなすことがみんな<u>だめになる</u>／所做的事情都沒有成功。

だらしがない

衣冠不整，散漫，亂七八糟；胡來，不檢點。

△あの家は掃除もよくしていない、<u>だらしのない</u>家だ／那家人家經

常不打掃，家裡亂七八糟的。

△ふだんはしっかりしているが、酒をのむと<u>だらしがなくなる</u>／平

常還是挺規矩的，但一喝酒就胡來。

△お金に<u>だらしない</u>男／在金錢關係上不檢點的人。

たるみが出る（弛みがでる）

鬆弛，鬆勁，鬆口氣，鬆散，鬆懈。

△試験が済んだので、心に<u>たるみが出来た</u>／考試結束後，精神就鬆

弛下來了。

△心にたるみが出ては、学問は上達しない／精神上如果鬆了勁，學業就不會進步。

△最後まで努力にたるみが出きないようにしなくてはいけない／一定要毫不鬆懈堅持到底。

段となると……（だんとなると……）

一旦……，談到……。

△英語は読むことはできても、話す段となると、なかなかむずかしい／英文讀雖然能讀，可是一旦要講的話，那可是很難的。

△いざ机に向かって筆を執る段になると、何も頭に浮かんでこない／一旦坐在桌子前面執筆的時候，腦子裡就空空如也。

△いよいよ という段になると、彼はいつも尻ごみする／一到關鍵時刻，他總是躊躇不前。

ち

小さくなる（ちいさくなる）

抬不起頭來，畏畏縮縮，縮成一團，低聲下氣。

△次郎さんは今日失策して小さくなっている／次郎今天做錯了事，

有些抬不起頭來。

△君は人の前で小さくなっていることはない／你在人前無須低聲下

氣。

△彼らは小さくなって町を歩いている／他們畏畏縮縮地在街上走着。

知恵を貸す（ちえをかす）

出主意，想辦法，出點子。

△よい知恵を貸してください／請給我想個好主意。

△いい考えが思いつかないので、知恵を貸していただきたいのです

／想不出好辦法來，想請你給我出個主意。

△この問題について少し知恵を貸してください／關於這個問題，請

給我出個主意吧！

知恵を借りる（ちえをかりる）

求人給想主意，出點子，出主意。

△先生のところへ知恵を借りに行った／到老師家去，請他給想個主

意。

△知恵を借りる人がなくて、困っている／没有人幫助籌謀策劃，眞
不好辦。

△君の知恵を借りることができれば結構だ／如果你能幫忙想主意，
那就好極了。

知恵をつける（ちえを付ける）

給出主意，想點子；聰明，有頭腦，長智慧。

△山田君に知恵をつけたのは誰だろう／給山田君出主意的是誰？

△君はだれかに知恵をつけられたのだろう／有人給你出主意了吧？

△子供は日増しに知恵がつく／孩子日益聰明。

力がある（ちからがある）

有能力，有力量；有影響。

△あの人は英語の力がない／他不懂英文。

△Aさんは人に教える力がない／A先生沒有教授別人的能力。

△わたしにはまだ自動車を買う力はありません／我還沒有力量購買

汽車。

△結婚をしても家をたてる力がない／即使結婚也沒有力量蓋房子。

力瘤を入れる（ちからこぶをいれる）

盡力，竭盡心力，努力，全力以赴，竭盡全力。

△彼はその事業に力こぶを入れている／他竭盡心力經營那個企業。

△つまらないことに力こぶを入れたものだ／把很多精力花費在無聊

— 184 —

的事情上。

△あの<ruby>学校<rt>がっこう</rt></ruby>にたいそう<u>力こぶを入れている</u><ruby>人<rt>ひと</rt></ruby>がある／有人正在全力

以赴辦好該學校。

力と頼む（ちからとたのむ）

　頼為靠山，（所）仗恃的，（前去）投靠的，依靠。

△<ruby>彼<rt>かれ</rt></ruby>は<u>力と頼む</u><ruby>息子<rt>むすこ</rt></ruby>に<ruby>死<rt>し</rt></ruby>なれた／他頼為靠山的兒子死去了。

△<ruby>英国<rt>えいこく</rt></ruby>の<u>力とたのむ</u>ものは<ruby>海軍<rt>かいぐん</rt></ruby>のみだ／英國所能仗恃的只有海軍。

△<ruby>彼<rt>かれ</rt></ruby>は<ruby>家族<rt>かぞく</rt></ruby>の<u>力とたのむ</u><ruby>人<rt>ひと</rt></ruby>だった／他是全家人的靠山。

力に余る（ちからにあまる）

　不能勝任，力所不及，力不從心。

△これは<ruby>自分<rt>じぶん</rt></ruby>の<u>力にあまる</u><ruby>困難<rt>こんなん</rt></ruby>である／這是我個人的力量所不能克

服的困難。

△それはまったくぼくの<u>力にあまる</u>／那是我力不勝任的事情。

△<ruby>自分<rt>じぶん</rt></ruby>の<u>力にあまる</u><ruby>仕事<rt>しごと</rt></ruby>はするな／不要做自己力所不及的事情。

力にする（ちからにする）

　依靠，指望，幫助，憑……的幫助。

△<ruby>君<rt>きみ</rt></ruby>は<ruby>人<rt>ひと</rt></ruby>を<u>力にする</u>のはよくない／你想依靠旁人的幫助是不對的。

△あなただけを<u>力にしている</u>／全靠您的支持了。

△<ruby>杖<rt>つえ</rt></ruby>を<u>力に</u><ruby>歩<rt>ある</rt></ruby>く／憑借拐杖走路。

力になる（ちからになる）

幫助，幫忙，支援，幫手。

△誰か困ったことがあるとすぐ彼は<u>力になって</u>くれる／有人一旦遇

到困難，他會立刻幫忙。

△まさかの時にはおたがいに<u>力になろう</u>じゃないか／萬一需要時，

我們要互相幫助。

△はやく大きくなってお父さんのお<u>力におなりなさい</u>／快快長大成

人，好成爲父親的幫手。

力に任す（ちからにまかす）

用盡力氣，全力以赴，用盡力量，使勁。

△私は<u>力にまかせて</u>なぐってやった／我用盡力量毆打對方。

△彼は<u>力にまかせて</u>綱をひっぱった／他使勁拉繩索。

△<u>力にまかして</u>バットを振りまわしては空振りする／使出全身力氣

揮棒擊球，往往會擊不中球。

力はない（ちからはない）

沒勢力，沒權勢；沒能力，沒力量；不起作用，沒人聽；沒財力。

△江戸時代以前は商人の<u>力はあまりなかった</u>／江戸時代以前，商人

的勢力並不太大。

△彼の言うことは<u>力がない</u>／他説話不起作用。

△実行がなければ言うことに<u>力がない</u>／光説不做，説話沒人聽。

△ぼくには家をたてるだけの<u>力はない</u>／我沒錢蓋房子。

力を合わせる（ちからをあわせる）

同心合力，協力。

△どんなことでも、みんなで力を合わせてやっていこうではないか／無論什麼事，大家都要同心協力去做。

△みんなで力を合わせてやれば、できないものはない／只要大家同心協力，沒有辦不到的事情。

△力を合わせてその事業を仕とげた／同心協力完成了那項事業。

力を入れる（ちからをいれる）

加把勁，努力於，用力氣，花費精力。

△もっと仕事に力を入れてやりなさい／要更加盡力工作。

△子供の教育に力を入れる／致力於孩子的教育。

△力を入れて舟をこぐ／用勁划船。

力をおとす（ちからを落とす）

灰心，頹喪，情緒低落，精神萎靡。

△あの人はおかあさんに死なれて力を落としている／他因母親去世而精神萎靡不振。

△これしきのことに力を落とすな／不要為這麼一點點小事而灰心喪氣。

△一度の失敗ぐらいに力を落としちゃいられない／不會為一次失敗而洩氣的。

力を貸す（ちからをかす）

　　幫助，幫忙，出力，盡力。

△あの人は、友だちがどんなにこまっていても、力を貸そうともし

　ません／不管朋友遇到什麼困難，他都不想幫忙。

△ええ、おじさんに力をかしていただきたいと思っています／嗯，

　我想請叔叔幫幫忙。

△力をかしてくれるのは君だけだ／願意幫忙的只有你。

力をかりる（ちからを借りる）

　　借助……的力量，靠……幫忙。

△人の力を借りずにやる／不靠旁人幫忙自己做。

△あなたのお力を借りることができれば結構です／如能得到您的幫

　助，那就好極了。

△この本を翻訳するには、先生の力を借りに行かなければならない

　／為了翻譯這本書，必須去請老師幫忙。

力を注ぐ（ちからをそそぐ）

　　努力，致力，盡力，傾注全力，專心。

△張先生は生徒たちの課外活動の指導に力を注いでいる／張老師盡

　力指導學生的課外活動。

△なお非常に大きな力を注がなければならない／還必須花費很大的

　力氣。

△私は語学に力を注ぐことができません。ほかのことをいろいろ考

えているものですから／我因爲要考慮各種問題，所以不能專心學

習外語。

力を頼む（ちからをたのむ）

相信……力量，倚仗。

△あのかたは自分の力を頼みすぎたので、失敗しました／他過分相

信自己的力量，因而招致了失敗。

△彼らは多勢の力をたのんで、横暴を働いた／他們倚仗人多勢衆，

胡作非爲。

△敵は多数の力を頼んで油断した／敵人倚仗人多勞衆而大意了。

力を尽くす（ちからをつくす）

竭盡精力，耗竭精力，盡力。

△彼はこの仕事のために力の限りを尽くした／他爲這項工作耗盡全

部精力。

△目的を達成するためには力を尽くします／爲了達到目的全力以赴。

△彼はこの問題に対して大いに力を尽くした／爲了這個問題他花費

了很大精力。

力を付ける（ちからをつける）

(1)提高（培養）……能力，增加……學識，加強……力量。

△日本語の力をつけるために日本語学校で勉強しています／爲了提

高（培養）日語的能力，正在日語學校學習。

△もっと数学の力を付けないと、大学にはいれませんよ／如不進一

歩提高數學的程度，是考不上大學的。

△毎日外国人とつきあったおかげで、外国語を話す力がうんとつい

てきた／多虧每天和外國人交往，講外語的能力提高了很多。

△勉強すれば日本語の力がつく／如果用功的話，就能提高日語的水

平。

(2)鼓勵，增添勇氣；增添氣力，增加體力。

△病人はだんだん力がついてきた／病人漸漸恢復了體力。

△栄養食で人に力をつける／食用營養豐富的食品會增加人的體力。

△その言葉で私は急に力がついた／這些話很快鼓起了我的勇氣。

血もなみだもない（ちも涙もない）

冷酷無情，殘酷，不通人情，失去人性。

△あの人は血もなみだもない人だ／那是一個殘酷無情的人。

△これは血もなみだもない仕打ちだ／這種作法冷酷無情。

△彼を街路へ追い出すのは血も涙もない行爲のようだった／把他趕

到馬路上去，這似乎是不通人情的作法。

茶を入れる（ちゃをいれる）

泡茶，切茶。

△お茶を入れるために湯をわかす／爲了泡茶，要燒開水。

△もう少しよろしいでしょう。お茶を入れますから／請再稍坐一會

兒，我去切茶來。

△お客をよんで、茶を点ててすすめる作法を茶の湯と言う／點茶來

招待客人喝茶的方式叫作"茶道"。

△抹茶の場合は、「茶を入れる。」でなく、「茶を点てる。」と言

う／切抹茶時，不叫"泡茶"，叫"點茶"。

注意が行き届く（ちゅういがゆきとどく）

注意周到，無微不至的關心。

△こんどの失敗はみな私の注意が行き届かなかったからです／這次

失敗都是因我注意不夠所造成的。

△あの学校は生徒に対する注意が実によく行き届いている／那所學

校對學生的關心眞是無微不至。

△山田さんはこまかなところまで注意の行き届く人です／山田先生

對細枝末節也不粗心大意。

注意を払う（ちゅういをはらう）

予以注意，留神，當心，小心。

△外を歩くときは、信号によく注意をはらわないといけません／在

外面走路時，要多留神紅綠燈。

△そのことにわれわれはもっと注意を払ってよいはずだ／對於那件

事，我們應當引起更多注意。

△そのときにはぼくはそれには少しも注意を払わなかった／當時對

於那件事，我絲毫沒有加以注意。

注目を浴びる（ちゅうもくをあびる）

受到矚目，受到注目，引起注意。

△山村さんはわかいすぐれたピアニストとして人人の注目を浴びている／山村是一位優秀的青年鋼琴家，受到人們的矚目。

△戦後の日本のすばらしい発展は全世界の注目を浴びている／戦後日本的高度發展引起全世界的注意。

△この研究の結果が全世界の科学者の注目をあびた／這項研究的成果受到全世界科學家的注意。

注文どおり（ちゅうもん通り）

滿意的，理想的，求之不得。

△一夜あけてみたら、注文どおりの天気になっていた／天亮一看，是個理想的天氣。

△注文どおりに行けば結構だ／如能按計劃進行下去的話，那就太好了。

△この人は注文どおりの人間だ／這個人正是所希望的理想人物。

注文をつける（ちゅうもんを付ける）

提出要求，提出條件，提出希望。

△人にものを頼むときには、かれこれ注文をつけてはいけない／求人家辦事時，不能提出這樣那樣的要求。

△むずかしい注文をつけないでくださいよ／請不要提出使人家爲難的要求（條件）。

△君が前金で払うという注文をつけねばならない／必須提出的條件

就是你要預先付款。

調子がいい（ちょうしがいい）

情況好；好使。

△今日はちょっと体の調子がわるい／今天身體有些不舒服。

△このタイプライターは、とても調子がいいですね／這台打字機挺

好使用。

△胃の調子がわるい／胃部情況不好。

調子に乗る（ちょうしにのる）

得意忘形。

△かの女は調子にのって何もかもべらべらとしゃべってしまった／

她得意忘形，口若懸河似地把什麼都講了。

△あまり調子にのると、失敗しますよ／太得意忘形的話，就會招致

失敗的。

△彼は調子にのりやすい／他往往容易得意忘形。

調子を合わせる（ちょうしをあわせる）

校準音調；互相配合，配合默契，順著對方的意思講。

△楽器の調子を合わせる／調準樂器的音調。

△けんかにならないように、調子を合わせる／我順著他的意思講，

以免發生衝突。

△彼はだれとでもうまく調子を合わせて行く／他跟誰都能合作得很
好。

ちょっとの間（一寸のあいだ）

很短一段時間，一瞬間，眨眼之間。

△ちょっとの間にずいぶん家が建ちましたね／短短的時間內，這兒
蓋了許多房屋。

△これはほんのちょっとの間に盗まれたのです／這個東西是在眨眼
之間被偷盜的。

△その人たちがここに住んでいたのはほんのちょっとの間でした／
那些人在這兒住的時間很短。

血を引く（ちをひく）

繼承血脈，繼承血統。

△彼は外国人の血を引いている／他繼承了外國人的血脈。

△自分の血を受けた子供がいとしいのです／繼承自己血統的孩子才
覺得可愛。

△スポーツマンだった父親の血を受けて、彼もスポーツはなんでも
やる／他的父親是運動員，他繼承了這種血統，凡是運動他都會。

つ

使いものにならない（つかい物にならない）

廢物，不能使用的東西，沒用處的東西。

△これでは使いものにならない／這樣就沒有用處了。

△田中は使いものになわぬとされてくびになってしまった／認爲田

中是廢物而將他撤職了。

△四十男で、しかも病気だから、使いものにならない可能性がある

／已經是四十歲的人，又有疾病，因此很可能沒什麼用處了。

都合がある（つごうがある）

因爲（某種）理由，因爲有事。

△ちょっと都合があって行かれません／因爲有點事在身，不能去。

△彼は内内都合があって学校をやめたのだろう／因爲某種不可告人

的理由，他才退學的。

△都合があって旅行を見合わせた／因爲有事在身，不去旅行了。

都合がよい（つごうがよい）

方便，合適，有好處。

△その家はバス停留所に近くて都合がいい／那家人住在公共汽車站

附近，挺方便。

△今日は都合がわるいから、明日来て下さい／今天不方便，請明天

來吧。

△その時刻は多くの人にとって<u>都合がわるい</u>／對於許多人來説，那

個時間不合適。

△彼はいつも自分に<u>都合のよい</u>ことばかり考える／他淨在考慮對自

己有利的事。

都合を付ける（つごうをつける）

擠出時間，勻出時間；沒法通融（款項）；借用（車子、房子等）

△何とか<u>都合をつけて</u>、できるだけ出席します／我一定設法勻出時

間來，盡可能參加。

△どうも時間の<u>都合がつかない</u>／實在是擠不出時間來。

△お金の<u>都合のつき</u>次第はらいます／一俟通融到錢，就付給你。

辻褄が合わない（つじつまがあわない）

自相矛盾，不合邏輯，自打嘴巴。

△彼の辯明はどうも始めと終りが<u>つじつまが合わない</u>／他的申辯，

開頭與結尾有些前後矛盾。

△二人の話を聞いてみると、ピッタリ<u>つじつまが合う</u>／聽聽兩個人

的話，沒有互相矛盾的地方。

△このことと彼のアリバイとどうして<u>つじつまが合う</u>のか分らない

／我不理解這一事實和他的證言怎麼會相符。

粒が揃う（つぶがそろう）

一個賽一個，個個都優秀，都是好手，都能幹；整齊。

△このみかんは<u>粒がそろっていない</u>／這種橘子大大小小不整齊。

△ことし入学した学生は<u>粒がそろっていて</u>、あまり悪いのも、特別
にいいのもいない／今年入學的學生挺整齊，既沒有很差的，也沒
有格外好的。

△われわれの学校の選手は<u>粒がそろっているから</u>、あんがい強いか
も知れない／我們學校的選手都是好手，因此也許會出乎意外地強。

て

手が空く（てがあく）

空閑，有工夫。

△手があいていますか、ちょっとてつだってもらいたいことがあり

ますから／您有空嗎？有點事想找您幫忙。

△今日は全然手が空いていない／今天一點空也沒有。

△お手が空いていますか／有空嗎？

△三十分立つと手がすきます／過三十分鐘後，有空閑。

手が掛かる（てがかかる）

費事，麻煩，費力氣，花時間。

△その仕事はだいぶん手がかかった／那件工作很麻煩。

△それは大へん手がかかったにちがいない／那一定花費了不少工夫。

△子供も七つ八つになればそう手がかからない／孩子到了七、八歲

，就不費事了。

手がきれる（てが切れる）

斷絕關係，斷絕來往，一刀兩斷。

△悪い仲間と手がきれる／和不良的朋友斷絕來往。

△彼と手がきれないのもつまりはそれやこれやの原因からであった

和他不能一刀兩斷，說起來也是由於這樣那樣的原因所造成的。

△<u>手が切れて</u>しまえば<ruby>赤<rt>あか</rt></ruby>の<ruby>他人<rt>たにん</rt></ruby>だ／一旦斷絕了關係的話，那就視同

　陌路。

手が込む（てがこむ）

　複雜，手工精致，細緻精密，精細。

△これはえらい<u>手の込んだ</u><ruby>人形<rt>にんぎょう</rt></ruby>ですな／這是一個製作精細的洋娃娃。

△これはずいぶん<u>手が込んでいる</u>／這個東西手工十分精細。

△彼はますます<u>手の込んだ</u>あくどいいじめ<ruby>方<rt>かた</rt></ruby>を<ruby>考<rt>かんが</rt></ruby>え<ruby>出<rt>だ</rt></ruby>した／他想出

　了更加複雜而又惡劣的刁難人的辦法。

手が付く（てがつく）

　動用，挪用；沉下心來工作，專心從事。

△その<ruby>資金<rt>しきん</rt></ruby>にもう<u>手がついた</u>／那筆資金已動用過。

△まだ<ruby>貯金<rt>ちょきん</rt></ruby>に<u>手がつかない</u>／還沒有動用存款。

△<ruby>心配事<rt>しんぱいごと</rt></ruby>があると<ruby>仕事<rt>しごと</rt></ruby>に<u>手がつかない</u>／心中有事就不能專心從事工

　作。

手がつけられない（てが付けられない）

　束手無策，一籌莫展，毫無辦法，無法可想。

△<ruby>男<rt>おとこ</rt></ruby>の<ruby>子<rt>こ</rt></ruby>はらんぼうで<u>手がつけられない</u>／男孩子淘氣，對他毫無辦

　法。

△<ruby>問題<rt>もんだい</rt></ruby>がむずかしくて<u>手がつけられない</u>／問題難得一點辦法也沒有。

△<ruby>彼<rt>かれ</rt></ruby>は<ruby>生意気<rt>なまいき</rt></ruby>で<u>手がつけられない</u>／他自高自大，對他無可奈何。

手がでない（てが出ない）

買不起，無人問津；束手無策，一籌莫展。

△毛皮のコートは高くて手がでない／貂皮大衣價錢很貴，買不起。

△十万円では手がでない／十萬日元可是拿不出來。

△どうにもこうにも手がでない／束手無策。

手が届く（てがとどく）

夠得着，接近（較高的年齡）。

△もう五十に手が届いていて、髪など白い方が多い／已經快要五十

歳的人了，白頭髮比黑的多。

△ミンクのコートは高くて手がとどかない／貂皮大衣價錢貴，買不

起。

△かの女は三十に手がとどくころになるまで結婚しなかった／她快

到三十歳了，還沒結婚。

手がふさがる（てが塞がる）

騰不開手，沒空閒。

△今、手がふさがっているから、ちょっと代わりに電話に出てくだ

さい／現在騰不開手，請您替我去接一下電話。

△授業や著述で手がふさがっている／上課和寫書佔滿我的時間。

△今は手がふさがっているが、晩なら会う時間がある／現在有工作

離不開，不過晩上有時間可以見面。

手が回る（てがまわる）

考慮周密，處理周到，照顧細致。

△あの旅館はよく手がまわる／那家旅館服務周到。

△ただ今立て込んでおりますので、手が回りかねて相済みません／

現在客人最多，照顧不周之處，還請海涵。

△いそがしくてそこまでは手がまわらない／因爲很忙，有些地方照

顧不到。

手で騙す（てでだます）

用……手法（詭計，花招，圈套）欺騙。

△田舎ものは往往あの手でだまされる／經常用那套把戲欺騙郷下人。

△同じ手で二度だまされる馬鹿はない／沒有那種糊塗蛋，會被同樣

的手法騙兩次。

△その手でだまそうとするが、こっちも黙ってはいない／他企圖用

那種手法騙我，我焉能乖乖上當。

手に汗をにぎる（てにあせを握る）

緊張，捏一把汗。

△さいごまでどっちが勝つかわからなくて、思わず手にあせをにぎ

った／双方比賽到最後還不分勝負，不由得爲之捏一把汗。

△手に汗をにぎって勝負を見ていた／緊張地觀看比賽。

△宙返り飛行には思わず手に汗をにぎった／不由得爲飛機的空中翻

筋斗飛行捏一把汗。

— 201 —

手にあまる（てに余る）

處理不了，管不了，解決不了。

△この仕事が私の手にあまる／這個工作我做不了。

△その子は乱暴で私の手にあまる／那個孩子淘氣，我可管不住。

△彼は私の手にあまるやつだ／他是個不服從我管理的傢伙。

手にいる（てに入る）

熟練，純熟，到家，拿手好戲。

△彼の演説は手に入ったものだ／他的講演眞漂亮。

△彼はこの遊戯は手に入ったものだ／他對這類遊戲很熟練。

△あのかたの英語は手に入っていますね／那位的英文眞熟練。

手に入れる（てにいれる）

得到，弄到手，買得到。

△あの本を手に入れるために、ほうぼうかけ回った／爲找那本書而

四處奔走。

△さいわいそれは容易に手に入れることができる／幸虧能輕易地買

得到那種東西。

△よい先生を手に入れた／找到了一位好老師。

手に負えない（てにおえない）

束手無策，力所不及，毫無辦法。

△あの子供のわがままには全く手におえない／那個孩子很任性，實

在對他毫無辦法。

△そのような大工事は とても <u>手におえない</u>と考える人もいた／有的
人認爲這樣的大工程，實在是力所不及。

△それは私一人では <u>手におえない</u>／這件事一個人做不了。

手にかける（てに掛ける）

(1) 親自（處理），親手（照料），親自（侍奉）。

△彼は中国の学生を <u>手にかけた</u>ことがある／他曾親自照料過中國學
生。

△長年<u>手に掛けた</u>生徒だから、性格もよく知っている／多年親自教
育的學生，因此熟悉他們的性情。

△<u>手にかけて</u>教える／親自教育。

(2) 麻煩……，求助於……，打擾……。

△親子で看病してなるべく医者の <u>手にはかけまい</u>とした／由父子倆
來照料病人，盡可能不給醫生添麻煩。

△大工さんの <u>手に掛ければ</u>造作もないことだ／如果請木匠幫忙的話
，這是很容易做的。

△数学のよくできる彼の <u>手にかければ</u>、この問題がわけなくとける
だろう／如能請他這位數學大家來幫忙的話，這道題就很容易解了。

手にする（てにする）

手拿，手裡拿着……；取得，獲得，弄到手。

△これで彼はダムを造るための初歩的な資料を<u>手にした</u>／就這樣，

他取得了建水壩的初步資料。

△彼は新聞を<u>手にしている</u>／他手裡拿着報紙。

△前から欲しかったセーターをついに<u>手にした</u>／早就想要買的毛衣

終於弄到手了。

手につかない（てに付かない）

不能專心從事，不能安心（工作），沒心思做……。

△心配事があると、仕事が<u>手に付かない</u>／有了擔心事，就不能專心

工作。

△子供たちはテレビが気になって勉強が<u>手につかない</u>らしい／孩子

們似乎一心想着看電視，沒心思唸書。

△恋すると仕事が<u>手につかない</u>のはいけない／一談戀愛就無心思工

作，這是要不得的。

手にとるように（てに取るように）

一目了然，了如指掌，一清二楚。

△私はここで育ったのだから、村の様子を<u>手にとるように</u>知ってい

る／因爲我是在這裡長大的，村子裡的情況了如指掌。

△この丘に立つと、対岸にある造船所が<u>手にとるように</u>見える／站

在這山崗上，對岸的造船廠看得一清二楚。

△玄関で話している父とおじのことばは、<u>手にとるように</u>聞こえた

／父親和叔父在房門口講話的聲音聽得清清楚楚。

手に乗る（てにのる）

上當，受騙，中計。

△あの人の手にのって、悪い品物を買わされてしまった／受了那人的騙，才買下這種品質不好的東西。

△その手にはのらない／不會上當受騙的。

△そんなつまらぬ手にはのらないよ／這笨拙的手法是騙不了人的。

手にはいる（てに入る）

弄到手，歸自己所有，落到……的手裡。

△この島では、米やさとうも十分手にはいらない／這個海島上，米和砂糖都不能充分供應。

△こんな品がどうしてお手に入りましたか／這種東西您是怎樣弄到手的。

△この本は値段がやすいから学生の手にはいる／這種書價錢便宜，所以學生買得起。

手の下しようがない（てのくだしようがない）

無法可想，束手無策，毫無辦法。

△医者は病状を一目見るなり、これはもう手の下しようがないとわかった／醫生一看病情就知道已不可挽救。

△何とも手の下しようがない／毫無辦法可想。

△そのようなわけで手の下しようがなかった／因此之故，無能爲力。

手のつけようがない（ての付けようがない）

　毫無辦法，一籌莫展，束手無策。

△それはどうにも手のつけようがない／那件事是毫無辦法的。

△手のつけようのない馬鹿ものだ／不可救藥的糊塗蟲。

△こういう患者にはもはや手のつけようがなかったと医者は言った

　／醫生說：“對這類病人已無能爲力”。

手間がかかる（てまが掛かる）

　費工夫，費時間，費事。

△この仕事はなかなか手間がかかった／這件工作費了很大工夫。

△その仕事には手間はかからなかった／那件工作沒花多長時間。

△途中で手間が取れた／路上花費了很長時間。

△今度の事件はだいぶん手間が取れそうだ／這次事件看來要費時間。

手も足も出ない（てもあしもでない）

　一籌莫展，毫無辦法，束手無策。

△この仕事はむずかしくて手も足も出ない／這項工作難得束手無策。

△この値段じゃ手も足も出ない／對於這個價格，只有望洋興嘆。

△いまいましくてならないが、手も足も出ないので、作り笑いでも

　する外はなかった／雖然覺得十分可恨，但也無可奈何，只好強作

　笑臉。

手をあける（てを空ける）

抽出時間，騰出手來，留出時間，騰出工夫。

△それでは手をあけて待っていますよ／那麼我抽出時間來等你。

△ちょっとの間手が空けられますか／你能騰出一會兒工夫來嗎？

△四時以後一時間ばかり手をあけて待っていてくれる約束をしてく

　れた／和我約好四點鐘以後騰出一小時左右的時間等候我。

手を合わせる（てをあわせる）

　作揖打躬，雙手抱拳；合掌，雙手合十。

△私は手を合わしておねがいをした／我打躬作揖拜託。

△和尚さんは手を合わせて拝む／僧人雙手合十禮拜。

△私はこの通り手を合わしてたのむ／我這樣給你作揖打躬求你。

手を入れる（てをいれる）

　修改，修整，加工，補充。

△この絵はもう少し手を入れると、素晴しいものになる／這幅畫若

　再稍加修整，那就十分出色了。

△少しも庭木に手を入れないから、スッカリ荒れてしまった／院子

　裡的樹木無人照看，因此完全荒蕪了。

△この文章に手を入れて下さい／請將這篇文章修改一下。

手を打つ（てをうつ）

　採取對策，採取……方法，採取措施。

△早く手を打っておいて、よかったと思った／事前採取了措施，對

極了。

△病気がひろがらないような手を打たなければならない／必須採取
措施務使疾病不致蔓延。

△打てるだけの手を打つ／採取能採取的一切辦法。

手を替え品を替える（てをかえしなをかえる）

採取各種辦法，用盡一切手段，變換各種手法。

△いろいろと手を替え品を替え、彼のまわりのものを味方に引き入
れた／用盡一切辦法，把他身邊的人都拉進了自己一伙。

△手をかえ品をかえてたのみましたが、どうしても承知しません／
想盡一切辦法懇求對方，但對方無論如何也不同意。

△手を替え品を替えて同じことをくりかえす／變換各種各樣的手法
反復做同樣的勾當。

手を掛ける（てをかける）

費事，費工夫，費力氣，嘔心瀝血。

△完成までにはまだまだ手を掛けねばならない／到完成爲止還要花
費很大力氣。

△この品はあまり手を掛けていない／做這件東西沒費什麼工夫。

△これは手を掛けた料理です／燒這道菜可費事了。

手を貸す（てをかす）

幫助，幫忙，援助。

△このつくえを動かしたいので、ちょっと手を貸してください／我
想搬動這張桌子，請幫一下忙。

△手を貸して車から下ろしてやる／幫助人家下車。

△手をかしてバスに乗せてやる／幫助人家乘上公共汽車。

手を切る（てをきる）

　断絕關係，断絕來往，一刀兩斷。

△その件とは完全に手を切った／與那件事徹底断絕了關係。

△昔の仲間とはきっぱり手を切った／與從前的伙伴徹底断絕了來往。

△今までの会社と手を切った／和從前的公司一刀兩斷。

手を下す（てをくだす）

　親自動手；動手，着手。

△みずから手をくだして事の解決に当たる／自己親自動手解決問題。

△彼がみずから手をくだしたのではない／並非他親手做的。

△はじめから長編に手を下しかねた／一開始就沒想動手寫長篇小説。

手を加える（てをくわえる）

　修改，增删。

△何とも手を加えるところは見だせなかった／沒發現什麼需要修改
的地方。

△原稿に手を加える／修改原稿。

△文章はすくなくとも二、三度手を加えていたもののように思われ

る／這篇文章看來至少也已修改過兩三次。

手をこまぬく（てを拱く）

袖手，拱手，束手。

△じっと<u>手をこまぬいて</u>その時を待っている／袖手静待時機的到來。

△<u>手をこまぬいて</u>傍観している時ではない／這可不是袖手旁觀的時

候。

△彼は<u>手をこまぬいて</u>思案に暮れていた／他拱着手在冥思苦想。

手を出す（てをだす）

過問，干預，參與；從事，搞。

△彼はいろいろなことに<u>手を出し</u>過ぎる／他干預的事情太多了。

△彼は他人のことにはきっと<u>手を出す</u>／旁人的事他一定要過問。

△ぼくは自信のないことには<u>手をださない</u>／我不做没把握的事情。

手を尽くす（てを尽くす）

想盡一切辦法，多方設法。

△いろいろと<u>手をつくした</u>が、父はとうとう死んだ／想盡了一切辦

法，可是父親最後還是死了。

△百方<u>手を尽くした</u>がだめだった／多方設法，終未成功。

△彼はそれを延期しようといろいろ<u>手を尽くして</u>いる／爲了拖延那

件事，他想盡了各種各樣的辦法。

手を付ける（てをつける）

着手做，開始做；動用，開始使用。

△その研究には、まだだれも<u>手をつけ</u>ていない／那項研究還沒有人着手做。

△その金は<u>手を付けずに</u>銀行に預けてある／那筆錢存在銀行裡，沒有動用。

△二冊目のノートに<u>手をつけた</u>／開始使用第二本練習簿。

手を取るようにして（てをとるようにして）

拉着手；手把手（教），一心一意（教），熱心地（教），誠懇地（教）

△師匠は<u>手をとるようにして</u>、弟子に教える／師傅一心一意地教授徒弟。

△彼が<u>手を取るようにして</u>水田を耕す技術を教えてくれた／他熱心地教給我耕種水田的技術。

△英語を<u>手をとるようにして</u>叩き込んでもらいたいと吉田から望んでいた／吉田希望我要熱心地教好英文。

手を抜く（てをぬく）

偷工減料，馬虎從事，粗心大意，潦草從事。

△仕事の<u>手を抜く</u>／工作偷工減料。

△家を立てるとき、<u>手を抜いた</u>らしくて、いろいろなところをなおさなければならない／蓋房子時似乎馬虎從事，因此有許多地方需要重做。

△工場関係者は廃液浄化の問題に<u>手を抜いて</u>きた／工廠有關人員馬虎了淨化廢液問題。

手を伸ばす（てをのばす）

擴充範圍，擴大範圍，進一步做以往沒做過的事。

△多方面に<u>手をのばす</u>／向各方面擴大範圍。

△その会社はヨーロッパ方面へ<u>手を伸ばそう</u>としている／那家公司將營業範圍擴充到歐洲各地。

△全国に商売の<u>手をのばす</u>／向全國擴大商網。

手を引く（てをひく）

斷絕（關係），擺脫（關係），不干預；牽着手，拉着手。

△彼はその仕事から<u>手を引いた</u>／他擺脫掉了那件工作。

△この件に関してはあなたは<u>手を引いて</u>もらいたい／有關此事，希望您不要干預。

△ひろい道をわたるときは、小さい子どもの<u>手を引いて</u>あげなさい／穿越大馬路時，請拉着小孩的手。

△老人が子供に<u>手を引かれて</u>歩いている／小孩拉着老人的手走路。

手を焼く（てをやく）

花費精力，嘗到苦頭，傷透腦筋，棘手，一籌莫展。

△あの子の教育にはスッカリ<u>手を焼いた</u>／爲了教育孩子，花費了很大精力。

△入学試験の問題はむずかしくて、すっかり<u>手を焼きました</u>／入學
考試試題很難，簡直被弄得狼狽不堪。

△あの男の世話をして<u>手を焼いている</u>／我爲了照顧他，吃了不少苦。

と

どうすることもできない（どうすることも出来ない）

毫無辦法，束手無策，無法抑制，一籌莫展。

△君がいないとどうすることもできない／你不在這裡，我是束手無策。

△彼はわたくしをどうすることもできない／他拿我毫無辦法。

△それはむずかしくて私はどうすることもできなかった／那件事十分難爲，我是一籌莫展。

どうでもよい（どうでも良い）

無足輕重，無關緊要，不放在心上，無所謂。

△彼はどうでもよいというような表情をしている／他的臉上流露出無所謂的表情。

△君はどうでもよかろうが、ぼくには大いに関係がある／對你來説無所謂，對我關係重大。

△彼はまともなことはしないで、どうでもよいことばかりしたがる／他正經事不幹，專愛做無關緊要的事。

どうなりこうなり

總算，好歹，勉強，將就，湊合。

△どうなりこうなり暮して行けるから結構だ／好歹還能維持生活，

這就好了。

△彼は自分の気持ちをどうなりこうなり人前だけかくすことができ

た／他總算在衆人面前把自己的心情掩蓋住了。

△五千円あればどうなりこうなり間に合う／有五千日元才勉強夠用。

堂に入る（どうにいる）

爐火純青，達到純熟的地步，達到出神入化的境界。

△彼の司会ぶりは堂に入ったものだ／他主持會議十分熟練。

△あのかたの英語は堂に入っていますね／那位的英文説得十分道地。

△彼の演技は堂に入ったものだ／他的演技達到了出神入化的境界。

度肝を抜く（どぎもをぬく）

令人大吃一驚，嚇破膽，嚇壞人，嚇死人。

△彼は一夜のうちに、この任務を完成して、一同の度肝をぬいた／

他在一晩就完成了這項任務，使大家大吃一驚。

△台北の地価の暴騰ぶりはまったく度肝を抜くようなものだった／

台北的地價暴漲，這情景實在令人吃驚。

△見物人の度肝を抜く／嚇壞了觀衆。

どこを風が吹くか（どこをかぜがふくか）

當做耳邊風，不放在心上，置若罔聞。

△彼は私の話などをどこを風が吹くかと聞き流した／他把我的話當

做耳邊風。

△どこ吹く風とすました顔をしている／左耳進右耳出，裝作與己無

關的樣子。

△他人の批評をどこ吹く風と聞き流す／對別人的批評置若罔聞。

年とともに（としと共に）

年年，逐年，一年比一年。

△かの女は年とともに美しくなる／她一年比一年長得漂亮。

△語学の必要は年とともに加わる／外國語的重要性一年勝過一年。

△年とともにからだがよわってきた／身體一年年衰弱下去。

途方に暮れる（とほうにくれる）

走投無路，束手無策，一籌莫展，不知如何是好。

△ぼくは途方にくれている／我走投無路了。

△こまった彼は途方にくれて頭をたれるばかりです／他感到爲難，

不知如何是好，只是低著頭。

△それにはどう返事のしようもなく、まったく一人で途方にくれて

しまっていた／他一個人簡直是束手無策，不知如何回答才好。

共にする（ともにする）

共……，與……一起……，共同……。

△われわれは国土と存亡をともにする／我們與國土共存亡。

△長い間、苦しみを共にしてきた友だちだ／他們是長期來共患難的

朋友。

△食事を共にして話し合った／一塊兒吃飯談話。

とり返しのつかない（取りかえしのつかない）

不可挽回，無法挽救。

△絵はとりかえしのつかないほど損傷した／繪畫受到了無法補救的
損壞。

△彼はとりかえしのつかない損失をした／他受到了無法挽回的損失。

△もう後悔しても、とりかえしがつかなくなった／即使後悔，也無
法挽回了。

とんでもないことになる

吃大虧，倒霉，吃苦頭。

△そんなことをしたら、とんでもないことになる／要是做了那種事
，就要吃苦頭的。

△ぼくは向こう見ずにこの任務を引き受けて、とんでもないことに
なった／我冒冒失失地接受了這一任務，結果大吃苦頭。

△外国では、物を調べずに買ったらとんでもないことになるおそれ
がある／在外國，未經仔細檢查就買東西，有可能吃大虧。

な

名がある（ながある）

有名氣，知名，聞名，出名。

△あのかたは<u>名のある</u>人ですか／那位是知名人士嗎？

△彼は世界に<u>名がある</u>／他聞名世界。

△彼は博学をもって<u>名がある</u>／他以博學而聞名。

長い目で見る（ながいめでみる）

以遠大的眼光來觀察，高瞻遠矚。

△ちょっと考えると損のようだが、<u>長い目で見る</u>と得だ／從眼前來

看似乎吃虧，但從長遠來看，是有利的。

△<u>長い目で見ていて</u>くれ／要用遠大的眼光來觀察。

△<u>長い目で見れ</u>ばなんでもない／從遠處着眼的話，這算不了什麼。

仲がいい（なかがいい）

關係親密，交情深，談得來，要好。

△二人は<u>仲がよい</u>／兩個人關係親密。

△二人はどうも<u>仲がよくない</u>／兩個人的關係實在不好。

△彼らはよくけんかをするが又すぐに<u>仲がよくなる</u>／他們經常吵架

，但又立即和好如初。

仲がわるい（なかが悪い）

關係不好，關係不融洽，感情有隔閡。

△父親と母親が仲がわるいと、いい子は育ちません／父母親關係不

好的話，教育不出好孩子。

△彼らはひどく仲がわるい／他們之間感情十分不融洽。

△どうして彼との仲がわるくなったのか／爲什麼和他的關係搞得不

融洽了？

名が通る（なが とおる）

知名，聞名，有名，有名氣。

△これは世界に名の通った商品です／這是馳名世界的名牌貨。

△彼は政界に名の通っている人物です／他是政界上的一位知名人士。

△ここは鎌倉のように名が通っていない／這兒不像鎌倉那樣有名。

仲間入りをする（なかまいりをする）

參加，加入。

△日本は先進国の仲間入りをした／日本加入到先進國家的行列中了。

△私にもその仕事の仲間入りをさせてくれないか／能否讓我也參加

這一工作。

△人が話しをしていても、彼は仲間入りをしない／旁人在聊天，他

也不參加。

仲間に入れる（なかまにいれる）

加入……伙伴，拉入……集團。

△どうぞ私の子どもも勉強の仲間に入れてやってください／請讓我

的孩子也能跟你們一塊兒學習。

△兄は不良の仲間に入れられて、ひどい目にあった／哥哥被拉進流

氓集團，吃了大虧。

△彼をわれわれの仲間に引きいれねばならない／必須拉他加入我們

的隊伍。

仲間にはいる（なかまに入る）

入伙，加入……集團（隊伍），進入……行列。

△フランスは文明国の仲間にはいった／法國進入了文明國家的行列。

△彼は町の不良の仲間にはいった／他加入了街上的流氓集團。

△ぼくらは日光へ遊びに行こうと思う、君も仲間にはいらないか／

我們想去日光旅遊，你也參加嗎？

仲をさく（なかを裂く）

挑撥關係，離間感情，破壞交情。

△わたしにはふたりの仲をさくようなひどいことはできません／我

不能做離間兩人關係的這種壞事。

△あの人たちの仲をさくようなことはしてはいけません／千萬不要

做破壞他們之間關係的這類事情。

△かの女との仲をさかれた／我和她之間的關係受到他人的從中挑撥。

名残りを惜しむ（なごりをおしむ）

惜別，告別，依依不捨。

△兄弟姉妹と名残りを惜しみつつ故郷を出発した／依依不捨地向兄

弟姐妹們告別，離開了故郷。

△互いに名残りを惜しんで別かれた／互相依依不捨地分別了。

△彼にわかれを告げた時は真に名残りを惜しんだ／向他告別時眞是

感到依依不捨。

情けをかける（なさけを掛ける）

憐恤，同情，憐愛，寄於同情，採取同情的態度。

△他人に情けをかければ、また、自分がこまっているときに助けて

もらえることもある／同情他人，那麼自己遇到困難時，也能得到

他人的幫助。

△こういう人人に情けをかけろ／對這些人要採取同情的態度。

△不幸な人に情けをかける／要同情遭到不幸的人。

情けをしらない（なさけを知らない）

不懂人情，無情，冷酷，不體諒人。

△夜中まで子どもをはたらかせるなんて情けを知らないやり方だ／

要孩子一直工作到深夜，這是一種冷酷的作法。

△君はほんとうに情けを知らない人だ／你實在是個不通人情的人。

△恩を仇で返すのだから、情けを知らない悪魔だ／恩將仇報，眞是

個沒心肝的悪魔。

謎につつまれる（なぞに包まれる）

莫名其妙，謎，弄不清楚，辨認不清，不可捉摸。

△それは私たちには今なお謎につつまれた事件だ／對我們來説，那

個事件至今仍然捉摸不透。

△この人の一生はなぞにつつまれている／這個人的一生是神秘的。

△それが事実であるかどうかは、今となっては永久になぞにつつま

れるのだろう／那是否是事實，現在看來將永遠是個謎。

謎をかける（なぞを掛ける）

出謎語；暗示，暗含……意思。

△私がなぞをかけますから、あなたはそのなぞを解いてごらんなさ

い／我出個謎語，請你猜一猜。

△私が君になぞをかけて見よう／我給你出個謎語猜猜。

△彼に辞職したがいいとなぞをかけた／我暗示他還是辭職的好。

なって（い）ない〔成って（い）ない〕

不夠格，不成樣子，一塌糊塗，不像話。

△彼は教師としてはなってない／他作爲一個教師是不夠格的。

△この詩はまるでなっていない／這首詩簡直亂七八糟。

△ちかごろますますなってないね／最近愈來愈不像話。

△あの人は人間がなってないから、何をしてもだめだ／那個人的人

品糟透了，所以做什麼都不成。

納得が行く（なっとくがいく）

領會，理解，心服口服，同意。

△なっとくの行くまで、彼と徹底的に議論した／和他進行了徹底的辯論，直到他心服口服。

△納得のいかないことをさせられるのはいやだ／我不願意做連我自己都想不通的事。

△私はまだ納得がいかない／我還想不通。

名において（なにおいて）

以（借）……的名義。

△わたしは本会議議長の名において開会を宣言する／我以全體大會主席的名義，宣布開會。

△わたしは自己の名において行動する／我以自己的名義進行活動。

△慈善団体の名において寄付金をつのる／以慈善團體的名義募集捐款。

何か彼にか（なにかかにか）

非此即彼，不是這樣就是那樣，這樣那樣。

△あの人はいつも何かかにかしている／那個人整天不是做這就是做那。

△この子はいつも何かかにかいたずらをしている／那孩子整天不是這樣淘氣，就是那樣淘氣。

△何かかにか心配ごとが絶えない／這樣那樣的擔心事沒完沒了。

何がなんでも（なにが何でも）

無論如何，不管怎様，總之，一定。

△何がなんでもやり通せ／無論如何也要堅持到底。

△何がなんでもそれは手ばなすわけにはいかない／不管怎様也不能賣掉它。

△何がなんでも今日じゅうにこの仕事をやってしまわなければなりません／這件工作無論如何也必須在今天完成。

何から何まで（なにからなにまで）

任何事情通通都，事無巨細，無微不至。

△だれでも何から何までことごとく知るわけにはいかない／誰也不可能什麼事情都通通知曉。

△何から何まで気のつく人だ／明察秋毫的人。

△私はその仕事は何から何まで心得ている／我熟悉那項工作。

△デパートは何から何まで売っている／百貨公司出售大大小小各類商品。

名のつく（なの付く）

稱做，叫做，稱爲。

△私は果物と名のつくものなら何でもすきだ／凡是稱爲水果的東西，我全都喜歡。

△彼らは食物と名のついたものはみんな食い尽くした／他們把凡能稱爲糧食的所有東西都吃光了。

△私は猫と名のつくものなら、みんな大きらいだ／凡是稱得上猫的

動物，我都最感討厭。

名は聞こえる（なはきこえる）

有名，出名，聞名，有名氣，有聲望。

△著作家として彼の名はきこえている／他是一位有名望的作家。

△りっぱな学者として、彼の名はきこえている／他作為一位卓越的

學者很有名氣。

△彼は名がきこえていない／他並没有名氣。

涙が零れる（なみだがこぼれる）

落涙，流涙，掉涙。

△なみだがはらはらとこぼれた／眼涙撲簌撲簌地掉下來。

△別れるのかと思うとなみだがこぼれた／一想到要分別，眼涙就流

下來了。

△なみだが眼にあふれてパラパラとこぼれた／涙水盈眶，撲簌撲簌

地掉了下來。

涙を浮かべる（なみだをうかべる）

含着涙水，汪着涙珠，噙着眼涙。

△涙をうかべて「ありがとう。」と言った／眼裡含着涙水説：" 謝

謝 "。

△目になみだを浮かべて聞いていました／眼睛裡噙着涙水傾聽着。

— 225 —

△思わず知らず涙を浮かべた／不知不覺淚水盈眶。

涙を流す（なみだをながす）

　流淚。

△母はあまりのかなしさに涙をながしている／母親因過度悲痛而流

　着眼淚。

△かの女は一滴の涙も流さなかった／她連一滴眼淚也沒有流。

△なみだがかの女の頬をながれた／眼淚順着她的面頬往下流。

涙を呑む（なみだをのむ）

　忍住淚水，按捺住悲切的心情。

△なみだを呑んで彼と別れました／忍住淚水和他分別了。

△せめてはなみだをのんで、気の取直されるまでとうつむいていた

　／強忍住眼淚低下了頭，直至心情開朗起來爲止。

△少年はその本を胸にだきしめながら、なみだをのんでいた／少年

　按捺住悲切的心情，把書抱在懷裡。

波にのる（なみに乗る）

　跟上潮流，乘勢，事情順利，發展順利。

△景気の波にのって大もうけする／抓住經濟繁榮的機會，大發其財。

△彼は人気の波にのった／他紅得發紫。

△昨年は彼の事業は好調のなみにのっていた／去年他的企業十分興

　旺。

名もない（なもない）

無名，不出名，沒有名氣，沒有名聲。

△彼は<u>名もない</u>人です／他是一位無名人士。

△あの女優は<u>名もない</u>男と結婚したそうだ／據說那位女演員和一位

　不出名的男人結婚了。

△その小説は<u>名もない</u>人の手になった／那本小說是由一位不出名的

　人寫的。

ならでは

除了，除掉，除非，除去，只有……才……。

△愚人<u>ならでは</u>そんな愚論を信じるものはない／除非傻瓜，沒有人

　相信這種愚蠢的說法。

△奇跡<u>ならでは</u>命を全うすることができないだろう／除非發生奇跡

　，否則無法保全生命。

△彼<u>ならでは</u>誰もできないだろう／除了他沒人能做到。

△百万円<u>ならでは</u>彼は満足できない／除非一百萬圓，否則他是不可

　能滿意的。

ならない（成らない）

不能，怎能，豈能。

△こんなに悪口をいわれてはもうがまんが<u>ならない</u>／這樣遭人誹謗

　，怎能忍受得了。

△それはゆるすことは<u>ならない</u>／那是不能允許的。

△あの人はゆだんの<u>ならない</u>人だ／對那個人可不能掉以輕心。

並ぶものはいない（ならぶ者はいない）

無與倫比，沒有人能比得上，超群絕倫。

△英語の力ではあの人に<u>並ぶものはいない</u>でしょう／在英語實力方

面沒有人能比得上他吧。

△詩人としてその当時のもので彼に<u>並ぶものはない</u>／在當時的詩人

中，他是無與倫比的。

△天下に<u>並びもない</u>名人／舉世無雙的名人。

成り行きに任せる（なりゆきにまかせる）

聽其自然，聽其自然發展，聽天由命。

△<u>成り行きに任せる</u>のが最上策だ／聽其自然是最好的辦法。

△彼は事件を<u>成り行きに任せていた</u>／這一事件，他任其自然發展。

△将来のことは<u>成り行きに任せなくてはならない</u>／將來的事情要聽

其自然。

鳴りをひそめる（なりを潜める）

安静下來，一片寂静；銷聲匿迹，無聲無息。

△いつとはなしに<u>鳴りをひそめて</u>じっとみまもっていた／不知不覺

静悄悄地凝視着。

△何もかも<u>鳴りをひそめて、</u>静まりかえったようになった／萬籟俱

寂，一片安静。

△生徒は鳴りをひそめて先生の手もとをみまもった／學生們屏息凝

　視老師的手的動作。

名を上げる（なをあげる）

　出名，有名氣，名揚四海；列舉名字。

△彼は学者として名を上げた／他以學者出名。

△彼はいつの間にか名が上がった／曾幾何時他已名噪天下。

△彼は天下に名を上げようと志している／他立志揚名天下。

△合格者の名をあげてください／請把考試及格的人名一一舉出來。

名を指す（なをさす）

　指名，指名道姓，喊出名字。

△彼は名をさしては言わない／他沒有指名道姓講。

△名をさされた人は立ってください／被喊到名字的人請站起來。

△名は指さないが、さる人がそう言った／我不指明是誰講的，總之

　有人這樣説了。

名を出す（なを出す）

　公佈名字，把名字公諸於世。

△彼は自分の名を出すことを拒んだ／他不同意公佈自己的名字。

△私はそのことで私の名を出してもらいたくない／我不希望因此事

　而把我的名字公諸於世。

△彼は新聞に名の出るのをいやがる／他不願意把自己的名字登在報

紙上。

△スクリーンにスターの名が出た／銀幕上出現了演員的名字。

名をつける（なを付ける）

起名字，稱做，稱呼，命名。

△長男に「英一」という名を付けました／給老大起名叫" 英一 "。

△それがためにそこは「東洋のパリ」という名がついた／因此之故，那裡被稱爲" 東方的巴黎 "。

△あの人は唐辛子というあだながついている／那個人的綽號叫"辣椒 "。

難癖をつける（なんくせを付ける）

找缺點，挑毛病，挑剔，找毛病。

△彼はいつも人に難癖をつけたがる／他總愛挑人家的毛病。

△へたな職人は道具に難癖をつける／不高明的手藝人總是埋怨工具不好。

△彼は縁談のあるたびに何かと難癖をつけて退けたのである／毎當有人給他介紹對象，他都要挑人家一些毛病而予以回絕。

何だかんだ（なんだ彼んだ）

這個那個，這種那種，説來説去。

△何だかんだと忙しい／又做這個又做那個，忙得很。

△彼は何だかんだと言って言い訳ばかりしている／他説來説去都爲

自己辯護。

△何だかんだと口実をこしらえる／裝造各種各樣的藉口。

何だけど（なんだけど）

也許不大好，有些不好意思，有點講不出口。

△自分でこういうのも何だけど、うちの子はとてもいい子だよ／自
己這樣講可能不大好，我家的孩子可是很好的孩子。

△そう言っては何だが、彼はほとんど英語は知らない／這樣講也許
不大好，他幾乎不懂英文。

△自分から言うのも何だが、まだまだ若いものには負けないよ／由
自己來講有些講不出口，不過比起年輕人，我毫無遜色。

何だとか彼んだとか（なんだとかかんだとか）

説三道四，各種各樣，嘮嘮叨叨，説東道西。

△彼はぼくのすることを何だとかかんだとか小言を言う／凡是我做
的事情，他總是嘮嘮叨叨挑剔不完。

△何だとかかんだとか言って言い訳をする／説東道西為自己辯護。

△何だとかかんだとか言って契約を果たさない／尋找各種理由不履
合同。

何でもかでも（なんでも彼でも）

(1)什麼都，不管什麼都，凡是……都……。

△あの人は何でもかでも知っている／那個人什麼都知道。

— 231 —

△何でもかでも手を出す／不管什麼事情都插一手。

△あの店では何でもかでも売っている／那家店裡什麼都賣。

(2) 無論如何，不拘怎樣，不管如何，總之。

△何でもかでも今日中に仕事をやってしまう／無論如何要在今天之

內做完這件工作。

△何でもかでも行く／無論如何也要去。

何でもない（なんでもない）

(1) 無所謂，無關緊要，沒什麼要緊的。

△彼にとっては千円くらいは何でもない／對他來說，一千塊錢無所

謂。

△これしきの損は何でもありません／這麼一點點的損失算不了什麼。

△このくらいのけがは何でもありません／這麼點傷無關緊要。

(2) 容易，輕而易舉，易如反掌，不費吹灰之力。

△きみのするところを見ると何でもないようだ／看看你這種做法，

似乎覺得挺容易的。

△ちょっと見ると何でもないようだが、やって見るとなかなかそう

でない／看看人家做事容易，自己動手做起來就覺得很難。

△人が泳ぐのを見ると何でないようだろう／看見別人游泳好像覺得

很容易吧？

何でもよいから（なんでもよいから）

無論如何，不管怎樣都可以，總之。

△何でもいいから 静かにしなさい／總之，你要安静。

△何でもよいから とにかく事務所に来たまえ／不管怎樣都可以，總
之請你到辦事處來一下。

△何でもよいからやってごらん／無論如何你要做做看。

何と言っても（なんといっても）

不管怎麼説，畢竟，總之。

△何と言っても彼はえらい／不管怎麼説，他也是偉大的。

△人は何と言ってもぼくはするだけのことはする／不管旁人怎樣講
，我做我應該做的事情。

△何と言っても 航海は退屈だった／海上的生活總之是寂寞的。

なんとかかんとか（何とか彼んとか）

各種各樣，這樣那樣，挖空心思。

△あの人たちはなんとかかんとか文句ばかり言って仕事をしない／
那些人浄發這樣那樣的牢騷而不工作。

△なんとかかんとか言って契約を果たさない／講出各種理由不履行
合同。

△彼はなんとかかかとか言い訳をして遊んでばかりいる／他百般狡辯
，整天遊玩。

何とかして（なんとかして）

想辦法，設法，千方百計。

△私はなんとかしてあしたまでにこの仕事をおわらせたいと思います／到明天爲止，我想設法做完這件工作。

△私は十時までにはなんとかしてそこへまいりましょう／我設法在十點以前到那兒去。

△なんとかしてそれを仕上げてしまわねばならない／必須設法做完這件事情。

何としても（なんとしても）

無論如何地，一定要，設法要，千方百計。

△なんとしてもそんな馬鹿な考えを捨てなくてはいけない／無論如何也要拋棄那種愚蠢的想法。

△きょうは卒業試験なので、なんとしても学校へ行かなければなりません／今天擧行畢業考試，一定要到校。

△なんとしても降伏しない／死不投降。

なんとも言えない（何ともいえない）

無法形容，非言語所能表達；不好説，説不清。

△私はなんとも言えない喜ばしさを感じ出した／我感到一種無法形容的喜悦心情。

△その問題については何とも言えない／關於那個問題不好説什麼。

△あしたの天気はなんとも言えませんね／明天的天氣如何説不準。

何とも思わない（なんともおもわない）

　不放在眼裡，不在乎，不在話下，沒放在心上。

△一日十時間の授業を<u>なんとも思わない</u>／一天上十節課，根本不在乎。

△あの女のことなんか<u>何とも思っていない</u>／沒把那女人放在眼裡。

△あの人はけがくらいは<u>何とも思わない</u>／那個人受點傷根本不在乎。

何とも……ない（なんとも……ない）

　什麼都沒……，沒有任何……。

△彼は<u>なんとも</u>返事を<u>しなかった</u>／他沒有給任何回信。

△彼は<u>なんとも</u>言わず出かけた／他連一句話也沒有説就出門了。

△彼からはまだ<u>なんとも</u>たよりが<u>ない</u>／他還沒有任何音信。

△<u>なんとも</u>お礼の申しようが<u>ありません</u>／不知如何感謝才好。

なんともない

　沒問題，沒什麼，無關緊要，不礙事。

△「どうしたのか。」「いや、<u>なんともない。</u>」／"你怎麼的啦？""不，沒什麼。"

△あの老人は足が達者で、今でも十キロぐらい歩いても<u>なんともない</u>／那位老人腿脚健壯，目前步行十公里也不成問題。

△きのう橋は<u>なんともなかった</u>／昨天橋還好好的。

何の気なしに（なんのき無しに）

無意中，偶然。

△なんの気なしにテレビを見ていたが、そのニュースを聞いておど

ろいた／看電視時偶然聽到這個消息，吃了一驚。

△何の気なしにまどの外をながめていると、変な光が見えたのです

／偶然舉目眺望窗外的景致，看到了奇怪的閃光。

△何の気なしにそのかばんにさわると、「どろぼう。」とどなられ

た／無意中碰了一下那只皮包，就有人衝著我高喊："小偷"。

に

においがする（匂いがする）

有……味道，有……氣味。

△病院はくすりのにおいがする／醫院有股藥味。

△あの人は商売人のにおいがぷんぷんする人だ／那個人散發出一股

強烈的商人氣息。

△レストランの前を通ると、いいにおいがする／從西餐廳前走過，

香味撲鼻。

△腐った卵のようなにおいがする／聞到一股臭鷄蛋味。

にがい顔をする（苦いかおをする）

滿臉不愉快，不高興的臉色，不痛快的樣子。

△彼は百円払わせられて苦い顔をした／要他繳納一百日幣，他滿臉

不高興。

△人の前であれこれ注意されて、苦い顔をしている／在大庭廣衆之

前受到各種各樣的警告，露出了一副不高興的神色。

△にがい顔をして人を黙らせる／不愉快的臉色令人不敢開口。

荷がおもい（にが重い）

負擔重，責任重大，責任過重。

△この仕事は私には荷が重すぎる。やめさせていただきたい／這項

工作對我來説負擔過重，對不起，我不想做。

△これは非常に<u>荷の重い</u>使者である／這是肩負重任的使節。

△<u>荷が軽くなった</u>ように感じた／覺得負擔減輕了。

荷が勝つ（にがかつ）

責任重大，負擔重，力所不及，不能勝任。

△それは子どもには<u>荷がかちすぎた</u>／那是孩子們所承擔不了的。

△その仕事は私には<u>荷がかちすぎる</u>／那項工作我不能勝任。

△それはぼくには<u>かちすぎた荷</u>だ／那對我來説負擔過重。

肉をつける（にくを付ける）

充實內容，豐富內容，增加內容，加工，潤色。

△この構想にさらに<u>肉をつけ</u>よう／給這一構思再增加些內容。

△作中人物に十分な<u>肉をつける</u>／對作品中的人物進行足夠的加工。

△彼は自分の声明に<u>肉をつける</u>ために、四つの提言をした／為了使

自己的聲明內容充實，他提了四點建議。

二進も三進も行かない（にっちもさっちもゆかない）

一籌莫展，進退維谷，一點辦法也沒有。

△彼は<u>にっちもさっちも行かない</u>状態だ／他陷入進退維谷的困境中。

△借金で<u>にっちもさっちも行けない</u>／被債務搞得毫無辦法。

△こう悪条件がそろっていては、<u>にっちもさっちも行きはしない</u>／

這樣惡劣的條件湊在一起的話，就毫無辦法。

似ても似つかない（にてもにつかない）

　毫無共同之處，一點也不像，完全不同。

△同時に作ったものだが、似ても似つかないものになってしまった
／雖然是同時做的，却成了截然不同的兩樣東西。

△これは実物とは似ても似つかない模作だ／這是和實物毫無共同之
處的仿造品。

△なるほどあなたとこの写真とは似ても似つかない／的確，這張照
片一點也不像您。

荷になる（にになる）

　成為負擔，成為累贅，成為絆脚石。

△彼には、病気でねている年とった母親の世話が荷になっている／
照料病臥床上的老母親，對他來説是個負擔。

△こんなものを持って行くと、荷になる／帶這種東西去，將會成為
累贅的。

△彼らは世間のお荷物になりかねない人たちだ／他們這些人可能成
為社會的負擔。

△悪い子供は親の荷物になる／不好的孩子會成為大人的包袱。

二の足を踏む（にのあしをふむ）

　猶豫不決，躊躇，裹足不前，游移不定。

△私たちはこの提案に二の足をふんでいた／我們對於這項建議感到
猶豫不決。

△かの女は返事に二の足を踏んだ／她拿不定主意要不要回信。

△困難を見て二の足をふむ／遇到困難，躊躇不前。

二の舞を演じる（にのまいをえんじる）

重蹈覆轍，重演。

△自分がBさんの二の舞を演じないように用心する必要がある／自

己需要留神，不要重蹈B先生的覆轍。

△悪くすると、彼の二の舞になる可能性が多かった／弄得不好的話

，很有可能重蹈他的覆轍。

△兄の失敗の二の舞を演ずる／再走哥哥失敗的老路。

荷をおろす（にを下ろす）

卸去負擔，擺脫責任，放下重擔。

△荷をおろして楽にする／卸下重擔，使其輕鬆。

△彼の荷をおろしてやれ／卸下他身上的包袱。

△肩の荷をおろしたような気がする／覺得好像卸下了肩上的重負。

人気がある（にんきがある）

有威望，有聲望，受歡迎，有威信。

△あの先生は学生たちに人気がある／那位老師在學生中有聲望。

△野球は日本やアメリカでもっとも人気のあるスポーツだ／棒球在

日本或美國是最受歡迎的體育運動。

△彼は明るく頭がよく、社員には人気があった／他性情開朗，腦筋

又好，在公司職員當中有威望。

人気がよい（にんきが良い）

風氣好，風氣正；評價好，評價高，受人歡迎；市場情況好。

△息子が人気がよい／孩子的風評很好。

△市場の人気はよくなりかけている／市場的情況開始好轉。

△ここはしずかな人気のいい町ですから／這兒是一個安靜的風氣好的城鎮。

人気が悪い（にんきがわるい）

評價不好，不受歡迎；市場情況不好；風氣不好。

△市場の人気はわるい／市場的情況不好。

△世間の人気はよい方ですか悪い方ですか／社會上的評價是好還是壞？

△この町はどうも人気が悪いようだ／總覺得這個城鎮風氣不良。

人気を集める（にんきをあつめる）

受到歡迎，博得好評，取得好評。

△このおもちゃはいま子供たちの人気をあつめている／這種玩具目前受到孩子們的歡迎。

△こんどの新しい映画はたいへんな人気をあつめている／這次的新影片受到熱烈的歡迎。

△この作家は今度の小説でたいへん人気をあつめた／發表這部作品

之後，這位作家博得非凡的好評。

人気を落とす（にんきをおとす）

聲望下降，名聲不好，敗壞名聲，名聲一落千丈。

△あの人はあえて<u>人気を落とす</u>ようなことをする／那人竟然幹出敗

壞名聲的事來。

△あの俳優は十年間全然<u>人気が落ちない</u>／那位演員的聲望在十年當

中不見衰落。

△あの作家はこのごろすっかり<u>人気を落としてしまった</u>／那位作家

的聲望最近一落千丈。

人気を取る（にんきをとる）

博得人緣，討好，博得好評，討……的歡心。

△あの人は世間の<u>人気を取る</u>ようなことばかり言っている／那個人

淨挑人們愛聽的講。

△彼はうまいことを言って<u>人気を取ろ</u>うとする／他花言巧語，想博

得人們的好感。

△その小説はたちまち<u>人気をとった</u>／那本小説立刻博得人們的好評。

人気を呼ぶ（にんきをよぶ）

博得好評，受到歡迎，取得好評，招人喜歡。

△あの芝居は婦人の間に<u>人気を呼んでいる</u>／那齣戲劇在婦女中間博

得好評。

△今度の新しい映画はたいへんな<ruby>人気<rt></rt></ruby>をよんでいる／放映的這部新

電影博得空前的好評。

△あの小説はたいへんな<u>人気を呼んでいる</u>そうです／據説那部小説

獲得非同一般的好評。

ぬ

抜かりがない (ぬかりがない)

　没有差錯，没有遺漏，没有疏忽大意，没有紕漏。

△準備に抜かりのないようにせよ／在準備工作上不要有差錯。

△彼はなかなか抜かりがない／他這人無懈可撃。

△ぼくはときどき抜かりがある／我常常會出紕漏。

抜きあし差しあし (ぬき足さし足)

　躡手躡脚，輕擧輕放的脚步，悄悄地。

△抜きあしさし足で二階へ上がる／躡手躡脚地登上二樓。

△彼は抜きあしさし足で部屋に入る／他悄悄地走進屋裡。

△抜きあしさしあしで後をつける／輕手輕脚地跟踪。

抜き差しがならぬ (ぬきさしがならぬ)

　進退維谷，一籌莫展，束手無策。

△抜きさしならぬ羽目におちいる／陷入進退維谷的窘境。

△どうしても抜き差しがならぬ状態だ／情況簡直是一籌莫展。

△私は抜きさしのならない状態をやっと脱けだした／我好不容易才

　從束手無策的狀態中擺脱出來。

抜きにする (ぬきにする)

去掉，抽去，取消，省掉，沒有……。

△朝飯を抜きにしては、働けない／不吃早飯，就不能工作。

△説明は抜きにしてすぐ結論に入ります／不作解釋，馬上作出結論。

△冗談は抜きにして本当にどうするつもりか／不要開玩笑，你眞的

打算怎麼辦？

抜け目がない（ぬけめがない）

沒有破綻，周到，沒有漏洞，天衣無縫；精明。

△彼は万事に抜け目がない／他做什麼事都很精明。

△それは抜け目のないやり方だった／這種方法萬無一失。

△彼は商売にかけて抜け目がない／他做買賣很精明。

抜けるよう（ぬけるよう）

清澈，透明，清湛。

△秋を思わせる、抜けるような青空となった／好像秋天的晴空，清

澈而蔚藍。

△抜けるように色の白い女／女人的膚色白皙晶瑩。

△抜けるような青い色をした海／明淨的蔚藍色的海洋。

濡れ衣を着せる（ぬれぎぬをきせる）

蒙冤，背黑鍋，枉加罪名，受冤屈；冤枉好人。

△友人に濡れぎぬを着せて、己れは涼しい顔をしている／讓朋友受

了冤枉，你還裝作若無其事的樣子。

△まったく、とんだ濡れぎぬを着せられるものだ／萬萬沒想到給我

　背上這樣的黑鍋。

△私も濡れ衣は着たくないので、少しムッとした／我也不願受冤屈

　，因此心裡有些冒火。

ね

ねうちがある（値うちがある）

有……價值，值得……。

△この映画は見に行くねうちがある／這部電影値得去看看。

△あの人の演説は聞くねうちがない／那個人的演説不値得一聽。

△あんな人間は取り合うねうちがない／那種人不値得理睬他。

願いがかなう（ねがいがかなう）

如願以償，滿足願望，實現願望。

△長い間の願いがかない、ふたりは結婚した／多年來的宿願得以實

現，兩個人結婚了。

△願いがかなってうれしい／如願以償，眞高興。

△かねての願いがかなって、こんなうれしいことはない／多年來的

願望得以實現，沒有比這更令人高興了。

願いを聞き入れる（ねがいをききいれる）

答應要求，應允請求，接受意見，同意要求。

△彼はわれわれの願いをなかなか聞きいれてくれそうもない／他似

乎很不願意接受我們的請求。

△いくら懇願してもがんとして私の願いをききいれなかった／不管

我怎樣懇求，斷然拒絕了我的要求。

△私のねがいをききいれて下さい／請答應我的要求。

寝返りを打つ（ねがえりをうつ）

　輾轉難眠，翻來覆去睡不着，翻身；背叛，投敵。

△いらいらして寝返りを打つ／心緒焦躁，輾轉難眠。

△唯一の味方に寝返りを打たれて、彼はまったく手も足も出なかった／被唯一的伙伴所出賣，他簡直是束手無策了。

△彼はけっして反対派に寝返りを打つような男でない／他決不是那種賣身投靠反對派的人。

願ったり叶ったり（ねがったりかなったり）

　符合心願，稱心如意，如願以償，天從人願。

△それは願ったりかなったりです／那可是天從人願。

△彼なら願ったり叶ったりだ／如果是他的話，那就稱心如意了。

△そうしていただければ願ったり叶ったりです／您能爲我那樣做的話，我就心滿意足了。

願ってもない（ねがってもない）

　求之不得，福自天降，盼都盼不到。

△それはねがってもない縁談です／那是一門求之不得的親事。

△それはねがってもないことだ／那是福自天降的好事。

△ねがってもないよい地位です／那是求之不得的大好職位。

熱がさめる（ねつが冷める）

熱情降低，心灰意懶，勁頭消失。

△切手集めの熱がさめた／集郵的熱勁消失了。

△彼の態度を見て、われわれの熱はすっかりさめた／看到他的態度，我們的心全都冷了。

△文学に対する熱がさめた／對文學的熱情冷淡下來了。

熱がはいる（ねつが入る）

來勁，加油，起勁，情緒高漲。

△今日はどうしたわけか、仕事に一向に熱がはいらない／今天不知為什麼，工作一點也不起勁。

△彼は話にだんだん熱が入ってきた／他說話愈說情緒愈高。

△勉強に熱がはいらない／在讀書方面情緒不高。

熱を入れる（ねつをいれる）

鼓足幹勁，加把勁，致力於。

△仕事はもっと熱をいれてやりなさい／要進一步鼓足幹勁做好工作。

△つまらないことに熱を入れるものではない／不要把精力耗費在無聊的事情上。

△彼は学問に熱を入れている／他熱心鑽研學問。

熱を出す（ねつをだす）

發燒，體溫升高。

△子供が急に高い熱を出した／小孩子突然發起高燒來了。

△この上もっと熱が出るとどうなるか分からない／如果體温再升高

的話，不知會怎麼樣。

△かぜで熱を出している／感冒引起發燒。

熱を吹く（ねつをふく）

　説大話，豪言壯語，大吹大擂，信口開河。

△あの男はいつも勝手な熱を吹いている／那個人説話總大吹大擂。

△彼は遠慮もなく勝手な熱を吹いた／他毫無顧忌地信口開河。

△口に税がかからないと思って、勝手な熱を吹いている／以爲吹牛

不扣税而信口胡説。

根にもつ（ねに持つ）

　懷恨在心，記仇，耿耿於懷。

△しかられたことをいつまでも根にもつ／受到了責備，總是耿耿於

懷。

△つまらないことを根にもつ／爲無聊的小事耿耿於懷。

△彼はいまだにあのことを根にもっている／那件事他至今仍然記着

仇。

根掘り葉掘り（ねほりはほり）

　追根究底，打破砂鍋問到底。

△彼は私に根掘り葉掘り問いただした／他十分仔細地詢問我。

△彼は私の計画について根掘り葉掘りたずねた／關於我的計劃他問

得很仔細。

△あの子供はちょっとしたことでも根掘り葉掘り聞くのでうるさい
　　／那個孩子對於一點點小事也要追根究底問個沒完，眞討厭。

根も葉もない（ねもはもない）

毫無根據，憑空捏造，捕風捉影。

△根も葉もない話をこしらえる／憑空捏造謠言。

△それは根も葉もない話だ／那是無稽之談。

△別に根も葉もない海外雄飛の夢にあこがれたりすることはなかっ
　　た／並沒有憑空嚮往着到海外去活躍一番。

音を上げる（ねをあげる）

發出哀鳴，受不了，叫苦連天，束手無策，一籌莫展。

△その事件の複雑さには探偵も音を上げてしまった／這一事件的複

雑性，就連偵探都叫苦連天。

△その難病には有名な医者も音を上げてしまった／遇到這種不治之

症，連名醫都束手無策。

△彼はとうとう音を上げて、相手に相談を持ち込んだ／他終於一籌

莫展，只好去和對方商量。

根を下ろす（ねをおろす）

扎根於……。

△その考えが私の心にしっかり根を下ろした／那種想法在我的心中

牢固地扎下了根。

△彼は農村に深く 根を下ろしてしまった／他在農村深深地扎下了根。

△仏教はその根を深く日本の国土に下ろした／佛教深深地扎根於日

本的國土上。

念がいる（ねんが入る）

考慮縝密，無微不至，慎重，仔細。

△私はねんの入った取り扱いを受けた／我受到了體貼入微的接待。

△これは念の入った細工だ／這是一件精巧的工藝品。

△あの人の支度は念が入りすぎている／他的準備工作太慎重了。

念頭におく（ねんとうに置く）

放在心上，記在心裡，耿耿於懷。

△このことを念頭においてもらいたい／希望你把這件事記在心裡。

△自己の利害をまず念頭におかないようにしてほしい／首先希望你

不要把個人的利害關係放在心上。

△このことをまず念頭におくべきだ／首先應當把這件事掛在心上。

念には念を入れる（ねんにはねんをいれる）

十分細心，十分留神，分外小心，再三注意。

△答案は念には念を入れて読みかえす必要がある／試卷要十分細心

地檢查一遍。

△彼は念には念を入れておくことが安全であるとする／他認為要分

外小心才能萬無一失。

△十分時間をかけ<u>念には念を入れて</u>やりなさい／要花上充分的時間
[じゅうぶん じかん]

　非常仔細地來做。

念を入れる（ねんをいれる）

　嚴加注意，留神，用心，細心。

△設計者たちは工場敷地の選択にとくに<u>念を入れた</u>／設計師們十分
[せっけいしゃ こうじょうしきち せんたく]

　愼重地選擇建設工廠的用地。

△かの女は何をするにも<u>念を入れる</u>／她無論做什麼都十分仔細。
[じょ なに]

△ゆっくり<u>念を入れて</u>やりなさい／要從容不迫地用心去做。

念を押す（ねんをおす）

　叮嚀，叮囑，囑咐，提醒。

△その商品の生産については、メーカーに<u>念を押した</u>／我叮囑了製
[しょうひん せいさん]

　造商生産那種商品。

△大事なことだということを彼に<u>念を押して</u>おいた／我曾提醒他注
[たいじ かれ]

　意，這是一件非同小可的事情。

△<u>念に念をおして</u>おいたから、間違いはあるまい／幾次三番叮囑過
[まちが]

　他，估計不會有差錯的。

の

能がない（のうがない）

沒才能，沒能耐，沒本事，沒本領，沒能力。

△私にはまったく<ruby>数学<rt>すうがく</rt></ruby>の能がない／我簡直沒有什麼數學才能。

△<ruby>寝<rt>ね</rt></ruby>る<ruby>以外<rt>いがい</rt></ruby>に能のない<ruby>男<rt>おとこ</rt></ruby>／那人除了睡覺之外，沒有旁的本事。

△<ruby>彼<rt>かれ</rt></ruby>は<ruby>酒<rt>さけ</rt></ruby>をのむより<ruby>外<rt>ほか</rt></ruby>に能はない／他除了會喝酒之外，沒有別的能耐。

能ではない（のうではない）

並非本事，算不上能耐。

△<ruby>飲<rt>の</rt></ruby>み<ruby>食<rt>く</rt></ruby>いばかりが能じゃない／只會吃吃喝喝，算不上什麼能耐。

△<ruby>金<rt>かね</rt></ruby>をためるばかりが能ではない、よく<ruby>使<rt>つか</rt></ruby>うことも<ruby>大切<rt>たいせつ</rt></ruby>だ／只會存錢並非本事，花錢得當也是重要的。

△<ruby>金<rt>かね</rt></ruby>をもうけることだけが<ruby>商人<rt>しょうにん</rt></ruby>の能ではない／生意人的本領不在於只會賺錢。

能率があがる（のうりつが上がる）

提高效率，效率高。

△<ruby>分業<rt>ぶんぎょう</rt></ruby>をすると、<ruby>仕事<rt>しごと</rt></ruby>の能率があがる／工作分工的話，就能提高效率。

△<ruby>人数<rt>にんずう</rt></ruby>ばかり<ruby>多<rt>おお</rt></ruby>くても<ruby>仕事<rt>しごと</rt></ruby>の能率はあがらない／人員再多，工作效

率還是低。

△長時間にわたって同じ仕事ばかりしていると能率がさがってくる

/長時期從事同樣的工作，效率就會降低。

能率を上げる（のうりつをあげる）

提高效率。

△最小の労力で最大の能率をあげる/付出最小的勞力，取得最大的

効率。

△仕事の能率をあげようとして、工夫する/想辦法提高工作效率。

△あなたのやり方では能率を下げるだろう/按照你的作法，恐怕要

降低效率。

△炎熱でいちじるしく仕事の能率を下げてしまう/由於天氣炎熱，

工作效率顯著下降。

のぞみがある（望みがある）

有希望，有可能，有把握。

△この青年はまだのぞみがある/這位青年還有希望。

△この事業は成功ののぞみがない/這一事業沒有成功的。

△彼に勝てるのぞみが充分ある/完全有把握戰勝他。

望みがかなう（のぞみがかなう）

如願以償，符合願望，願望實現，願望得到滿足。

△やっと望みがかなった/好不容易如願以償了。

△親の望みをかなえるようにしたいものだ／願意滿足老人的心願。

△親は子どもの望みをかなえてやりたいと思う／父母願意幫助孩子

實現他的願望。

望みが絶える（のぞみがたえる）

希望破滅，沒有希望，沒有指望。

△まだ成功の望みを絶たない／還有成功的指望。

△もうのぞみがすっかり絶えた／已完全沒指望了。

△この不幸にあって成功のぞみを絶った／遭此不幸哪裡還有成功

的指望。

望みをかける（のぞみを掛ける）

指望，寄予希望，寄托希望。

△親というものは子どもにのぞみをかけるものです／父母總是把希望

寄托在孩子身上。

△彼にあまりのぞみをかけるな／對他不要寄予過大的希望。

△のぞみをあまり高くかけてはならない／不要寄予過高的奢望。

退っ引きならぬ（のっぴきならぬ）

無法逃避，動彈不得，進退兩難，擺脱不開。

△今となっては退っ引きならない／事到如今，已無法逃避。

△話はのっぴきならない所まで進んだ／事情已發展到騎虎難下的地

步。

△のっぴきならない事になって、後悔してもはじまらない／已成騎

虎之勢，後悔莫及。

喉から手が出るほど（のどからてがでるほど）

如久旱盼雨似地，望眼欲穿，非常渴望，迫切。

△石油や天然ガスはのどから手が出るほどほしい／迫切希望能得到

石油和天然氣。

△都会も農村も、のどから手が出るほど雨をほしがっていた／無論

城市或農村都盼望恨不得馬上下雨。

△いまその会社は技術者が喉から手が出るほどほしいようだ／目前

該公司迫切希望能請到技術人員。

のどまで出かかる（喉まででかかる）

話到唇邊，話到嘴邊，快要説出，幾乎脱口而出。

△のどまで出かかったが、そのことは言えなかった／那件事已經到

了嘴邊，但沒有能講出來。

△かの女はびっくりして喉まで出かかっていた言葉が言えなかった

／她嚇了一跳，把到了嘴邊的話又咽下去了。

△彼の名前が喉まで出かかっていた／幾乎脱口喊出他的名字。

は

歯が浮く（はがうく）

牙酸，倒牙；肉麻，不舒服，起鷄皮疙瘩。

△酸っぱい果物を見ると、<u>歯が浮く</u>／看到酸溜溜的水果，牙就有些

發酸。

△あいつは<u>歯が浮く</u>ような言動をする男だ／那傢伙的言行令人肉麻。

△ぼくはそれを考えると<u>歯が浮く</u>ようだ／我每當想到那件事，心裡

就不舒服。

△鉄と石とがきしると<u>歯の浮く</u>ような音がする／鐵和石塊相互碾軋

，就會發出令人倒牙的聲音。

歯が立たない（はがたたない）

硬得咬不動，啃不動；敵不過，束手無策。

△この肉はたいへんかたくて、彼も<u>歯がたたなかった</u>／這塊肉硬得

很，連他也咬不動。

△彼の筋の通った反対論には、だれひとり<u>歯が立たない</u>／他的反對

意見，條理分明，無人能夠反駁。

△記者もこのインタビューに応じない責任者には<u>歯が立たなかっ</u>

<u>た</u>ようだ／對於負責人的拒絶採訪，記者似乎也無可奈何。

△かれの語学の実力に対しては、ぼくは<u>歯が立たぬ</u>／在外語實力上

，我比不上他。

馬鹿にならない（ばかにならない）

不可小看，不能輕視，不可忽視，很可觀。

△日本ではこういう新興宗教が馬鹿にならない勢力をもっている／

在日本，這類新興宗教的力量不可輕視。

△毎日のたばこ代も馬鹿にならない／每天買香煙的錢也很可觀。

△このごろは電車賃もばかにならない／最近電車車費開支也夠多的。

拍車をかける（はくしゃを掛ける）

加緊，加速；提高，火上加油。

△わたしたちの工場では、いまトラクターの生産に拍車をかけてい

る／我們工廠現在正加緊生產曳引機。

△みんなの働きは見違えるほど拍車がかけられていた／大家的工作

幹勁明顯地提高了。

△没落に拍車を掛ける／加速走向没落。

△議論に拍車をかける／給爭論火上加油。

恥をかく（はじを搔く）

丟臉，出醜，丟人，現眼。

△金の無心を断られたら、それこそ恥をかくのだ／向人要錢而遭人

拒絕，那才真丟臉。

△恥をかかせるのは罪です／出人家的醜，這是不良行為。

△君は細君に恥をかかせるようなことはしまいとぼくは思った／我想你不會做出給妻子丟臉的事來。

肌が合う（はだがあう）

合得來，對勁兒，合乎口味，知己。

△余さんは私と肌の合った人です／小余是跟我合得來的人。

△どうもあの人とは肌が合いません／和那個人總不對勁兒。

△あの娘と肌の合ったお友だちづきあいなどは出来るはずもない／根本不可能和那個姑娘交知心朋友。

肌を脱ぐ（はだをぬぐ）

助一臂之力，盡力幫助；全力以赴，竭盡全力。

△彼が肌をぬいで世話をする／他盡力幫助。

△君のことなら、ぼくも一はだぬごう／如果是你的事，我也願盡力幫忙。

△女ながらに一肌もふた肌もぬぎたくなる／雖然身為婦女，也願竭盡全力。

△どうかぼくに一肌ぬいでくれないか／希望大力幫助我。

鼻息が荒い（はないきがあらい）

氣勢高漲，盛氣凌人，神氣十足，傲慢，趾高氣揚。

△彼はちかごろ鼻いきがあらい／他近來趾高氣揚。

△彼は鼻息がまえのように荒くはなくなった／他已不像從前那樣驕

— 260 —

横跋扈了。

△うぬぼれも強いし、鼻息も荒い／過於自負而又盛氣凌人。

はなが高い（鼻がたかい）

得意揚揚，驕傲，自鳴得意。

△あんたからそう言われると、私もはなが高い／被您這樣一講，我
也得意起來了。

△君は一等賞を取って鼻がたかい／你獲得一等獎，有些得意揚揚。

△息子が成功すれば親父ははなが高い／孩子要是成功，父親就感到
驕傲。

話が合う（はなしがあう）

談得來，談得攏，談話投機，傾心交談。

△二人は話がよく合う／兩個人談得十分投機。

△われわれの話はいつも合わない／我們總是談不攏。

△かの女とはお互にしんみりした話がよく合うのである／和她互相
能夠水乳交融，傾心而談。

話が前後する（はなしがぜんごする）

語無倫次，層次混亂，前言不搭後語，説話沒層次。

△話が前後してしまいましたが、わかりましたか／話説得混亂，您
聽懂啦？

△話が前後しましたから、もう一度くり返します／説話層次混亂，

所以再重復一次。

△話がちと前後したが、要するにこういうことさ／話説得有些亂了
譜，總而言之就是這麼一回事。

話が違う（はなしがちがう）

與諾言有出入，情況不同，另外一回事。

△それではずいぶん話がちがう／那樣説來，和原先的諾言出入很大
了。

△そうなっていれば話は大いに違っていたかもしれない／如果是那
樣的話，情況就可能大不一樣了。

△いま彼のやることはだいぶ話がちがう／目前他的所爲和他的諾言
出入很大。

話がつく（はなしが付く）

商量妥當，商定，達成協議，解決問題。

△何とか話がつかないものかね／總得設法把意見統一起來。

△何度も話し合って、両方が満足するように話がついた／經過幾次
會談，達成了協議，雙方都感到滿意。

△双方の話がついたそうだ／據説雙方商量妥當了。

話がはずむ（はなしが弾む）

愈説愈來勁，説得起勁，開懷暢談，海闊天空。

△そのことから話がはずんだ／由那件事談起，愈説愈來勁。

△そんなに話がはずまないのだけれども、もうよそうとも言えなかった／雖然談得不那麼起勁，但也不好講就此收場。

△昨夜喫茶店でたまたま昔の同級生に出会い、懐かしい思い出に話がはずんだ／昨晚偶然在咖啡廳遇見從前的老同學，開懷暢談，緬懷過去。

話がまとまる（はなしがまとまる）

談妥，取得圓滿結果，意見一致。

△お互いにかってなことばかり言っているので、話はなかなかまとまりません／雙方都堅持己見，所以很難談攏。

△K社との話し合いはまだまとまらない／與K公司的洽談還沒有結果。

△相談がまとまった／協商取得一致意見。

話が分かる（はなしがわかる）

懂道理，明白事理，通情達理。

△あの人は話のわかる人だ／他是個明白事理的人。

△彼は話のわからない年よりだ／他是一位不懂道理的老年人。

△彼はまったく話のわからぬ男だ／他簡直是個不通情理的男人。

△彼は話は分かっているが、することは阿呆だ／他雖懂道理，但做事却很愚蠢。

話で持ち切っている（はなしでもちきっている）

談論某事，關於某事議論紛紛，某事成爲話題。

△町中がその話で持ち切っている／整個城市都在談論那件事。

△そのことで持ち切っていた／紛紛議論那件事。

△料理屋でもどこでも彼の話で持ち切っている／料理店及其他任何

地方到處都在談論他的事情。

話に（も）ならない〔はなしに（も）ならない〕

不像話，不值一提，根本不行，荒謬。

△奴らのやったことは全く話にならない／這些傢伙做的事太不像話

了。

△こんな粗雑な設計では話にもなりませんよ／這樣潦草的設計，根

本不行。

△彼の講演はお話にならないものだった／他的演講不值一提。

△彼の発音といったらお話にならない／他的發音一塌糊塗。

鼻であしらう（はなであしらう）

冷淡對待，嗤之以鼻，愛理不理。

△ぼくがそう言ったら、彼は鼻であしらって相手にしなかった／我

這樣一講，他就冷冰冰的，不理睬我了。

△甥は私の催促を鼻であしらった／外甥對我的催促嗤之以鼻。

△人を鼻先であしらう／對人愛理不理。

はなに掛ける（鼻にかける）

炫耀，引為自豪，大吹特吹，誇耀。

△彼はさかんにその知識をはなにかける／他極力炫耀他的知識。

△あの小僧は自分の親父をはなにかけていた／那個小傢伙把自己的

父親引以自豪。

△彼はささいな手柄をはなにかけている／他在吹嘘他那微不足道的

功勞。

はなにつく（鼻に付く）

厭惡，膩煩，討厭。

△珍客も三日目にははなにつく／稀客住不到三天，也會討人厭。

△その広告も近頃ははなについてくる／那個廣告最近也令人討厭了。

△数をかさねると、だんだん小説もはなにつく／讀的小説一多，慢

慢地就膩了。

鼻を打つ（はなをうつ）

撲鼻，刺鼻。

△人の鼻を打つうまそうなにおいを放つ／散發出陣陣撲鼻的香味兒。

△かみの香りの鼻を打つまで寄り添う／挨得很近，連頭髮撲鼻的香

味都聞到了。

△百合の香りが彼の鼻を打った／他聞到百合花那撲鼻的香味。

鼻を折る（はなをおる）

煞人威風，挫人銳氣，打下氣焰。

△あいつは生意気だから一つ鼻を折ってやろう／那傢伙自高自大，

要挫他一下銳氣。

△私はその時鼻を折ってやった／當時我狠狠批評了他那盛氣凌人的

態度。

△高慢の鼻をくじく／挫下傲慢的氣焰。

△あいつの賄賂をつき戻して鼻ばしらをくじいてやった／我把那傢

伙的賄賂退回去，煞了他的威風。

△夫人の自信はみごとに鼻ばしらをくじかれた／夫人的信心受到嚴

重的挫折。

花を咲かせる（はなをさかせる）

開懷（暢談），熱烈（交談）。

△私達は雑談に花を咲かせていました／我們大家熱烈地在聊天。

△彼とは、いまでもときどき会って昔話に花を咲かせている／現在

也經常和他見面，開懷敍舊。

△話に花が咲く／開懷暢談。

△時節柄の話題で話に花がさいた／以當前的局勢爲話題，進行了無

拘束的談話。

はなを高くする（鼻をたかくする）

驕傲，趾高氣揚，得意揚揚，得意忘形。

△ほめられて、彼はすっかり鼻を高くした／受到表揚，他就目空一

切了。

△彼は息子がえらくなったので鼻を高くしている／孩子有了出息，

他因此而得意揚揚。

△少しばかりのことで鼻を高くするのはみっとももない／爲這區區小

事而揚揚得意，太不像樣。

はなを突く（鼻をつく）

撲鼻，刺鼻，冲鼻子。

△アンモニアのにおいが鼻をつく／氨水的氣味冲鼻。

△異様な臭気が鼻をつく／一種奇怪的臭味兒刺鼻。

△生生しい木の香が鼻をついた／樹木的清新氣息撲鼻。

鼻をつままれても分からない（はなをつままれてもわからない）

（黑得）伸手不見五指。

△鼻をつままれても分からないほどの闇である／天黑得伸手不見五

指。

△真暗で鼻をつままれるようだ／一片漆黑，簡直是伸手不見五指。

△鼻をつままれるのも知れませんという真の闇／伸手不見五指的黑

夜。

歯に合う（はにあう）

咬得動，能咬；合乎口味，愛好，喜歡。

△これはなかなか固くて私の歯に合いそうもない／這種東西太硬，

我的牙齒咬不動。

△この本はお歯に合うまい／這類書恐怕不合您的口味。

△この品はお歯に合うまい／您恐怕不喜歡這種物品。

△お歯に合う相撲がすぐ始まる／您愛好的相撲馬上就要開始。

歯に衣を着せない（はにきぬをきせない）

直言不諱，毫無顧忌，説話直爽，直截了當。

△彼は歯にきぬを着せずにしゃべる／他講話直言不諱。

△歯に衣をきせず言いちらす／肆無忌憚地信口開河。

△私としては、お年寄りに向かって、歯に衣をきせぬ評言を浴せかけるに忍びない気持ちがある／對老年人心直口快地進行批評，在我來説，有些於心不忍。

歯の根が合わない（はのねがあわない）

渾身發抖，渾身哆嗦，牙齒打戰。

△寒さに歯の根も合わない／冷得渾身發抖。

△こわくて歯の根が合わなかった／害怕得渾身哆嗦。

△歯の根が合わないほど震えてものも言えなかった／渾身發抖，一句話也講不出來了。

幅が利く（はばがきく）

有勢力，有力量，吃得開，説話管用。

△あの人は仲間の中で一番幅が利く／在那一伙人當中，他是最吃得開的。

△ぼくは理事たちには幅が利かない／對於理事們，我的話不管用。

△資本主義社会では金があると、幅が利く／在資本主義社會，有錢

就有勢。

△彼は町內で幅を利かしている／他在街道上很吃得開。

腹が癒える（はらがいえる）

出了氣，出了悶氣，發泄怨恨，心裡痛快，平息怒氣。

△これぐらいではまだ腹がいえない／僅僅如此，心裡仍然不痛快。

△相手が謝罪したので、やっと腹がいえた／對方賠禮道歉了，好歹

總算消了這口氣。

△別に復仇をして腹をいやすという性質のものでもない／也並非是

報仇雪恨一類性質的事情。

腹が黒い（はらがくろい）

心黑，心術不正，心眼壞，居心不良，心懷叵測。

△何だか腹のくろそうな人／這個人有些心術不正。

△あんな腹の黒い男は沢山ないぞ／像這種心術不良的人不多見。

△彼は腹がくろいから、油断できない／他心眼不好，對他不能大意。

腹が空く（はらがすく）

空着肚子，肚子餓。

△たいへん腹がすいた／肚子餓得慌。

△腹をすかして帰って来る／空着肚子回來。

△ごちそうを食べるために腹をすかしておく／為了去赴宴而空着肚

子。

△子供たちに腹をすかさせてはおけない／不能讓孩子們挨餓。

腹が立つ（はらがたつ）

　生氣，發怒，大發雷霆。

△彼の話を聞いたときは、腹が立ってしかたがなかった／聽到他說

　的話，我氣得不得了。

△あの男には腹が立つ／生那個人的氣。

△彼を見ると腹が立つ／一看見他就生氣。

腹が出来る（はらができる）

　下定決心，做好思想準備；明確認爲。

△彼は腹ができている／他已下定了決心。

△私は腹などはむろんすこしもできてはおりません／我當然思想上

　毫無準備。

△その女も以前とは違って、存外腹が出来ているらしい／那位婦女

　和以前判若兩人，出乎意外地，似乎下了很大的決心。

腹が張る（はらがはる）

　肚子發脹。

△一杯食って腹が張った／吃得飽飽的，肚子發脹。

△腹が張って動けない／肚子脹得動彈不了。

△たくさん食べたのでおなかが張った／吃了很多，因此肚子脹了。

△水だけ飲んでは腹は張るが、身にはならないよ／光喝水雖能撐肚皮，但無補於身體。

腹が減る（はらがへる）

餓，肚子餓。

△腹がへってたまらない／肚子餓得受不了。

△運動をすると腹がへる／運動就會使肚子饑餓。

△はらがへってはいくさができない／挨着餓，什麼事情也做不成。

△腹をへらすと何でもうまい／肚子餓了，吃什麼都香。

腹に合う（はらにあう）

合胃口，適合胃口，配胃口。

△卵はぼくの腹に合わない／鷄蛋不合我的胃口。

△口には合うが、腹に合わない／合乎口味，但胃口不服。

△日本料理は腹に合いますか／日本料理適合胃口嗎？

腹の虫が承知しない（はらのむしがしょうちしない）

怒氣難消，不甘心，心裡不舒暢。

△すきな専門などを選ぶと腹の虫が承知する／選擇自己喜愛的專業，心情才舒暢。

△腹の虫がまだ承知しない／怒氣未消。

△今日のように言われては私のようなものでも腹の虫が収まらないよ／像今天這樣被他一講，就連我這樣的人也怒氣難消啊。

腸が煮え繰り返る（はらわたがにえくりかえる）

氣憤填膺，肝膽俱裂，怒不可遏。

△くやしくてはらわたが煮え繰りかえる／氣憤得肝膽俱裂。

△彼の言葉をきいてはらわたがにえくり返った／聽到他的話後，怒不可遏。

△こんなことを言われると思うと、はらわたがにえくりかえるようです／想到被人這樣一説，就氣得怒髮衝冠。

腹を合わす（はらをあわす）

合謀，共同策劃，勾結一起，串通一氣。

△彼はこの男と腹を合わせて、私を殺そうとする／他和這個男的合謀要殺害我。

△二人は腹を合わしてぼくをだました／兩個人串通一氣欺騙了我。

△会計と腹を合わして金を儲けた／和會計串通一氣賺錢。

腹を抱える（はらをかかえる）

捧腹大笑，令人捧腹，笑痛肚皮。

△観客は腹を抱えて笑った／觀眾捧腹大笑。

△それは彼を腹を抱えて笑わせるでしょう／那會使他捧腹大笑的。

△冗談を言ったりして外の二人を腹をかかえてわらわせた／説笑話，讓另外兩個人笑痛了肚皮。

腹を固める（はらをかためる）

下定決心，拿定主意。

△父が死んだので、店をたたんで、いなかへ帰る腹をかためた／父
親去世後，下決心關掉店舖，回到鄉下去。

△最後まで争う腹をかためたから、この裁判は長くなるよ／決心爭
到底，所以這場官司要曠日持久地打下去了。

△彼は外国へ留学する腹をかためた／他決意到外國留學去。

腹を決める（はらをきめる）

下決心，拿定主意，決定，拿準主意。

△このことについては腹をきめている／對於這件事，我已經拿定了
主意。

△こう決然と腹がきまった／就這樣，毅然決然下定了決心。

△ぼくは今後日本語で日記を書こうと腹をきめた／我決定今後用日
文來寫日記。

腹を拵える（はらをこしらえる）

吃飽飯，吃飽肚子，塡飽肚子。

△かの女は卵で腹をこしらえて出掛けることにしている／她決定拿
鶏蛋塡飽肚子之後再出門。

△じゅうぶん腹を拵えておかなくてはならない／必須先吃得飽飽的。

△腹を拵えて取りかかろう／吃飽飯後再開始做吧。

腹を肥やす（はらをこやす）

肥己，中飽私囊，貪汚，謀取私利。

△彼は自分の腹を肥やすことばかり求めている／他只考慮如何謀取

私利。

△おじさんが人に損をかけて自分の腹を肥やした／叔叔做了損人利

己的事。

△社会の富を盗んで一人の腹を肥やすものもあった／有人盗竊社會

財富中飽私囊。

腹を壊す（はらをこわす）

瀉肚子，腹瀉，搞壞肚子。

△昨夜のえびで腹をこわした／昨晚吃的蝦子把肚子搞壞了。

△暴食して腹をこわした／因暴食搞壞了肚子。

△食べすぎて腹をこわした／吃得太多，以致吃壞了肚子。

腹を探る（はらをさぐる）

探聽想法，刺探意圖，刺探對方的內心思想。

△相手の腹をさぐる／探聽對方的想法。

△彼は人の腹をさぐるような目で人の顔を見る／他以刺探對方心意

的目光瞧着人家的臉。

△この問題に関して彼の腹を探らせるため、ひそかに人を送った／

私下派人去刺探他對於這個問題的想法。

腹を立てる（はらをたてる）

生氣，發怒，動怒，怒氣冲冲，大動肝火。

△多くの人は彼の話に<ruby>腹<rt>はら</rt></ruby>を<ruby>立<rt>た</rt></ruby>てるだろう／很多人對他的話將會感到

生氣的吧。

△<ruby>腹<rt>はら</rt></ruby>を<ruby>立<rt>た</rt></ruby>てた<ruby>彼<rt>かれ</rt></ruby>はくるりと<ruby>向<rt>む</rt></ruby>きをかえて<ruby>歩<rt>ある</rt></ruby>きかけた／他怒氣冲冲，

一個急轉身起步往回走了。

△<ruby>君<rt>きみ</rt></ruby>は<ruby>何<rt>なに</rt></ruby>か腹を<ruby>立<rt>た</rt></ruby>てているのか／你在生什麼氣嗎？

腹を読む（はらをよむ）

看破心事，猜度想法，猜透心事，察言觀色。

△<ruby>人<rt>ひと</rt></ruby>の<ruby>腹<rt>はら</rt></ruby>は<ruby>顔色<rt>かおいろ</rt></ruby>で<ruby>読<rt>よ</rt></ruby>める／從神情上能看出別人的心事。

△あの<ruby>人<rt>ひと</rt></ruby>は<ruby>人<rt>ひと</rt></ruby>の腹を<ruby>読<rt>よ</rt></ruby>むのがうまい／他善於猜度旁人的想法。

△<ruby>相手<rt>あいて</rt></ruby>の腹をつねに<ruby>読<rt>よ</rt></ruby>まなければいけない／必須經常猜透對方的意

圖。

腹を割る（はらをわる）

説心裡話，説眞心話，坦誠相見，傾訴衷情。

△腹をわって<ruby>話<rt>はな</rt></ruby>せば<ruby>分<rt>わ</rt></ruby>かるはずだ／只要開誠佈公的説，對方是會理

解的。

△あの<ruby>女<rt>おんな</rt></ruby>の腹をわったように<ruby>知<rt>し</rt></ruby>っている／她的內心我知道得一清二

楚。

△腹をわって<ruby>教<rt>おし</rt></ruby>えてくださった／把心裏話都告訴我了。

歯をくいしばる（はを食いしばる）

咬緊牙關，拚命忍耐。

△くるしい時や、くやしい時に歯をくいしばってがまんしなければ

ならない／痛苦或氣憤時，必須咬緊牙關忍耐。

△彼は歯をくいしばって死んでいた／他緊咬着牙關死去了。

△歯をくいしばってそれを堪えようとした／打算咬緊牙關忍耐下去。

— 276 —

ひ

火がつく（ひが付く）

着火，起火，放火；以……爲導火線；挑撥。

△ライターの火がつかない／打火機打不着火。

△タバコに火をつける／點燃香烟。

△国境紛争に火が付いて戦争になる／以邊境糾紛爲導火線，爆發了
戦争。

△お父さんに火をつけたのは君ではないのか／在父親面前進行挑撥
的不就是你嗎？

ひけをとる（引けを取る）

遜色，相形見絀，落人於後，比不上。

△私たち女性はけっして男性にひけをとらないわ／我們女性絕不落
在男性的後面。

△空中戦の間に、ほんのちょっとひけをとる際に、相手にやられる
／空中戦闘時，稍有落後於人的空際，就會被對方擊落。

△責任観念にかけては何人にもひけを取らない／在責任心方面，不
比旁人差。

膝を打つ（ひざをうつ）

拍大腿，手拍膝蓋；十分欽佩。

△彼はひざを打って感心した／他拍了拍大腿表示欽佩。

△「妙案だ」と彼は膝を打って叫んだ／他拍着大腿喊道："這可是絶招"。

△私が話し出したとたん山中さんはひざを打った／我話剛出口，山中就若有所感地拍起大腿來了。

膝を交える（ひざをまじえる）

促膝（談心）。

△先生は生徒とひざを交えて話し合った／老師和學生們促膝談心。

△私達四人は膝を交えて率直に意見を述べ合った／我們四人親切而又坦率地交換了意見。

△私はいつも彼の住居をたずね、彼と膝をまじえて語り合った／我總是到他家去，和他促膝談心。

肘鉄砲を食らう（ひじでっぽうをくらう）

用肘攔人，用肘撞人；碰釘子，嚴詞拒絕。

△私は後ろから組みついてきた男にひじ鉄砲をくわした／那個男人從後面抱住了我，我用胳膊肘攔了他。

△その女は言い寄った私に見事ひじ鉄砲をくわした／我向那個女人求愛，但碰了一鼻子灰。

△君はひじでっぽうを食わされる／你遭到了嚴厲拒絕。

額を集める（ひたいをあつめる）

集思廣益，大家集合在一起商量，圍在一起。

△一同額をあつめて協議したが、とうとう意見がまとまらなかった

／大家集合在一起商議，但最後沒有取得一致意見。

△閣僚たちがひたいを集めてその問題を論じ合った／內閣成員召集

會議，商討那個問題。

△婦人たちは額をあつめて小声で話し合った／婦女們圍在一起小聲

商議。

跛を引く（びっこをひく）

腿瘸，瘸腿，走路瘸腿，瘸着走。

△山本は右あしをびっこを引く／山本右腿走路瘸。

△彼はスキーでけがをして、びっこを引いて歩く／他滑雪時受傷，

走路腿瘸。

△船長は負傷でまだびっこを引いて、杖で歩いていた／船長因受傷

腿還瘸，走路要靠拐杖。

ひどい目に会う（ひどいめにあう）

吃盡苦頭，吃大虧，受盡折磨，狠狠地整，遭到殘酷破壞。

△侵略者によって、多くの平和な村がいたましい目に会ったのだ／

許許多多和平的村莊遭到侵略者的殘酷破壞。

△あの連中が彼をひどい目に会わしてやろうと企てた／那些人企圖

給他點厲害看看。

△君はぼくをひどい目に会わせた／你使我吃了大虧。

△憤怒した群衆にひどい目に会わされた商人もあった／有的商人被憤怒的群衆狠狠地整了一頓。

人がいい（ひとがいい）

人品好，人好，品質好，人老實。

△あの人は実に人がいい／那個人的人品實在好。

△彼は非常に人のよさそうな顔をしていた／従外貌看，他似乎是一位人品挺不錯的人。

△君は人を困らしてよろこんでいるのは人が悪い／你這個人品質惡劣，給人出難題尋開心。

一通りではない（ひととおりではない）

不是一般的，不同尋常的，非常，非同小可。

△団長としての苦労は一通りではなかった／團長的辛苦非同尋常。

△両親の心配はひととおりではなかった／雙親異常擔心。

△子供をここまで育てるのには、ひととおりの苦労ではなかった／爲了把孩子撫養到這麼大，付出了異常的艱辛。

人前を憚らず（ひとまえをはばからず）

在衆人面前公然，在衆人面前毫無顧忌地。

△二人は人前をはばからずふざけ散らす／兩個人公然在衆人面前胡鬧。

△彼は人前をはばからず大声で話す／他在大庭廣衆之間毫無顧忌地

大聲講話。

△かの女は人前をはばかるようにしてそれを食べていた／她怕衆人看見似的躲躲藏藏地吃着東西。

△人前をはばかって泣かずにいた／當着人面前不好看，因而没有哭出聲來。

人目に立つ（ひとめにたつ）

引人注意，顯眼，惹人注目。

△彼はいつもしずかで人目にたたない男だ／他這個人總是一聲不響，不引人注意。

△人目にたたない方が利口だ／以不出頭露面爲妙。

△だんだんこれが人目に立つようになった／這個逐漸引人注意了。

人目をひく（ひとめを引く）

引人注目，惹人注意，顯眼，醒目。

△このサイドカー付きオートバイはよく人目を引いた／這輛帶車輪側車的摩托車非常引人注意。

△あの女の人はいつも人目を引く服装をしている／那位婦女總是穿着惹人注意的服装。

△この命令は人目を引く場所に掲示すべし／這個命令應該張貼在顯眼的地方。

一役買う（ひとやくかう）

承擔任務，幫忙，發揮作用。

△われわれ青年達は国の建設に一役も二役もかった／我們青年擔負

了建設國家的任務。

△奥さんもまた一役かって、四年生をうけもっていた／夫人也自願

擔任四年級的教學。

△乳母を雇うだけの金がなかったので、母が一役かった／沒錢請保

姆，因此母親自願幫忙照顧。

人を食う（ひとをくう）

愚弄人，目中無人，尋人開心，拿人開玩笑。

△人を食った話じゃないか／這種事情豈不是尋人開心？

△人を食ったことをいう／説了些愚弄人的話。

△あの人を食った顔をみていると、腹が立つ／看到他那目中無人的

樣子就生氣。

微に入り細にわたる（びにいりさいにわたる）

細致入微，詳細，無微不至。

△彼らは微に入り細にわたって論じ合った／他們進行了詳細的討論。

△石川啄木についての研究は微に入り細をうがっている／關於石川

啄木的研究是十分詳盡的。

△それは微に入り細をうがった観察だ／那種觀察是細致入微的。

火の出るよう（ひのでるよう）

狠狠的，緊張的；通紅；大發雷霆。

△お父さんから火の出るように叱られた／父親狠狠地申斥了我一頓。

△最初は火の出るように怒っていた／開頭大發雷霆。

△胸がどきどきして顔が火の出るように上気していた／心臟撲通撲

通地跳，臉紅得火辣辣的。

△火の出るような試合／一場打得難解難分的比賽。

日の目を見る（ひのめをみる）

見天日；見聞於世，公諸於世；光彩。

△長い間日の目を見ないで地下で暮らした／長時間生活在地下，見

不到陽光。

△日の目を見なかった彼の小説が始めて出版される／首次出版他的

被埋沒了的小説。

△一生の中で、これはたった一つ日の目を見た出来事なのだろう／

在一生之中，這是唯一的一件光彩的事情。

火のように（ひのように）

面紅耳赤，滿面通紅；勃然大怒，暴跳如雷。

△兄さんは火のように怒る／哥哥勃然大怒。

△私がそう言ったら彼は火のように怒った／我這樣一説，他就暴跳

如雷。

△彼女は恥ずかしくて顔が火のようになった／她羞得滿面通紅。

火花を散らす（ひばなをちらす）

　激烈爭論，劇烈競爭，火星飛濺。

△その問題について火花をちらす論戦が展開された／關於那個問題

展開了激烈的論戰。

△サッカーの試合で両チームは火花を散らして戦った／在足球賽中

，兩隊進行了激烈的爭奪。

△線香花火がきれいな火花をちらす／仙女棒噴射出漂亮的火花。

ひびが入る（罅がはいる）

　發生裂紋，造成裂痕；帶來不良影響；身體有病。

△花瓶にひびがはいる／花瓶有裂紋。

△そのために二人の友情にひびが入った／因此之故，兩人的友誼產

生了裂痕。

△この事件が貿易関係にひびが入らないよう期待する／希望這次事

件不會給貿易關係帶來不良影響。

△私はひびの入った体だ／我的身體有病。

暇をもらう（ひまを貰う）

　請假；辭職。

△一日ひまをもらって墓参りをした／請了一天假去掃墓了。

△お手伝いさんがその日一日ひまをもらいたいと言った／女傭人説

　："到那天想請一天假"。

△かの女は主人からひまをもらった／她向主人辭職了。

－ 284 －

火を見るより明らか（ひをみるよりあきらか）

顯而易見，明明白白，十分清楚。

△このままで行くと、相撲の衰退は火を見るより明らかである／如此下去的話，相撲會日趨沒落，這是顯而易見的。

△彼では先生の難題をどうすることもできないのは火を見るより明らかなことです／對老師提出的難題，他根本無法解答，這是顯而易見的事情。

△彼が間違えたのは火を見るより明らかだ／顯然是他錯了。

ぴんと来る（ぴんとくる）

明白，提醒，領會，領略。

△そう答えた方が、いまの若い人にはぴんと来るのだ／現在的年輕人聽到這樣的回答，馬上就能明白。

△あの先生の講義はぴんと来ない／我聽不懂那位老師的講課。

△船酔いは私にはぴんと来ない／暈船是什麼滋味我領略不了。

— 285 —

ふ

ふに落ちない（腑におちない）

不能理解，不能領會，不相信，有疑問。

△君の説明には腑におちないところがある／在你的説明裡面有的地方我不理解。

△私はどうも腑におちないので、先生に成績の再調査を頼んだ／我因爲感到有問題，所以請求老師重新核對我的成績。

△腑におちるように話す／説得令人信服。

へ

へたをすると（下手をすると）

稍一馬虎的話，弄（搞）不好的話，不謹愼小心的話。

△へたをするとやり損うぞ／稍一馬虎的話，事情就會弄糟糕的。

△へたをやると口が干上がろうという問題だ／搞不好的話，連飯都吃不上的。

△へたをやると取り返しの付かないことになるぞ／不謹愼小心的話，會造成不可挽回的後果。

△へたをするとまた失敗におわるかもしれない／冒冒失失從事的話，可能又一次以失敗而告終。

減らず口を叩く（へらずぐちをたたく）

囉嗦，講歪理，喋喋不休，呶呶不休。

△これ以上減らず口を叩く必要はない／即然如此，就不必再多囉嗦了。

△彼は何の役にも立たぬくせに、なんのかのと減らず口を叩く／他什麼用處也沒有，却專會講各種各樣的歪理。

△余計な減らず口を利かないで勉強しろと言ってやった／我對他講：不要囉囉嗦嗦講廢話，要用功讀書。

ほ

棒にふる（ぼうに振る）

斷送，白白糟塌，白白浪費，付諸東流。

△火事で原稿が焼かれてしまって、せっかくの苦心を棒にふってしまった／原稿被大火焚毀，多年的辛苦，付諸東流。

△あの人のおとうさんは女のために地位を棒に振った／他的父親因爲男女關係問題斷送了前程。

△せっかくの日曜を棒にふった／大好的星期天白白浪費了。

ほこ先をむける（矛さきを向ける）

把矛頭指向……，把鋒芒指向……。

△彼らはまず最初にわれわれに非難のほこ先を向けた／他們首先把

譴責的矛頭指向了我們。

△今度(こんど)はぼくの方へほこ先を向けてきた／這回把攻擊的矛頭指向我

了。

骨身にこたえる（ほねみに応える）

渗入骨髓，打動心弦，銘心刻骨。

△今日(きょう)の寒(さむ)さはヒシヒシと骨身にこたえる／今天陣陣寒氣徹骨。

△彼(かれ)の忠告(ちゅうこく)がほね身にこたえた／他的忠告感人肺腑。

△恥(はじ)をかかされて骨身にこたえた／蒙受恥辱，令人痛心疾首。

骨身をけずる（ほねみを削る）

刻苦，不辭勞苦，粉身碎骨，豁出性命。

△自動車(じどうしゃ)を手(て)に入(い)れるため、骨身をけずって働(はたら)かなければならない

／為了買一輛汽車，必須拚命工作。

△骨身をけずられるようなつらい思(おも)いをしました／深感切膚之痛。

△彼(かれ)はわれわれの仕事(しごと)に対(たい)して骨身をけずって援助(えんじょ)した／他不辭艱

辛支援我們的工作。

骨を折る（ほねをおる）

花費力氣，使勁，費勁，賣力氣，盡力。

△この山(やま)をのぼるのになかなか骨が折れた／爬這座山花費了好大的

力氣。

△みんなの協贊(きょうさん)を得(う)るのに、彼(かれ)はひじょうに骨を折った／為了取得

— 288 —

大家的同意，他費了很大的勁。

△私は噴き出したいのをこらえるのに骨がおれる／我竭力不讓自己

笑出來。

ぼろが出る（ぼろがでる）

露出馬脚，露出破綻，出漏子，説錯話。

△あんまりしゃべるとぼろが出るよ／説話太多，會出漏子的。

△口数の多いものはぼろを出す／愛説話的人會説錯話。

△彼はぼろを出さないうちに役所をやめた／在露出馬脚之前，他辭

去了公所的工作。

ま

前にする（まえにする）

看到，見到；面對，面臨。

△王さんは困難を前にしていささかも動じなかった／王先生在困難

面前毫不動搖。

△父は書斎におはいりになり、書籍を前に坐りました／父親走進書

房，面對着書籍坐了下來。

△私を前にしてとうとうと政治を論じた／在我的面前滔滔不絶地談

論政治。

真に受ける（まにうける）

信以為眞，相信，當成眞的。

△私たちは彼の話を<u>真に受けて</u>、あわてて立ち上がって帰ろうとした/聽到他的話，我們信以為眞，急急忙忙站起來要回去了。

△君はあまりにも彼の言うことを<u>真に受けすぎた</u>/你對他的話過於認眞了。

△われわれはこの迷信を<u>真に受けない</u>/我們並不相信這種迷信。

間を置く（まを置く）

　毎隔一段時間，毎隔一段距離。

△遠くからかみなりの音が<u>間をおいて</u>聞こえてくる/每隔一段時間，從遥遠處傳來一陣雷聲。

△二間ずつ<u>間を置いて</u>木が植えてある/每隔六尺種植一棵樹。

△六フィートの<u>間を置いて</u>兵士が立っている/每隔六英尺有一名士兵站着。

み

身が入る（みがはいる）

起勁，感興趣，（交談）投機。

△話に身が入って夜ふかしをした／話談得投機，直談到深更半夜。

△いやな仕事なので、どうも身がはいらない／自己不喜歡的工作，所以做得不起勁。

△本を読み出したが、本には身がはいらない／開始閱讀書籍了，可是心不在焉。

右に出る（みぎにでる）

勝過，比……強。

△英語の会話ということになっては、クラスの中に彼の右に出るものはなかろう／在英語會話這一點上，我們班裡沒人能勝過他。

△試合経験において、わが学校では、彼の右に出る人物はない／在我們學校，他最有比賽經驗，沒有人能趕上他。

△わが国のバリトン歌手で、彼の右に出るものはない／我國的男中音歌手沒有人能勝過他。

水を打ったように（みずをうったように）

鴉雀無聲，一片寂靜。

△満場は水を打ったように静寂になった／全場鴉雀無聲，一片寂靜。

△満堂は水を打ったようだ／滿屋子人鴉雀無聲。

△講演が始まって、そこでもここでも聽衆が水を打ったようにシン

としている／演講開始後，四處的聽衆都静悄悄的，鴉雀無聲。

見通しがたたない（みとおしが立たない）

很難預料，無法估計，没有希望。

△どうもまだはっきりと見通しがつかない／情况如何還很難逆料。

△菓して何らかの協定に達し得るかどうか今のところ見通しが立た

ない／究竟能否達成某種協定，目前無法估計。

△戦争が未だに終結の見通しがつかない／戰爭至今尚無結束的希望。

身に余る（みにあまる）

過分，承擔不起，受之有愧，無上的，過高的。

△これは身にあまる光栄です／這是無上的光榮。

△それは身にあまる名誉です／那是過高的榮譽。

△そのお賞めは身にあまります／這樣的表揚受之有愧。

身に覚えのない（みにおぼえのない）

記得没有做過壞事，問心無愧，没做過虧心事。

△身に覚えのない疑いをかけられる／蒙受不白之冤。

△身に覚えのないことは白状できません／没做過壞事，無從坦白。

△彼は何か身に覚えでもあるらしい／他好像做過什麼虧心事。

身に叶う（みにかなう）

能夠做，做得到，力所能及。

△身にかなわぬことを企てるな／不要做自己力所不及的事。

△残念ながらぼくの身にはかないません／抱歉得很，這是我無能為

力的。

△身にかなうことなら何でもいたします／凡是能做得的，不管什麼

事，我都願做。

身に泌みる（みにしみる）

刺骨；令人感激，銘刻於心，動人心弦。

△今朝の寒さは身にしみる／今晨的寒氣徹骨。

△お言葉は身にしみて忘れません／您的話我將刻骨銘心，永志不忘。

△身にしみてありがたい／萬分感謝（感激涕零）。

身につく（みに付く）

學到手，學會，掌握。

△彼の芸はまだ身についていない／他的技藝還沒學到家。

△努力をしないと知識は身につかない／不努力是學不到知識的。

△まだよく身につかない技術／半瓶醋的技術。

身につける（みに付ける）

學會，掌握。

△夏休みの間に、彼は入れ歯製作の技術を身につけた／暑假期間，

他學會了製作假牙的技術。

△彼は何か職を身につけておかなければいけないと思った／他認爲
　不學點手藝是不行的。

△彼は読み書きや知識を身につけなければいけないことがだんだん
　分かってきた／他逐漸懂得不學會讀書，寫字和掌握知識是不行的。

身になる（みになる）

　設身處地……，站在……的立場上；於身體有益處。

△私の身になって見たまえ／請你站在我的立場上來看看。

△切られる身になれば、切らないで病気をなおしたいと思うもので
　す／如果設身處地爲即將開刀的病人着想的話，當然希望不開刀能
　把病治好。

△野菜ばかりでなく、もっと身になるものを食べなさい／不光蔬菜
　，還要多吃一些更有益於身體的東西。

耳が痛い（みみがいたい）

　刺耳，逆耳，不順耳，聽起來不舒服。

△そう言われると耳が痛い／被人那樣議論，聽起來不舒服。

△耳の痛いことを聞かしてやった／講了一些忠言逆耳的話。

△彼の言うことはいささか耳がいたい／他講的話，聽起來有些不順
　耳。

耳が遠い（みみがとおい）

　耳聾。

△年をとると耳が遠くなる／年老後，耳朵就愈來愈聾。

△彼は一方の耳が遠く、もう一方は全然聞えない／他一只耳朵背，另外一只完全聽不見。

△私の右耳は子どものころから遠いんです／從小時候起，我的右耳就聾。

耳に入れる（みみにいれる）

告訴，告知，講給……聽；採納，接受。

△君の耳に入れておきたいことがある／有些事情要講給你聽聽。

△このことは親父の耳に入れたくない／這件事不能讓父親知道。

△彼は人が何を言っても耳にも入れない／不管旁人講什麼，他根本不接受。

耳にする（みみにする）

聽到，聽説。

△彼のうわさをよく耳にする／經常聽到人們談論他。

△あのような情のこもった言葉を耳にして、涙が込み上げて来る／聽到那樣深情厚意的話，我熱淚盈眶。

△いや、そのことについては少しも耳にしません／不，有關此事，我根本沒聽説過。

耳に胼胝ができる（みみにたこができる）

聽膩，聽厭，聽夠，聽煩了。

△もう沢山、耳にたこができそうだ／已經夠了，人家都聽煩了。

△私はおじいさんから耳にたこができるほどその昔話を聞かされた

　／爺爺老是給我講那個古代故事，我都聽膩了。

△いつでも同じことを言うのは耳にたこができて気の薬にはならな

　い／總是說同樣的話，叫人聽厭了，一點意思也沒有。

耳に付く（みみにつく）

　縈繞耳際；聽膩，聽夠。

△彼の声が耳についている／他的聲音縈繞耳際。

△雨だれの音が耳について眠れなかった／耳邊迴盪着雨滴聲，不能

　入眠。

△もう彼の唄がいやに耳につきはじめた／他的歌聲已開始聽膩了。

耳に留める（みみにとめる）

　留心聽；留心記住，記在心裡，留在耳邊。

△そのことばを耳にとめていた／留心記住了這些話。

△彼は思わず立ちどまって、それらの人の話に耳をとめた／他不由

　得停住脚步，留心聽那些人講話。

△しかられても耳にとまらない／他即使受到批評，也當做耳邊風。

△わかれの時の言葉は耳にとまっている／分別時的一言一語仍縈繞

　在耳邊。

耳に残る（みみにのこる）

縈繞耳邊，留在耳邊，回盪耳邊。

△彼の声はまだ耳にのこっている／他的聲音仍然縈繞耳邊。

△かの女の笑い声がまだ耳に残っている／她的笑聲仍飄盪在耳邊。

△広島の人たちの耳には原子爆弾が落ちたときの音がまだ残ってい

　る／原子彈落下時的聲音仍然回盪在廣島人們的耳邊。

耳に入る（みみにはいる）

　聽到，聽進，傳入耳中，聽見。

△きいても耳にはいらない／縱然聽也聽不進。

△階段で靴音のするのが彼の耳に入った／樓梯上響起的脚步聲傳入

　他的耳中。

△これが妙に気になって音楽が耳に入らぬことがある／有時候十分

　擔心這件事，所以音樂也聽不進。

耳を貸す（みみをかす）

　聽別人説話。

△ないしょで話したいことがありますから、耳を貸してくたさい／

　我想同你講幾句悄悄話，請你聽着。

△その抗議には誰も耳をかさなかった／没人理睬這種抗議。

△そんなつまらぬ話に耳をかすものじゃない／不要聽那種無聊的話。

耳を傾ける（みみをかたむける）

　傾聽，側耳傾聽，洗耳恭聽，專心聽。

△彼はぼくの言うことに耳をかたむけてくださった／他側耳細聽我

的話。

△夜空を行くがんの声に耳をかたむける／側耳靜聽掠過夜空的雁鳴。

△われわれは大衆の意見に耳を傾けるべきである／我們應該聽取群

衆的意見。

耳を澄ます（みみをすます）

　洗耳恭聽，注意傾聽，出神地聽。

△子供たちは耳を澄まして、先生の話を聞いています／孩子們都在

注意聽老師的講話。

△会場の人人は耳をすまして音楽を聞いていました／會場裏的聽衆

都出神地在聽音樂。

△げんかんで音がしたような気がしたので、耳をすましたが、もう

何も聞こえなかった／好像前門有聲響，注意一聽，却又什麼都沒

聽見。

耳をそばたてる（みみをそばだてる）

　傾聽，豎起耳朶聽，側耳細聽，注意細聽。

△かの女は耳をそばだててきいた／她在注意細聽。

△友人は自分の名前が話に出ると耳をそばだてた／在談話中一提到

朋友自己的名字，他就側耳細聽起來。

△一同のものはかの女の言葉に耳をそばだてていた／大家都在注意

聽她的講話。

耳をつんざく（みみをつんざく）

　震聾耳朵，震耳欲聾，刺破耳鼓膜。

△耳をつんざくような爆発がおこった／發生了震耳欲聾的爆炸。

△耳をつんざくような悲鳴がきこえた／傳來了刺耳的驚叫聲。

△彼らは耳をつんざくばかりの雷鳴の中で働いた／他們在震耳欲聾

　的雷鳴聲中工作。

△いきなり耳をつんざくばかりに呼子を鳴らした／猛然間響起了刺

　耳的哨子聲。

耳も魂も打ち込む（みもたましいもうちこむ）

　專心致志，熱中，全力以赴，費盡心血。

△学問に身も魂も打ち込んでいる／埋頭研究學問。

△あの人は身も心も音楽に打ち込んでいる／他把整個身心都傾注於

　音樂之中。

△彼は子供の教育に身も魂も打ち込んでいる／他費盡心血教育孩子。

△一つの仕事に身も心も打ち込むことのできる人は幸福だ／能夠專

　心致志於一件工作的人是幸福的。

身も世もない（みもよもない）

　不顧一切，痛不欲生，如痴如呆，悲痛萬分。

△身も世もあらぬ思いであった／內心萬分悲痛。

△身も世もないほど思いつめる／思慮得如痴如呆。

△破談があまりに思い設けぬことだけに、身も世もないような思い

がした／正因爲没料到會解除婚約，所以内心感到萬分痛苦。

身を入れる（みをいれる）

熱心，專心，一心一意，嘔心瀝血。

△君はもっと仕事に身を入れなくてはいけない／你要更專心工作。

△彼は今度の計畫にたいそう身を入れている／他嘔心瀝血在製作這

次計畫。

△彼はもう仕事に身を入れず、そういう追憶に自分を任せ切ってい

た／他已不能專心工作，任憑自己沉浸在這樣的回憶中。

△高校三年生のときに勉強に身を入れないと、大学には入れません

よ／到了高中三年級，如不專心學習，就考不上大學喔。

身を固める（みをかためる）

穿好，穿戴整齊；結婚，成家立業。

△作業服に身をかためた主婦が楽しく働いている姿がみられる／能

夠看到家庭婦女身穿工作服愉快工作的情景。

△彼は中学校の制服に身をかため、初登校しました／他穿好中學生

制服，第一次上學校去。

△早く一太郎の嫁さんになって、身をかためてしまおう／趕快和一

太郎結婚成家立業吧！

△村田さんは二十八だから、そろそろ身を固めるほうがいいです／

村田已二十八歲，該成家立業的時候了。

身を切られる（みをきられる）

刺骨，徹骨，切膚之痛，難過得要命。

△身を切るような北風（きたかぜ）／刺骨的北風。

△デッキに出ると身を切る寒風（さむかぜ）でじっとしていられない／走上甲板，寒風刺骨，一刻也呆不下去。

△そう言（い）われるのは身を切られるようだった／被人這樣一説，感到有如切膚之痛。

身を立てる（みをたてる）

維持生活，站住脚；功成名就，事業成功。

△おかげでこの身が立ちます／蒙您照顧，我才站得住脚。

△身がたたぬようにしてやる／弄得你站不住脚（無法生活）。

△学問（がくもん）で身を立てることはなかなかむずかしい／在學問上要有所成就，實非易事。

む

虫の居処が悪い（むしのいどころがわるい）

心情不順，心情不好，不高興。

△彼は<u>虫の居処がわるい</u>と決して相談にのってくれない／他不順心

時，決不肯與人商談的。

△あの人は<u>虫の居所が悪い</u>ときは、話しても無駄だ／他情緒不好時

，講也沒用。

△きょうは王先生は<u>虫の居処が悪い</u>のか、何を聞いてもプンプンし

ている／今天王老師可能心緒不佳，不管問他什麼，他都怒氣沖冲

的。

無駄足をふむ（むだあしを踏む）

徒勞往返，白跑，白去。

△<u>無駄足をふむ</u>覚悟で行ってみるのもよかろう／情願白跑的話，去

一趟看看也好。

△彼の家の近くまでやってきたが、<u>むだ足を踏む</u>のではないかと心

配になった／走到他家附近時，有些擔心，是否會白跑一趟。

△玄関払いを食わせるのはたびたび<u>むだあしを踏んでいる</u>彼に気の

毒である／給他吃閉門羹，使他多次徒勞往返，實在可憐。

胸を痛む（むねがいたむ）

痛心，心裡難過，傷心；煩惱，操心。

△それを見て、かの女は胸が痛んだ／見此情景，她覺得心裡難過。

△かの女は息子のことで胸を痛めている／她爲孩子操心。

△彼は失敗して胸を痛めている／他因失敗而感到痛心。

胸が一杯になる（むねがいっぱいになる）

心裡難過，心酸，心裡充滿喜悅；內心激動。

△胸が一杯になって言葉も出なかった／內心激動得一句話都講不出

來了。

△怒りで胸が一杯になる／滿腔怒火。

△嬉しくて胸が一杯になった／內心充滿了喜悅的心情。

胸が躍る（むねがおどる）

心裡歡喜，高興，喜悅，心情激動，心潮起伏。

△愉快なニュースに胸をおどらせた／接到好消息，心裡高興。

△合格のしらせに胸がおどる／接到考試及格的通知，心情激動。

△どんなに彼が胸を躍らしていたか考えてみたまえ／請你想想他心

裡該有多高興。

胸がすく（むねがすく）

心情舒暢，心裡痛快，心曠神怡。

△話しぶりはまったく胸がすく／他的話，聽了令人心胸舒暢。

△そこの光景は胸のすくような眺めである／那兒的景緻令人心曠神

怡。

△いつでも先生の家へ行くと、彼はむねがすいた／來到老師家裡，

他總是覺得心裡爽快。

胸がすっとする（むねがすっとする）

心裡痛快，沁人心脾，心曠神怡。

△言うだけ言ったら、胸がすうっとした／想説的都説了，心裡就覺

得痛快了。

△このしらせを聞いて、胸がすっとした／聽到這個消息後，心裡敞

亮了。

△おお、好い匂いだ、胸がすっとします／唉呀！味道眞香，沁人心

脾。

胸が詰まる（むねがつまる）

百感交集，感慨萬分；心裡難過，心裡不舒暢。

△胸がつまって、それ以上何も言えなかった／話説到這裡，一時百

感交集，再也説不下去了。

△たちまち胸がつまって、たまらなそうに他方をむいた／一時百感

交集，好像抑制不住自己似地，把頭扭向一旁。

△前方に故郷の燈が見えてきた時、彼は急に胸がつまって来るのを

感じた／當看見前方故郷的萬家燈火時，他一時感慨萬分，不能自

己。

胸がどきどきする（むねがどきどきする）

心裡撲通撲通地跳，忐忑不安。

△それをきいて胸がどきどきした／聽到那個消息之後，心裡撲通撲通直跳。

△胸をどきどきさせながらかばんの荷造りをした／整理着皮箱，心裡高興得直跳。

△喜びのためか、胸がどきどきしている／可能因為高興的緣故，心裡撲通撲通直跳。

胸が張り裂ける（むねがはりさける）

悲痛達到極點，痛不欲生，心碎，死去活來。

△胸も張りさけるほどの悲しみ／悲痛得心都碎了。

△それを思うと胸が張りさけそうだ／每想到這件事，就痛不欲生。

△彼らを失ったら胸の張りさけるような思いがするだろう／如果失去了他們，恐怕會痛不欲生的。

胸が晴れる（むねがはれる）

心情開朗，消愁解悶，消遣，豁然開朗。

△それで胸が晴れた／這樣，我的心情才開朗了。

△トランプをして胸を晴らす／玩玩撲克，消閒解悶。

△話をして君を楽しませて胸を晴らしてやろうと思った／為了讓你高興高興，使你心情開朗，我想和你聊聊。

胸が悪い（むねがわるい）

噁心，使人厭惡，心裡不痛快，心裡不舒服。

△胸のわるいお世辞／使人討厭的奉承話。

△見ていて胸が悪くなった／看着就叫人噁心。

△あの人は少し胸が悪い／那個人有些令人討厭。

胸に浮かぶ（むねにうかぶ）

浮現腦海，湧上心頭，想起，回想。

△種種の考えが胸にうかぶ／各種各樣的想法湧上心頭。

△事実がそろそろ胸にうかんだ／事實一件件浮現在腦海裡。

△それは胸に浮かばなかった／想不起那件事。

胸にたたむ（むねにたたむ）

藏在心裡，埋在心中，隱藏心中。

△あのことは胸にたたんでしまっておく／把那件事藏在心裡。

△万事胸にたたんでおく／一切事情都埋藏在心中。

△しょうらいのゆめを胸にたたんで、だれにも言いません／把將來

的理想埋在心中，不告訴任何人。

胸を打つ（むねをうつ）

感動，打動心弦，深受感動。

△私の胸を打ったのは、この美しい町を建設した人人の意気込みだっ

た／使我感動的是，人們那個建設這個美麗城鎮的幹勁。

△日本の農民の勤勉なことに胸を打たれる／日本農民的勤奮精神感

動了我。

△胸を打つ美談／動人心弦的佳話。

胸を突く（むねをつく）

吃驚，嚇一跳；打動心靈，觸動心弦，深受感動。

△ぐっと胸をついてくる愛情があった／這是感人至深的愛情。

△胸をついたことをだれに話したらいいのか／這種動人心弦的事情

向誰講好呢？

△種種な感情は一時に胸をついて込み上げて来る／錯綜複雑的感情

一下子湧上心頭。

胸を撫で下ろす（むねをなでおろす）

鬆一口氣，放心，放下心來。

△試験に受かったので、やれやれと胸をなでおろした／考試通過了

，可算是放了心。

△彼の意外にものやわらかな風貌に、ほっと胸をなでおろした／出

乎意外，他的舉止温文爾雅，我這才放下了心。

△かの女が思ったほど動転していないのをみて、胸をなでおろした

／看到她並沒有像想像中那樣驚慌失措，我才算放了心。

胸を膨らます（むねをふくらます）

充満希望，憧憬；心潮澎湃；鼓起胸膛。

△息を吸い込んで胸をふくらます／深呼吸，鼓起胸脯。

△かの女は期待に胸をふくらましていた／她的心裡充滿了對未來的

憧憬。

△彼は胸のふくらむ思いであった／他覺得心潮澎湃。

無理もない（むりもない）

合理的，情有可原，理所當然，可以理解。

△彼が来なかったのは無理もない／當然他是不會來的。

△君がそういうのも無理はない／你這樣講也是理所當然的。

△それでもわれわれは彼らの心配は無理もないことだと思います／

然而我們認為，他們的擔心也是可以理解的。

無理をする（むりをする）

過分，過度，疲勞過度；不量力。

△山田さんは無理をしすぎて、ついに倒れた／山田先生勞累過度，

終於病倒了。

△「新型自動車を買ったってね。」「うん、無理をしたよ。」／“

聽說你買了輛新型汽車。”“是的，咬緊牙關買的。”

△彼はどんな無理をしても目的を達する／為了達到目的，他什麼樣

的苦都願吃。

め

目がくらむ（めが眩む）

頭暈眼花，頭腦發昏；光彩奪目，傾心。

△欲に目がくらむ／利令智昏。

△彼は金に目がくらむような人でない／他不是見財起意的人。

△目がくらむような美しさ／光彩奪目的美麗。

目が覚める（めがさめる）

醒，睡醒；覺醒，醒悟；鮮明，醒目。

△熟睡していたが、銃声で目がさめた／我睡得很熟，却被槍聲驚醒了。

△それだけだまされていても、まだ目が醒めないのか／如此受人欺騙，却還沒醒悟過來。

△目がさめるような色だ／鮮明的顏色。

目頭が熱くなる（めがしらがあつくなる）

眼圈發酸，眼淚汪汪，熱淚盈眶，感動得要落淚。

△彼の身の上話をきいていたら、目頭が熱くなった／聽着他講自己的身世經歷，我幾乎要掉下眼淚來了。

△私は急に目頭が熱くなるのをおさえながらいった／突然眼圈發酸，我強忍着説。

△ハンカチをふっている老母の姿をみたときは目頭があつくなりま

した／當我看到老母親揮動手帕的情景時，不禁熱涙盈眶。

目が高い（めがたかい）

　有眼力，見識高，眼力不錯，鑑賞能力強。

△山田さんは目が高いから、いいものをえらびました／山田先生的

眼力不壞，挑選了一件挺好的東西。

△劇に対する彼らの目は高くない／他們對戲劇的鑑賞能力並不高。

△彼は絵について目が高い／他對繪畫的鑑賞能力很高。

目が届く（めがとどく）

　注意週到，照顧週到，照看週全；目之所及。

△そこまでは目がとどかない／照顧不到那麼多。

△こまかいところに目がとどく人／照顧得無微不至的人。

△目のとどくかぎり一面の火の海だ／目之所至，一片火海。

目が飛び出る（めがとびでる）

　價錢嚇死人，要命；嚴厲，萬分。

△目がとび出るほど取られた／貴得嚇死人，要了我好多錢。

△目の玉が飛び出るほどおどろく／萬分驚訝。

△目がとび出るような勘定書を出された／交給我一張付款清單，數

目大得嚇死人。

目がない（めがない）

非常喜歡，看見……命都不要，愛……如命。

△彼はあまいものには<u>目がない</u>／他十分喜歡吃甜食。

△彼はバスケットボールに<u>目がない</u>／他非常愛好打籃球。

△かの女は毛皮となると<u>目がない</u>／她愛毛皮如命。

目が回る（めがまわる）

（忙得）頭暈眼花，（忙得）不可開交，（忙得）一塌糊塗。

△私は最近<u>目がまわる</u>ほどいそがしい／我最近忙得不可開交。

△<u>目がまわる</u>ようないそがしさだ／忙得一塌糊塗。

△試験の準備で<u>目がまわる</u>ほどいそがしい／為了準備考試，忙得暈
頭轉向。

目に余る（めにあまる）

看不下去，不能容忍，不能默然視之，忍無可忍。

△弟のらんぼうはこのごろ<u>目にあまる</u>／最近弟弟胡鬧到令人不能容
忍的地步。

△彼の近ごろの行動はまったく<u>目にあまる</u>／近日來他的行動簡直叫
人不能容忍。

△<u>目にあまる</u>ふるまい／令人難以容忍的行為。

目に掛ける（めにかかる）

看見，看到；會見，會面，見面。

△はじめてお<u>目にかかります</u>／初次見面。

△貴君には前にお目にかかったことがあります／以前曾經與您見過

面。

△あの方にはよくお目にかかります／經常和那位見面。

目に掛かる（めにかける）

供觀賞，給人看，給人看見。

△何をお目にかけましょうか／您想要看點什麼呢？

△お目にかけるような品はありません／沒有您想要看的東西。

△どうもすみませんでした、とんだところをお目にかけて／這種丟

臉的事給您看見，眞對不起。

目にする（めにする）

看到，看見，目睹。

△力士の相撲などは、いまも日本において、目にすることができる

／現在在日本也能夠看到大力士的摔角。

△それは、いままで目にしたこともない怪物のように見えた／那個

看起來很像是妖怪，過去未曾見到過。

△峡谷で洪水をせきとめる大きなダムをいくつも目にした／在山谷

裡看到了好幾個攔截洪水的大壩。

目に立つ（めにたつ）

顯眼，顯著；引人注意，惹人注目。

△かの女の支度が目に立つ／她的打扮引人注目。

△彼の姿が目にたたない／他的様子不惹人注意。

△夜はさすがに目にたって涼しくなった／到了晚上果然顯著地變涼了。

目につく（めに付く）

顯眼，引人注意，引人注目；映入眼簾，看見。

△目につくところに、広告を出す／在顯眼的地方張貼廣告。

△きれいな着物を着て学校へかよってくるので、すぐ人の目につく／穿着漂亮的衣服上學，因此立即引起人們注意。

△その時の彼のめがねがいやに目についた／那時他戴的眼鏡，格外引人注意。

目に留まる（めにとまる）

看見，映入眼簾，看到；引起注目。

△アルバムを見ていたら、一枚のしゃしんが目にとまった／看照相簿時，一張照片引起了我的注意。

△ぼくは彼の目にとまらないようにしていた／我躲着他，不讓他看見我。

△美しい物で人の目にとまらないものが多い／有許多美麗的東西沒引起人們的注目。

目にふれる（めに触れる）

看一眼，看到，映入眼簾。

△ちょっと息子の姿が<u>目にふれれば</u>、気が落ち着くのである／能夠看一眼兒子，心裡就覺得踏實些。

△甲板に出て見ると、妙なものが<u>目にふれた</u>／來到甲板上一望，看到了一個奇怪的東西。

△日本に接近すると、第一に<u>目にふれる</u>ものは富士山だ／接近日本時，首先映入眼簾的就是富士山。

目に見えて（めにみえて）

眼看着，顯著地，明顯地。

△家の子供は<u>目に見えて</u>痩せ出した／我家的孩子眼看着瘦下去了。

△医者にかかってから、<u>目に見えて</u>よくなった／經醫生治療之後，病情顯著好轉了。

△日が<u>目にみえて</u>短くなった／很明顯，白天變短了。

目に見える（めにみえる）

看得到，看得見；歷歷在目，生龍活現，一清二楚。

△<u>目に見えない</u>くらいのとげでも、さされればいたい／即使是肉眼看不見的小刺，扎到肉裡也疼。

△その光景がいまなお<u>目に見える</u>ようだ／那種情景今天仍然歷歷在目。

△<u>目に見える</u>ように話す／他講得活里活現。

目にもとまらぬ（めにも留まらぬ）

風馳電掣般，飛快的，流星閃電般。

△急行列車が目にもとまらぬはやさではしりすぎて行った／特快列

車風馳電掣般疾馳而去。

△刀を拔くのもさやに納めるのも目にとまらぬほどはやい／拔刀出

鞘或插刀入鞘的動作都無比敏捷。

△この鳥の飛ぶのが早くて目にもとまらぬ／這種鳥飛翔之快，猶如

流星閃電一般。

目も当てられぬ（めもあてられぬ）

惨不忍睹，沒法看，不忍目睹。

△目も当てられぬ病だ／病情不忍目睹。

△目も当てられない惨状である／不忍目睹的凄惨景象。

△大水のあとは目も当てられないありさまでした／洪水之後的景象

，惨不忍睹。

目もくれない（めもくれない）

一眼都不看，不加理睬，不理會，不放在眼裡，不放在心上。

△私はそうした相手に目もくれなかった／像這種對手我根本不放在

眼裡。

△映画やテレビには目もくれないで、いっしょうけんめいに勉強し

た／電影啦電視啦等等，一眼都不看，只顧拚命用功。

△大勢の人が通りかかったが、だれ一人彼に目をくれるものはなかっ

た／大批人從他面前走過，却沒有一個人看他一眼。

目を掛ける（めをかける）

格外照顧，特殊照料；青睞，重視，賞識；注意看。

△二人とも次郎には目をかける様子がない／兩個人好像都沒有特別注意看次郎。

△目をかけておやりなさい／請予以格外照顧。

△部下のものによく目を掛ける／經常給予下屬以格外照顧。

△殿下はことのほか木村に目をかけられた／殿下十分賞識木村。

目を覚ます（めをさます）

叫醒，醒來，喚醒，醒過來。

△びっくりして目を覚ました／大吃一驚，醒了過來。

△ぼくは銃声で目を覚ました／槍聲驚醒了我。

△朝は起されずにひとりで目を覚ます／早晨沒人叫我，自己醒過來了。

目を皿のようにして（めをさらのようにして）

眼睛瞪得圓圓的，眼睛睜得大大的。

△車道をわたるとき、おじいさんは目をさらのようにして、おそるおそる渡った／老爺爺橫穿馬路時，把眼睛瞪得圓圓的，提心吊膽地走過去。

△目を皿のようにして驚いた／大吃一驚，眼睛睜得溜圓。

△目を皿のようにして眺める／睜大着眼睛遠望。

目をつける（めを付ける）

着眼，看中，選中；注意。

△警察は彼に目をつけている／警察注意到了他。

△前からこの家に目をつけていた／我早就看中了這棟房子。

△彼はこの宝物に目をつけているのではない／他並非看中了這個寶

貝。

目を瞑る（めをつぶる）

佯裝看不見，饒恕，高抬貴手。

△今度だけは目をつぶってゆるしてあげましょう／高抬貴手，饒他

這一次吧。

△ぼくは目をつぶって人のあらを見ない／我佯裝看不見旁人的缺點。

△目をつぶって知らないふうをする／閉著眼睛，佯裝不知道。

目を通す（めをとおす）

過目，瀏覽。

△私は毎朝、新聞に目をとおして出かけます／我每天早晨瀏覽一遍

報紙之後出門。

△ぼくはこれらの書類に目を通さねばならない／這些文件我必須過

目。

△いま一度目を通しておこう／再過目一遍。

目を留める（めをとめる）

看到，注視，視線落在……上，引起注目。

△歩きつづけていたとき、彼は何かを<u>目にとめて</u>、急に立ちどまった／他走着走着，好像看到了什麼，突然站住了。

△お<u>目をとめて</u>ごらんなさい／請您注意看看。

△その指輪に<u>目をとめた</u>／視線落在那只戒指上。

目を盗む（めをぬすむ）

瞞着別人的眼睛，不讓別人看見，偷偷地，在背地裡。

△彼は人の<u>目を盗んで</u>悪いことをする／他在背地裡做壞事。

△彼は親の<u>目を盗んで</u>遊びに行く／他瞞着父母去遊玩。

△<u>人目をぬすんで</u>いたずらする／背着人淘氣。

目を離す（めをはなす）

忽略，不去照看，不留神，疏忽。

△いたずらっ子で、ちっとも<u>目がはなせない</u>／這是個淘氣鬼，絲毫也不能放鬆看管。

△私は彼から<u>目をはなさない</u>ようにしています／我時刻都在看守着他。

△ちょっと<u>目をはなした</u>間に、にもつをぬすまれました／稍一疏忽，行李就被偷了。

目を引く（めをひく）

引人注目，惹人注意，注視。

△人の目を引くポスター／引人注意的廣告。

△台湾は世界の目を引いている／台灣正在引起全世界的矚目。

△できるだけ人の目を引くように、大きな広告を出しましょう／張貼出最大的廣告，以便盡量引起人們的注意。

目を丸くする（めをまるくする）

驚視，瞠目，瞪圓眼睛，吃驚不已。

△それをきいて彼は目をまるくした／聽到這個消息之後，他瞠目不知所措。

△彼らはびっくりして目をまるくしていた／他們都大吃一驚，瞪圓了眼睛。

△ふとそれを認めた人は目をまるくして見送った／偶然發現他的人都驚奇地目送他遠去。

目を剥く（めをむく）

圓睜雙目，瞪圓眼睛，睜大眼睛。

△そんなことを聞いてから、彼はいささか目をむいて怒った／聽到這件事情之後，有些生氣了。

△彼は団栗のような目をむいて、私に問いかけてきた／他把眼睛瞪得像顆核桃似地質問起我來。

△彼は目をむいてこちらを見ている／他睜大眼睛看着我。

目を向ける（めをむける）

— 319 —

目光轉向，注意，看，轉移視線。

△目をこちらへ向けなさい／請向這邊看。

△その後，日本の工業に目を向けられるようになったのだ／從此以

後，才能把目光轉向了日本的工業。

△二階で音がしたので、天井に目を向けた／二樓有了聲響，視線隨

之轉向樓板。

目をやる（めをやる）

注視，看，一瞥，瞥見。

△彼はゆっくり立ち上がり、窓の外に目をやった／他慢慢地站起來

，目光轉向窗外。

△彼は病気で苦しんでいる子供に目をやりながら、心の中で考えて

いた／他一面注視病痛着的孩子，一面在心裡盤算着。

△腕どけいに目をやって足をはやめた／瞥了一眼手錶，加快了步伐。

面倒を見る（めんどうをみる）

照料，照顧，關心。

△十三才になる姉が父にかわって私達の面倒を見てくれた／十三歳

的姐姐代替父親照顧我們。

△小さい弟の面倒を見る／照料小弟弟。

△彼の面倒を見るのはかの女のなすべきことだった／照料他是她應

盡的責任。

も

ものともせぬ（物ともせぬ）

毫不在意，毫不介意，不在乎，不怕，冒着。

△あらしをものともせずにやってきた／冒着暴風雨，趕來了。

△学校まで十キロ徒歩で行くことをものともしない／歩行到學校去

，走十公里路根本不在乎。

△かの女は困難をものともしない／她不把困難放在眼裡。

ものにする（物にする）

搞成功，學會，作好，使成材。

△三年も勉強して、日本語をものにした／苦讀三年，學會了日語。

△今度の研究は何とかして物にしたい／這次研究要設法搞成功。

△実に困難な作業なのだ。しかし必ずものにしてみせる／工作確實

是困難的，但一定要做好給你看。

△息子をものにしようと非常に努力した／爲了使孩子成材，他非常

努力。

ものをいう（物を言う）

發揮作用，依靠，發揮……特點，起作用。

△その点で、鍛練がものを言ったのだ／在這一點上，訓練起了作用。

△そうなると言葉より力がものを言った／情況是那樣的話，力量比

語言更起了作用。

△卒業証書は、たとえ爪の垢ほどでも、ものをいうからだ／即使一

丁點也好，畢業證書總會起作用的。

文句を言う（もんくをいう）

發牢騷，提意見，挑剔。

△となりのへやのラジオがうるさいので、文句を言いに行った／鄰

居的收音機太吵鬧了，我去説了幾句。

△こんなことをされては文句を言わずにはいられない／對這樣的搞

法，不得不提意見。

△そのことについて彼がときどき文句を言うのはあたり前だ／他對

這件事常常發牢騷也是應該的。

約束を守る（やくそくをまもる）

遵守諾言，守約。

△あの人はいつも約束をよくまもる／無論何時他都很遵守諾言。

△あれは約束を固く守る人だ／他是一位堅守諾言的人。

△私は妻との約束を守らねばなりません／我必須遵守對太太的諾言。

約束を破る（やくそくをやぶる）

違背諾言，不遵守諾言，毀約，背棄諾言。

△彼は私と会う約束を破って とうとう来なかった／他不守約，終於
沒有來跟我見面。

△そんな約束はまもるよりやぶったほうがましだ／那種諾言與其遵
守，還不如廢棄的好。

△約束をやぶるようなことはしないから、安心して下さい／請放心
，不會違背諾言的。

役に立つ（やくにたつ）

有用處，有益處，派上用場，幫忙。

△この簡単な説明は役に立つにちがいない／這個簡要的説明一定有
用處。

△会員名簿に目を通して役に立つ人と立たない人を区別しましょう
／看一遍會員名單，把有用的人與沒用的人區分開來。

△その時になって語学がたいへん彼の役に立った／那時外文幫了他
很大的忙。

役割を果す（やくわりをはたす）

發揮……作用，起作用；完成任務。

△この文芸作品は、宣伝、教育的な役割をはたした／這部文藝作品
起了宣傳、教育作用。

△彼はその役割をみごとにはたした／他出色地完成了那個任務。

△めいめいの役割を立派にはたすのが何よりだ／每個人都能夠出色
地完成各自的任務，這太好了。

役を勤める（やくをつとめる）

擔任職務，擔任……角色，做……工作。

△彼は今度の会議で議長の役をつとめた／在這次會議上，他擔任了會議主席。

△わたしが今度の旅行の案内の役をつとめさせていただきます／請讓我擔任這次旅行的嚮導。

△学校のしばいで父親の役をつとめることになった／在學校演的戲劇裡，我扮演了父親的角色。

ゆ

行方がわからない（ゆくえがわからない）

去向不明，下落不明。

△あらしで船のゆくえがわかりません／由於風暴，輪船去向不明。

△その男の子はこの間から家を出たまま行くえがわからない／前些日子從家裡出走的男孩子，至今下落不明。

△捜してみたが、かの女の行くえはかいもく分からなかった／尋找過了，可是她的下落完全不明。

用が分かる（ようがわかる）

解決問題，辦理事情，辦事，管用。

△君で用が分かるか／你能解決問題嗎？

△私は代理ですから、<ruby>御用<rt>ごよう</rt></ruby>が分かります／我是代理人・所以説話管用。

△あの<ruby>西洋人<rt>せいようじん</rt></ruby>は<ruby>日本語<rt>にほんご</rt></ruby>で用が分かります／那位西洋人用日語能處理事情。

よ

用を足す（ようをたす）

辦事，辦完事，事情辦成，事情辦妥。

△<ruby>私<rt>わたし</rt></ruby>は<ruby>銀行<rt>ぎんこう</rt></ruby>に<ruby>行<rt>い</rt></ruby>ったり、そのほか<ruby>二<rt>に</rt></ruby>、<ruby>三<rt>さん</rt></ruby>の用を足してから<ruby>帰<rt>かえ</rt></ruby>った／我到銀行去了一趟，此外又辦了兩三件事之後才回來的。

△きょうは<ruby>店<rt>みせ</rt></ruby>がどこも<ruby>休<rt>やす</rt></ruby>みなので、<ruby>全然<rt>ぜんぜん</rt></ruby>用が足せない／今天所有的商店都休息，什麼事都辦不成。

△<ruby>君<rt>きみ</rt></ruby>は<ruby>英語<rt>えいご</rt></ruby>で用が足せるか／你的英文能頂用嗎？

よくできる（よく出来る）

能幹，有才幹，不錯，成績好。

△かれもよくできた<ruby>人<rt>ひと</rt></ruby>だが、<ruby>奥<rt>おく</rt></ruby>さんもよくできた人だ／他很能幹，他的太太也挺能幹。

△ほんとうによくできた人だと<ruby>思<rt>おも</rt></ruby>って、<ruby>私<rt>わたし</rt></ruby>は<ruby>前<rt>まえ</rt></ruby>からあの<ruby>人<rt>ひと</rt></ruby>を<ruby>尊敬<rt>そんけい</rt></ruby>していた／他很有才幹，我早就尊敬他。

△この<ruby>字引<rt>じびき</rt></ruby>はよくできている／這本字典挺不錯。

余地がない（よちがない）

没有……的餘地，不容……。

△とても彼女がことばをはさむ余地なぞはなかった／完全没有她插
嘴的餘地。

△彼の科学的な理論にはなお議論の余地があるかもしれぬ／對於他
的科學理論也許還有討論的餘地。

△とにかくそれは疑う余地がない／總之那是不容懷疑的。

余念がない（よねんがない）

專心，一心一意，埋頭。

△彼は毎日外国語の勉強に余念がない／他毎天專心致志地學習外語。

△その男はわれわれの足音が聞こえなかったほど仕事を余念なくやっ
ていた／那個男子埋頭工作，連我們的脚步聲都没聽見。

△ぼくは余念なく仕事に従事するつもりです／我打算埋頭工作。

夜を日についで（よをひに継いで）

夜以繼日，不分晝夜。

△労働者たちは夜を日についで、工事をいそいだ／工人們夜以繼日
地加快施工。

△みんなは夜を日に継いで雑誌の印刷をいそいだ／大家都夜以繼日
地趕印雜誌。

△工事は夜を日についで進められている／不分晝夜地施工。

ら

らちが明かない（埒があかない）

没頭緒，没歸結，解決不了，没完没了。

△人が来る度毎に、一一出て応待していては、なかなか<u>らちが明かないで</u>困る／每逢有人來訪，都要出面接待，那可是没完没了，吃不消的。

△安全な職場にするよう、彼らは東京の本社と交渉したが、<u>らちが明かなかった</u>／他們向東京總公司進行交涉，要求加強工作場所的安全，可是毫無結果。

△君みたいな男と話してはいつまでたっても<u>らちがあかない</u>／跟你這種人不管説多少話，也没有結果。

り

理屈が通る（りくつがとおる）

道理説得通，道理能成立，理由能成立，道理行得通。

△そんな馬鹿ばかしい<u>理屈が通る</u>ものか／那種狗屁道理哪能成立呢？

△<u>理屈が通らなければ</u>、威圧するよりほかはない／道理説不通的話，只好壓服。

△あなたの話は<u>理屈は通っていた</u>が、じっさいにそのとおりに仕事

ができると思いますか／你講的道理是對的，但實際工作却完全是

另外一碼事。

理屈に合う（りくつにあう）

　合理，合乎道理，有道理，講道理。

△彼の言うことは理屈に合っている／他説的話有道理。

△理屈に合っているかも知れぬが、ほとんど事実ではない／説的可

　能有道理，但基本上不符合事實。

△あの人は理屈に合わないことばかりいうので、こまります／那個

　人淨講些沒道理的事，眞不好辦。

理屈をつける（りくつを付ける）

　找理由，尋找藉口，捏造理由，製造道理，編造道理。

△彼はかれこれと理屈をつけて行くまいとした／他找各種藉口拒絕

　前往。

△彼は何とか理屈をつけては学校を休もうとする／他總想找什麼藉

　口不上學。

△彼は自分勝手の理屈をつけて、そう信じ込んでしまった／他自己

　胡亂編造些道理，而且還深信不疑。

溜飲が下がる（りゅういんがさがる）

　出了氣，鬱悶得到發泄，心情舒暢。

△その歌を聞いて、溜飲が下がった／聽了那首歌曲，心情舒暢了。

△おお、これで日頃の<ruby>溜飲<rt>ひごろ</rt></ruby>が下がったと<ruby>彼<rt>かれ</rt></ruby>は<ruby>言<rt>い</rt></ruby>った／他説："哈哈

，這下子算是出了長期鬱結在心裡的悶氣了。"

△まあ<ruby>復<rt>ふく</rt></ruby>しゅうしたので、溜飲が下がった／總算報了仇，出了這口

氣。

れ

例にとる（れいに取る）

以……爲例。

△スポーツを例にとってお<ruby>話<rt>はな</rt></ruby>ししましょう／以體育運動爲例來談談。

△<ruby>経営者<rt>けいえいしゃ</rt></ruby>たちは、ほかの<ruby>造船所<rt>ぞうせんじょ</rt></ruby>を例にとって、<ruby>施設<rt>しせつ</rt></ruby>を<ruby>縮小<rt>しゅくしょう</rt></ruby>しなけれ

ばならんと<ruby>主張<rt>しゅちょう</rt></ruby>した／管理人員以其他造船廠爲例主張減少設備。

△その<ruby>島<rt>しま</rt></ruby>を例にとってみると、<ruby>一年<rt>いちねん</rt></ruby>の<ruby>大半<rt>たいはん</rt></ruby>は<ruby>結冰期<rt>けっぴょうき</rt></ruby>になる／以該島

爲例，一年中有大半是冰凍期。

例によって（れいによって）

照例，和往常一樣。

△<ruby>彼<rt>かれ</rt></ruby>はその<ruby>日<rt>ひ</rt></ruby>も<ruby>朝飯前<rt>あさめしまえ</rt></ruby>に例によって<ruby>散歩<rt>さんぽ</rt></ruby>に<ruby>出<rt>で</rt></ruby>た／那一天，也和往常

一樣，早飯前他出去散步了。

△<ruby>彼<rt>かれ</rt></ruby>はその<ruby>晩<rt>ばん</rt></ruby>も例によっておそく<ruby>帰宅<rt>きたく</rt></ruby>した／那天晚上他也和往常一

樣，很晚才回家。

△<ruby>彼<rt>かれ</rt></ruby>は例によって<ruby>朝早<rt>あさはや</rt></ruby>く<ruby>起<rt>お</rt></ruby>きた／和往常一樣，他一早就起床了。

わ

わき目も振らず（脇めもふらず）

聚精會神，目不旁視，心不二用。

△この古参の運転手はいつもわき目もふらず、真剣に自動車を運転
している／這位老司機總是專心致志地認眞駕駛汽車。

△学校の門を出て、大通りを左に曲がるまで、わきめもふらず駆け
た／走出校門，我順着大路，目不旁視地逕直跑到向左拐彎處。

△彼らはわき目もふらず銃をかまえた／他們聚精會神地擧槍瞄準。

わけがわからない（わけが分からない）

不懂意思；不合情理；不明原因。

△あの外人は早く話すので、何を言っているのかわけがわからない
／那位外國人講話很快，不知他講些什麼。

△よっぱらいが道のまんなかで、何かわけのわからないことをわめ
き立てている／醉漢在馬路中央嚷嚷些什麼，聽不懂。

△そんなわけのわからないことを言うものではない／不應該講那種
不合情理的話。

△君はもう少しわけのわかった男だと思っていた／我本以爲你是一
位十分通情達理的人。

割に合う（わりにあう）

合算，上算，盈餘，賺錢。

△叱られて割が合わない／被申斥一頓，不划算。

△割に合う仕事なら引受けよう／能賺錢的工作才能接受。

△それは非常に割に合わない商売です／那是一宗很賠錢的買賣。

△これで悪口をいわれたんじゃ割に合わない／為此被人在背地裡説
壊話，不合算。

悪口を言う（わるくちをいう）

説人壊話，誹謗人，罵人。

△悪口を言い合わないで、ほめ合うことにしましょう／不要互相誹
謗，要互相表揚。

△かの女は決して誰の悪口も言わない／她決不講任何人的壊話。

△悪口を言われると、すぐ言い返すからけんかになるんですよ／被
人罵了兩句，立即反唇相譏，這才吵了起來。

われに返る（我にかえる）

蘇醒，醒悟過來，明白過來，清醒過來。

△彼は死が眼前に迫らなければ、我に返らぬ／非到死期臨頭，他是
不會醒悟過來的。

△私は突然、頭から冷水をあびたような感じがしてわれに返った／
感到好像冷水澆頭，我猛然清醒過來了。

△あまりの美しさにうっとりしていたが、やがてわれに返った／不
久，從陶醉在異常美麗的境界中，清醒過來了。

割れるよう（われるよう）

暴風雨般的，劇烈的，雷鳴般的。

△披露したどのだしものにも、割れるような拍手がおくられた／對
所有演出節目都報以暴風雨般的掌聲。

△私は割れるような頭痛をこらえている／我忍耐着劇烈的頭痛。

△しんとしていた教室の中がたちまち割れるような大さわぎになっ
た／鴉雀無聲的教室裡立刻響起一片喧嘩。

われを忘れる（我をわすれる）

出神，不禁，不由得，不能自己，聚精會神，忘我地。

△みんなわれを忘れて嘆賞している／大家不禁都贊嘆不已。

△彼はわれを忘れて読書に耽っている／他聚精會神埋頭於讀書。

△溺れかかった子を助けるためにわれを忘れて水に飛び込んだ／爲
了搭救溺水的兒童，不顧自身的危險跳進水中。

輪をかける（わをかける）

更厲害，規模更大，誇大其詞。

△これは普通の堕落に輪をかけた堕落だ／這種堕落比之一般堕落更
爲嚴重。

△わたしの子供はわたしに輪をかけたなまけものだ／我的孩子比我
更懶。

△輪をかけて悪く言う／添油加醋講壞話。

索　　引

ア行

ああでもないこうでもない……　1
相槌を打つ………………………　1
愛想がいい………………………　1
愛想が尽きる……………………　2
愛想がない………………………　2
明いた口が塞がらない…………　3
間を縫って歩く…………………　3
相手にしない……………………　3
相手にはならない………………　4
相手に回す………………………　4
明るみに出る……………………　4
諦めが付く………………………　5
呆れてものも言えない…………　5
胡坐をかく………………………　6
挙足を取る………………………　6
顎が落ちる………………………　6
顎が干上がる……………………　7
顎で使う…………………………　7
顎をはずす………………………　7
足跡が残る………………………　8
足が奪われる……………………　8
足が地に着かない………………　8
足が付く…………………………　9
足が出る…………………………　9
足が遠くなる……………………　9
足が速い…………………………10

足が棒になる…………………10
足が向く………………………11
足並を揃える…………………11
足に任せる……………………11
足許から鳥が立つよう………12
足許にも寄りつけない………12
足許の明るいうちに…………12
足下を見る……………………13
足を洗う………………………13
味を占める……………………14
足を止める……………………14
足をのばす……………………14
足を運ぶ………………………15
足を早める……………………15
足をふみ入れる………………15
明日の日も知れない…………16
汗をかく………………………16
頭が上がらない………………17
頭が痛い………………………17
頭が重い………………………17
頭が下がる……………………18
頭が働く………………………18
頭に入れる……………………18
頭に植え付ける………………19
頭に浮かぶ……………………19
頭に来る………………………20
頭にはいる……………………20
頭を痛める……………………20

頭を抱える……………………21	後を引く……………………32
頭をかく……………………21	後を振り向く………………32
頭を下げる…………………21	穴が明くほど見る…………33
頭を使う……………………22	危ないところだった………33
頭を突っ込む………………22	脂が乗る……………………33
頭を悩ます…………………22	油を売る……………………34
仇を討つ……………………23	油を搾る……………………34
呆気に取られる……………23	甘く見る……………………34
あっという間………………23	泡を食う……………………35
あっと言わせる……………24	いい塩梅に…………………36
当てがない…………………24	いい顔はしない……………36
当てが外れる………………24	いい加減にしなさい………36
当てにする…………………25	良いところ…………………37
当てにならない……………25	いいところへ来る…………37
当てもなく…………………25	いい年をして………………37
後がこわい…………………26	言い訳が立つ………………38
跡形もない…………………26	言うことを利く……………38
後釜に据える………………26	言うことを聞く……………38
後から………………………27	言うに言われない…………39
後から後から………………27	怒りが解ける………………39
後先を考えない……………27	怒りを招く…………………39
後に据える…………………28	生き馬の目を抜く…………40
後にする……………………28	勢いがつく…………………40
後に付く……………………29	息が合う……………………41
後になる……………………29	息が切れる…………………41
後に残る……………………29	息が苦しい…………………41
後にも先にも………………29	息か絶える…………………42
後へ引く……………………30	息が詰まる…………………42
後を受ける…………………30	息が弾む……………………42
跡を追う……………………31	息も吐かず…………………43
跡を晦ます…………………31	息を殺す……………………43
跡を絶つ……………………31	息を吐く……………………43
跡を付ける…………………32	息を継ぐ……………………43

息を呑む……………………44
息を引き取る………………44
息を吹き返す………………44
いくらなんだって…………45
意地がわるい………………45
意地になる…………………46
意地を張る…………………46
威勢がいい…………………46
痛いところを突く…………46
痛い目に会う………………47
痛くも痒くもない…………47
板に付く……………………48
痛みが止まる………………48
一か八か……………………48
一から十まで………………49
一、二を争う………………49
一目を置く…………………49
一も二もなく………………50
一を聞いて十を知る………50
一途をたどる………………50
何時にない…………………50
居ても立ってもいられない……51
命が縮まる…………………51
命に係わる…………………52
命に賭ける…………………52
命を落とす…………………52
命を繋ぐ……………………53
命を取られる………………53
命を投げ出す………………53
意表に出る…………………53
嫌というほど………………54
いやになってしまう………54
色を失う……………………54

上を下へ……………………56
憂身を窶す…………………56
憂き目に会う………………56
動きが取れない……………57
嘘を吐く……………………57
現を抜かす…………………57
打って一丸となって………57
腕が上がる…………………58
腕がある……………………58
腕が鳴る……………………59
腕が鈍る……………………59
腕に覚えがある……………59
腕は確かだ…………………60
腕を組む……………………60
腕を振るう…………………60
旨い事を言う………………60
旨い事をする………………61
旨く行く……………………61
有無を言わせず……………61
裏目に出る…………………62
裏を掻く……………………62
売り言葉に買い言葉………63
噂が立つ……………………63
運が良い……………………63
運が向く……………………64
運が悪い……………………64
うんともすんとも…………64
依怙贔屓する………………65
得体の知れない……………65
襟を正す……………………65
縁が遠い……………………66
縁もゆかりもない…………66
遠慮も会釈もない…………66

縁を切る …………………………67
追い撃ちをかける ………………68
大きなお世話だ …………………68
大きな顔をする …………………68
大きなことを言う ………………69
大口を叩く ………………………69
大目に見る ………………………69
後れを取る ………………………70
お言葉に甘える …………………70
押しが利く ………………………71
押しが強い ………………………71
押しも押されもしない …………71
お世話になる ……………………72
お茶を濁す ………………………72
音に聞く …………………………72
音を立てる ………………………73
思いが叶う ………………………73
思いに耽る ………………………73
思いも掛けない …………………74
思いも寄らない …………………74
思いをする ………………………74
思いを馳せる ……………………75
思いを寄せる ……………………75
思う通りに行く …………………75
思うように行かない ……………75
親の臑を齧る ……………………76
お留守になる ……………………76
尾を引く …………………………76
音頭を取る ………………………77
恩に着せる ………………………77

カ行

顔が売れる ………………………78
顔が利く …………………………78
顔が揃う …………………………78
顔が立つ …………………………79
顔が潰れる ………………………79
顔が広い …………………………79
顔から火が出る …………………80
顔に浮かぶ ………………………80
顔に出る …………………………81
顔に泥を塗る ……………………81
顔を合わせる ……………………81
顔をしている ……………………82
顔を出す …………………………82
顔を立てる ………………………82
顔を見せる ………………………83
鍵を掛ける ………………………83
影が薄い …………………………83
陰口をきく ………………………84
影も形もない ……………………84
風向きが悪い ……………………84
風邪を引く ………………………84
肩が凝る …………………………85
固唾を呑む ………………………85
肩で風を切る ……………………85
肩の荷が下りる …………………86
肩身が広い ………………………86
肩を入れる ………………………86
肩を落とす ………………………87
肩を並べる ………………………87
肩を持つ …………………………88
合点が行く ………………………88
兜を脱ぐ …………………………88
痒いところに手が届く …………89
体が空く …………………………89

体が続かない……………89
体に合う………………90
体を壊す………………90
変わりはない…………90
我を折る………………91
我を張る………………91
考えがある……………91
考えが付く……………92
考えがまとまる………92
考えに入れる…………92
考えのない……………93
感じが好い……………93
感じがする……………93
感じが出る……………94
記憶に止まる…………95
気が合う………………95
気がある………………95
気が良い………………96
気が浮く………………96
気が大きい……………96
気が置けない…………97
気が落ち着く…………97
気が重い………………97
気が変わる……………98
気が利く………………98
気が気でない…………98
気が狂う………………99
気がしっかりする………99
気が知れない……………100
気が進む…………………100
気が済む…………………100
気がする…………………101
気が急く…………………101

気が立つ………………… 101
気が小さい……………… 102
気が散る………………… 102
気が付く………………… 102
気が詰まる……………… 103
気が強い………………… 103
気が遠くなる…………… 103
気が咎める……………… 104
気がない………………… 104
気が長い………………… 104
気が抜ける……………… 105
気が乗る………………… 105
気が早い………………… 105
気が張る………………… 106
気が晴れる……………… 106
気が引ける……………… 106
気が触れる……………… 107
気が短い………………… 107
気が向く………………… 107
気が揉める……………… 108
気が弱い………………… 108
気が楽になる…………… 108
気が若い………………… 109
機嫌が良い……………… 109
機嫌が悪い……………… 109
機嫌を取る……………… 110
切っ掛けにして………… 110
切っても切れない……… 110
木で鼻を括る…………… 110
気に合う………………… 111
気に入る………………… 111
気に掛かる……………… 111
気に掛ける……………… 112

気に食わない……………… 112
気に障る………………… 112
気にする………………… 113
気に留めない……………… 113
気になる………………… 113
気に病む………………… 114
気の所為………………… 114
気の持ち様………………… 114
気は確かだ………………… 115
気分がいい………………… 115
気分が落ち着く……………… 115
気分が出る………………… 116
気分が悪い………………… 116
気分になる………………… 116
決まりが悪い……………… 117
気持ちがいい……………… 117
気持ちが大きい……………… 117
気持ちが落ち着く…………… 118
気持ちが変わる……………… 118
気持ちがする……………… 119
気持ちがだれる……………… 119
気持ちが分かる……………… 119
気持ちが悪い……………… 119
気持ちになる……………… 120
気持ちを直す……………… 120
気持ちを悪くする…………… 120
肝に銘じる………………… 121
急所を突く………………… 121
切りがない………………… 122
気を入れる………………… 122
気を落ち着ける……………… 122
気を落す………………… 122
気を配る………………… 123

気を使う………………… 123
気を付ける………………… 124
気を取られる……………… 124
気を揉む………………… 124
気を悪くする……………… 125
具合が良い………………… 126
ぐうの音も出ない…………… 126
癖が付く………………… 126
癖になる………………… 127
癖を直す………………… 127
口がうまい………………… 128
口がうるさい……………… 128
口が重い………………… 128
口が堅い………………… 129
口が軽い………………… 129
口が利ける………………… 129
口が酸っぱくなる…………… 130
口が干上がる……………… 130
口が減らない……………… 130
口が悪い………………… 131
口と腹が違う……………… 131
口に合う………………… 131
口にする………………… 132
口に出す………………… 132
口に乗る………………… 132
口に任す………………… 133
口を利く………………… 133
口を切る………………… 133
口を極めて………………… 133
口を滑らす………………… 134
口を揃える………………… 134
口を出す………………… 134
口を衝いて出る……………… 135

口を噤む……………………… 135
口を割る……………………… 135
首が回らない………………… 136
首にする……………………… 136
首を傾げる…………………… 136
首を縦に振る………………… 137
首を長くする………………… 137
首を捻る……………………… 137
首を横に振る………………… 138
雲を掴む……………………… 138
暮らしを立てる……………… 138
怪我をする…………………… 140
決心が動く…………………… 140
決心がぐらつく……………… 140
決心が付く…………………… 141
元気が付く…………………… 141
元気が出る…………………… 141
元気がない…………………… 142
元気が良い…………………… 142
元気を落す…………………… 142
元気を回復する……………… 143
元気を付ける………………… 143
見当が付く…………………… 143
見当を付ける………………… 143
声を掛ける…………………… 145
声を揃える…………………… 145
声を立てる…………………… 145
声を呑む……………………… 146
心が暖まる…………………… 146
心が浮く……………………… 146
心が動く……………………… 147
心が大きい…………………… 147
心が落ち着く………………… 147

心が強い……………………… 148
心が解ける…………………… 148
心が弾む……………………… 148
心が分かる…………………… 149
心に浮かぶ…………………… 149
心に掛かる…………………… 149
心に叶う……………………… 150
心に留める…………………… 150
心に残る……………………… 150
心にもない…………………… 151
心行くまで…………………… 151
心を合わせる………………… 151
心を痛める…………………… 152
心を動かす…………………… 152
心を打ち込む………………… 152
心を打つ……………………… 153
心を奪われる………………… 153
心を鬼にする………………… 153
心を砕く……………………… 154
心を配る……………………… 154
心を汲む……………………… 155
心を込める…………………… 155
心を引く……………………… 155
心を許す……………………… 156
腰が抜ける…………………… 156
腰を折る……………………… 156
腰を下ろす…………………… 157
腰を据える…………………… 157
事が運ぶ……………………… 157
事ともしない………………… 158
事に因る……………………… 158
言葉が通じる………………… 158
言葉を掛ける………………… 159

言葉を濁す‥‥‥‥‥‥‥ 159
事を欠く‥‥‥‥‥‥‥‥ 159
この上もない‥‥‥‥‥‥ 160
御覧に入れる‥‥‥‥‥‥ 160

サ行

逆撫を食わす‥‥‥‥‥‥ 161
先を争う‥‥‥‥‥‥‥‥ 161
時間が掛かる‥‥‥‥‥‥ 162
仕事に追われる‥‥‥‥‥ 162
舌が回る‥‥‥‥‥‥‥‥ 162
舌鼓を打つ‥‥‥‥‥‥‥ 163
舌を巻く‥‥‥‥‥‥‥‥ 163
鎬を削る‥‥‥‥‥‥‥‥ 163
自腹を切る‥‥‥‥‥‥‥ 164
字引を引く‥‥‥‥‥‥‥ 164
始末を付ける‥‥‥‥‥‥ 164
終止符を打つ‥‥‥‥‥‥ 165
順を追って‥‥‥‥‥‥‥ 165
白を切る‥‥‥‥‥‥‥‥ 165
知らん顔をする‥‥‥‥‥ 166
尻を持ち込む‥‥‥‥‥‥ 166
信頼が置ける‥‥‥‥‥‥ 167
筋が通る‥‥‥‥‥‥‥‥ 168
符道が立つ‥‥‥‥‥‥‥ 168
雀の涙‥‥‥‥‥‥‥‥‥ 168
図に当たる‥‥‥‥‥‥‥ 169
図に乗る‥‥‥‥‥‥‥‥ 169
隅に置けない‥‥‥‥‥‥ 169
精が出る‥‥‥‥‥‥‥‥ 170
生気に溢れる‥‥‥‥‥‥ 170
背にする‥‥‥‥‥‥‥‥ 171
世話がない‥‥‥‥‥‥‥ 171

世話を掛ける‥‥‥‥‥‥ 171
世話をする‥‥‥‥‥‥‥ 171
世話を見る‥‥‥‥‥‥‥ 172
世話を焼く‥‥‥‥‥‥‥ 172
相談に乗る‥‥‥‥‥‥‥ 173
そっぽを向く‥‥‥‥‥‥ 173
その足で‥‥‥‥‥‥‥‥ 173
揃いも揃った‥‥‥‥‥‥ 174

タ行

太鼓判を押す‥‥‥‥‥‥ 175
大事を取る‥‥‥‥‥‥‥ 175
大抵ではない‥‥‥‥‥‥ 175
大抵にする‥‥‥‥‥‥‥ 175
台無しになる‥‥‥‥‥‥ 176
大なり小なり‥‥‥‥‥‥ 176
高いものにつく‥‥‥‥‥ 177
高く買う‥‥‥‥‥‥‥‥ 177
高く止まる‥‥‥‥‥‥‥ 177
高を括る‥‥‥‥‥‥‥‥ 178
只みたいだ‥‥‥‥‥‥‥ 178
楽しみに‥‥‥‥‥‥‥‥ 178
頼みの綱‥‥‥‥‥‥‥‥ 179
旅に立つ‥‥‥‥‥‥‥‥ 179
溜息が出る‥‥‥‥‥‥‥ 179
溜息を吐く‥‥‥‥‥‥‥ 180
試しがない‥‥‥‥‥‥‥ 180
為になる‥‥‥‥‥‥‥‥ 180
駄目になる‥‥‥‥‥‥‥ 181
だらしがない‥‥‥‥‥‥ 181
弛みが出る‥‥‥‥‥‥‥ 181
段となると‥‥‥‥‥‥‥ 182
小さくなる‥‥‥‥‥‥‥ 183

知恵を貸す…………… 183
知恵を借りる………… 183
知恵を付ける………… 184
力がある……………… 184
力瘤を入れる………… 184
力と頼む……………… 185
力に余る……………… 185
力にする……………… 185
力になる……………… 185
力に任す……………… 186
力はない……………… 186
力を合わせる………… 187
力を入れる…………… 187
力を落とす…………… 187
力を貸す……………… 188
力を借りる…………… 188
力を注ぐ……………… 188
力を頼む……………… 189
力を尽くす…………… 189
力を付ける…………… 189
血も涙もない………… 190
茶を入れる…………… 190
注意が行き届く……… 191
注意を払う…………… 191
注目を浴びる………… 192
注文通り……………… 192
注文をつける………… 192
調子がいい…………… 193
調子に乗る…………… 193
調子を合わせる……… 193
一寸の間……………… 194
血を引く……………… 194
使いものにならない… 195

都合がある…………… 195
都合がよい…………… 195
都合を付ける………… 196
辻棲が合わない……… 196
粒が揃う……………… 196
手が空く……………… 198
手が掛かる…………… 198
手が切れる…………… 198
手が込む……………… 199
手が付く……………… 199
手が付けられない…… 199
手が出ない…………… 200
手が届く……………… 200
手が塞がる…………… 200
手が回る……………… 201
手で騙す……………… 201
手に汗を握る………… 201
手に余る……………… 202
手に入る……………… 202
手に入れる…………… 202
手に負えない………… 202
手に掛ける…………… 203
手にする……………… 203
手に付かない………… 204
手に取るように……… 204
手に乗る……………… 205
手に入る……………… 205
手の下しようがない… 205
手の付けようがない… 206
手間が掛かる………… 206
手も足も出ない……… 206
手を明ける…………… 206
手を合わせる…………

手を入れる……………………… 207
手を打つ………………………… 207
手を替え品を替える………… 208
手を掛ける……………………… 208
手を貸す………………………… 208
手を切る………………………… 209
手を下す………………………… 209
手を加える……………………… 209
手を供く………………………… 210
手を出す………………………… 210
手を尽くす……………………… 210
手を付ける……………………… 210
手を取るようにして………… 211
手を抜く………………………… 211
手を伸ばす……………………… 212
手を引く………………………… 212
手を焼く………………………… 212
どうすることも出来ない…… 214
どうでも良い…………………… 214
どうなりこうなり…………… 214
堂に入る………………………… 215
度肝を抜く……………………… 215
どこを風が吹くか…………… 215
年とともに……………………… 216
途方に暮れる…………………… 216
共にする………………………… 216
取り返しのつかない………… 217
とんでもないことになる…… 217

ナ行

名がある………………………… 218
長い目で見る…………………… 218
仲がいい………………………… 218

仲がわるい……………………… 219
名が通る………………………… 219
仲間入りをする……………… 219
仲間に入れる…………………… 219
仲間に入る……………………… 220
仲を裂く………………………… 220
名残を惜しむ…………………… 221
情けを掛ける…………………… 221
情けを知らない……………… 221
謎に包まれる…………………… 222
謎を掛ける……………………… 222
成っていない…………………… 222
納得が行く……………………… 223
名において……………………… 223
何か彼にか……………………… 223
何がなんでも…………………… 224
何から何まで…………………… 224
名のつく………………………… 224
名は聞こえる…………………… 225
涙が零れる……………………… 225
涙を浮かべる…………………… 225
涙を流す………………………… 226
涙を呑む………………………… 226
波に乗る………………………… 226
名もない………………………… 227
ならでは………………………… 227
ならない………………………… 227
並ぶものはいない…………… 228
成り行きに任せる…………… 228
鳴りをひそめる……………… 228
名を上げる……………………… 229
名を指す………………………… 229
名を出す………………………… 229

名を付ける……………… 230
難癖を付ける……………… 230
何だかんだ……………… 230
何だけど……………… 231
何だとか彼んだとか……… 231
何でも彼でも……………… 231
何でもない……………… 232
何でもよいから……………… 232
何と言っても……………… 233
何とかかんとか……………… 233
何とかして……………… 233
何としても……………… 234
なんとも言えない……………… 234
何とも思わない……………… 235
何とも…ない……………… 235
なんともない……………… 235
何の気無しに……………… 235
匂いがする……………… 237
苦い顔をする……………… 237
荷が重い……………… 237
荷が勝つ……………… 238
肉を付ける……………… 238
二進も三進も行かない……… 238
似ても似つかない……………… 239
荷になる……………… 239
二の足を踏む……………… 239
二の舞を演じる……………… 240
荷を下ろす……………… 240
人気がある……………… 240
人気がよい……………… 241
人気が悪い……………… 241
人気を集める……………… 241
人気を落とす……………… 242

人気を取る……………… 242
人気を呼ぶ……………… 242
抜かりがない……………… 244
抜き足差し足……………… 244
抜き差しがならぬ……………… 244
抜きにする……………… 244
抜け目がない……………… 245
抜けるよう……………… 245
濡れ衣を着せる……………… 245
値うちがある……………… 247
願いがかなう……………… 247
願いを聞き入れる……………… 247
寝返りを打つ……………… 248
願ったり叶ったり……………… 248
願ってもない……………… 248
熱が冷める……………… 248
熱がはいる……………… 249
熱を入れる……………… 249
熱を出す……………… 249
熱を吹く……………… 250
根に持つ……………… 250
根掘り葉掘り……………… 250
根も葉もない……………… 251
音を上げる……………… 251
根を下ろす……………… 251
念が入る……………… 252
念頭に置く……………… 252
念には念を入れる……………… 252
念を入れる……………… 253
念を押す……………… 253
能がない……………… 254
能ではない……………… 254
能率が上がる……………… 254

能率を上げる……………… 255
望みがある……………… 255
望みがかなう……………… 255
望みが絶える……………… 256
望みを掛ける……………… 256
退っ引きならぬ……………… 256
喉から手が出るほど………… 257
のどまで出掛かる…………… 257

ハ行

歯が浮く……………… 258
歯が立たない……………… 258
馬鹿にならない……………… 259
拍車を掛ける……………… 259
恥を掻く……………… 259
肌が合う……………… 260
肌を脱ぐ……………… 260
鼻息が荒い……………… 260
鼻が高い……………… 261
話が合う……………… 261
話が前後する……………… 261
話が違う……………… 262
話が付く……………… 262
話が弾む……………… 262
話が纒まる……………… 263
話が分かる……………… 263
話で持ち切っている………… 263
話にもならない……………… 264
鼻であしらう……………… 264
鼻に掛ける……………… 264
鼻に付く……………… 265
鼻を打つ……………… 265
鼻を折る……………… 265

花を咲かせる……………… 266
鼻を高くする……………… 266
鼻を突く……………… 267
鼻をつままれても分からない 267
歯に合う……………… 267
歯に衣を着せない…………… 268
歯の根が合わない…………… 268
幅が利く……………… 268
腹が癒える……………… 269
腹が黒い……………… 269
腹が空く……………… 269
腹が立つ……………… 270
腹が出来る……………… 270
腹が張る……………… 270
腹が減る……………… 271
腹に合う……………… 271
腹の虫が承知しない………… 271
腸が煮え繰り返る…………… 272
腹を合わす……………… 272
腹を抱える……………… 272
腹を固める……………… 272
腹を決める……………… 273
腹を拵える……………… 273
腹を肥やす……………… 273
腹を壊す……………… 274
腹を探る……………… 274
腹を立てる……………… 274
腹を読む……………… 275
腹を割る……………… 275
歯を食いしばる……………… 275
火が付く……………… 277
引けを取る……………… 277
膝を打つ……………… 277

膝を交える……………………… 278
肘鉄砲を食らう………………… 278
額を集める……………………… 278
跛を引く………………………… 279
ひどい目に会う………………… 279
人がいい………………………… 280
一通りではない………………… 280
人前を憚らず…………………… 280
人目に立つ……………………… 281
人目を引く……………………… 281
一役買う………………………… 281
人を食う………………………… 282
微に入り細にわたる…………… 282
火の出るよう…………………… 282
日の目を見る…………………… 283
火のように……………………… 283
火花を散らす…………………… 284
罅が入る………………………… 284
暇を貰う………………………… 284
火を見るより明らか…………… 285
ぴんと来る……………………… 285
腑に落ちない…………………… 286
下手をすると…………………… 286
減らず口を叩く………………… 287
棒に振る………………………… 287
矛先を向ける…………………… 287
骨身に応える…………………… 288
骨身を削る……………………… 288
骨を折る………………………… 288
ぼろが出る……………………… 289

マ行

前にする………………………… 289

真に受ける……………………… 289
間を置く………………………… 290
身が入る………………………… 291
右に出る………………………… 291
水を打つように………………… 291
見通しが立たない……………… 292
身に余る………………………… 292
身に覚えのない………………… 292
身に叶う………………………… 292
身に沁みる……………………… 293
身に付く………………………… 293
身に付ける……………………… 293
身になる………………………… 294
耳が痛い………………………… 294
耳が遠い………………………… 294
耳に入れる……………………… 295
耳にする………………………… 295
耳に胼胝ができる……………… 295
耳に付く………………………… 296
耳に留める……………………… 296
耳に残る………………………… 296
耳に入る………………………… 297
耳を貸す………………………… 297
耳を傾ける……………………… 297
耳を澄ます……………………… 298
耳を欹てる……………………… 298
耳を擘く………………………… 299
身も魂も打ち込む……………… 299
身も世もない…………………… 299
身を入れる……………………… 300
身を固める……………………… 300
身を切られる…………………… 301
身を立てる……………………… 301

虫の居処が悪い……………… 302
無駄足を踏む………………… 302
胸が痛む……………………… 302
胸が一杯になる……………… 303
胸が躍る……………………… 303
胸がすく……………………… 303
胸がすっとする……………… 304
胸が詰まる…………………… 304
胸がどきどきする…………… 305
胸が張り裂ける……………… 305
胸が晴れる…………………… 305
胸が悪い……………………… 306
胸に浮かぶ…………………… 306
胸に畳む……………………… 306
胸を打つ……………………… 306
胸を突く……………………… 307
胸を撫で下ろす……………… 307
胸を膨らます………………… 307
無理もない…………………… 308
無理をする…………………… 308
目が眩む……………………… 309
目が覚める…………………… 309
目頭が熱くなる……………… 309
目が高い……………………… 310
目が届く……………………… 310
目が飛び出る………………… 310
目がない……………………… 310
目が回る……………………… 311
目に余る……………………… 311
目に掛かる…………………… 311
目に掛ける…………………… 312
目にする……………………… 312
目に立つ……………………… 312

目につく……………………… 313
目に留まる…………………… 313
目に触れる…………………… 313
目に見えて…………………… 314
目に見える…………………… 314
目にも留まらぬ……………… 314
目も当てられぬ……………… 315
目もくれない………………… 315
目を掛ける…………………… 316
目を覚ます…………………… 316
目を皿のようにして………… 316
目を付ける…………………… 317
目を瞑る……………………… 317
目を通す……………………… 317
目を留める…………………… 317
目を盗む……………………… 318
目を離す……………………… 318
目を引く……………………… 318
目を丸くする………………… 319
目を剥く……………………… 319
目を向ける…………………… 319
目をやる……………………… 320
面倒を見る…………………… 320
ものともせぬ………………… 321
ものにする…………………… 321
ものを言う…………………… 321
文句を言う…………………… 322

ヤ行

約束を守る…………………… 322
約束を破る…………………… 322
役に立つ……………………… 323
役割を果す…………………… 323

役を勤める…………………… 324
行方が分からない…………… 324
用が分かる…………………… 324
用を足す……………………… 325
よく出来る…………………… 325
余地がない…………………… 326
余念がない…………………… 326
夜を日についで……………… 326

ラ行

埒が明かない………………… 327
理屈が通る…………………… 327
理屈に合う…………………… 328
理屈を付ける………………… 328
溜飲が下がる………………… 328
例に取る……………………… 329
例によって…………………… 329

ワ行

脇目も振らず………………… 330
わけが分からない…………… 330
割に合う……………………… 330
悪口を言う…………………… 331
われに返る…………………… 331
割れるよう…………………… 332
われを忘れる………………… 332
輪をかける…………………… 332

◆本書作者簡介─陳山龍◆

中國文化大學東語系日文組畢業

日本東京教育大學碩士

東吳大學日本文化研究所文學博士

現任：南台科技大學應用日語系主任

曾任：私立輔仁大學東語系專任講師

　　　國立海洋大學專任講師

　　　私立東吳大學日文系主任

　　　私立淡江大學應用日語系專任副教授

著作：日本語教育における語彙的研究

　　　外國人のための基本語用例辭典

　　　日華外來語辭典

　　　基礎日本語

　　　漢語の研究

　　　日本短篇故事選（一）

　　　日本短篇故事選（二）

　　　日語常用句型便覽

　　　日語常用慣用句

　　　新漢字用法辭典

　　　新綜合日華辭典

　　　例解新日華辭典

國家圖書館出版品預行編目資料

日語常用慣用句/陳山龍編.--初版.--臺
北市：鴻儒堂，民82
面；公分
ISBN　957-9092-92-3(平裝)
1.日本語言—成語，熟語

803. 12　　　　　　　　89013861

日語常用慣用句

定價：300 元

1993 年(民 82 年)2 月初版一刷
2002 年(民 91 年)5 月初版二刷
本出版社經行政院新聞局核准登記
登記證字號:局版臺業字 1292 號

著　　　者：陳山龍
發　行　人：黃成業
發　行　所：鴻儒堂出版社
地　　　址：台北市中正區 100 開封街一段 19 號二樓
電　　　話：23113810・23113823
電話傳真機：23612334
郵 政 劃 撥：01553001
E — mail：hjt903@ms25.hinet.net

法律顧問:蕭雄淋律師

本書凡有缺頁、倒裝者，請逕向本社調換